Jenny Völker

Die Weltenfalten
Von Wind getragen

Jenny Völker

DIE WELTEN FALTEN

Von Wind getragen

Band 2

der Weltenfalten-Trilogie

Impressum

Copyright © 2020 Jenny Völker – Alle Rechte vorbehalten

Jenny Völker, Firma Tasso Kahl, Friedberger Anlage 14,

60316 Frankfurt am Main, info@jennyvoelker.com

www.jennyvoelker.com

Herstellung und Verlag: BoD – Books on Demand, Nordersted

Lektorat und Korrektorat: Christoph Stephan

Cover: Juliane Buser – Grafikdesign

unter Verwendung von Bildern von ©SWEvil ©briddy ©Hanna Gottschalk ©Pavel

Chagochkin ©FABRIZIO CONTE alle von Shutterstock und ©stillfix ©digiselector

©SergeyNivens ©geo-grafika ©Olegusk ©lifeonwhite ©thawats alle von Depositphotos

ISBN: 978-3750-492905

Bibliografische Information der Deutschen Nationalbibliothek:

Die Deutsche Nationalbibliothek verzeichnet diese Publikation in der Deutschen
Nationalbibliografie; detaillierte bibliografische Daten sind im Internet über dnb.dnb.de
abrufbar.

Habt ihr genügend Pralinen parat?

Prolog

ühsam kämpfte sich Melinda zurück ins Bewusstsein. Sie lag auf einem steinernen Boden. Die Kälte drang durch ihr dünnes Kleid und bemächtigte sich ihrer Glieder.

Langsam öffnete sie die Augen. Alles um sie herum war verschwommen, kaum etwas sah sie klar, doch sie spürte, dass etwas an ihr zerrte. Aber niemand war zu sehen. Sie konnte keine nebulöse Kontur ausmachen, die dieses Gefühl erklärte.

Wo war sie? Was war geschehen?

Erschöpft schloss sie die Augen und fühlte, wie etwas an den Grundfesten ihrer Magie rüttelte. Es war der Bann, mit dem sie die Weltenfalte verschlossen hatte, in der Vincent von Eisenfels seit über dreißig Jahren eingesperrt war. Etwas drang in den Schutzbann ein, kämpfte gegen ihn an.

Vincent. Er musste es sein.

Wie in einer Vision sah sie den Schutz der Falte vor sich, beobachtete, wie ein greller Lichtblitz auf ihn einschoss und sich wie Adern durch ihn hindurchschlängelte.

Der Bann war am Wanken.

Ihre Hände zitterten, als sie erneut die Augen zu öffnen versuchte, doch noch immer konnte sie außer einem seltsamen Gemisch aus Grau und Braun nichts erkennen.

Ein warmes Gefühl durchströmte sie, das von ihrem Seelentier kam. Es schickte ihr Bilder von ihrer Enkelin, die durch ihr Versteck stöberte. Mayla, sie suchte nach ihr, und sie war nicht alleine. Sie hatte die Pralinen entdeckt. Hoffentlich erkannte sie den verborgenen Zauber …

Melinda ballte die Hände zu Fäusten und versuchte mit aller Gewalt ihre Kräfte zu mobilisieren. Sie hatte ihre Enkelin unvorbereitet auf die Hexenwelt losgelassen.

Wieso nur hatte sie sie nicht schon viel früher zurückgeholt? Mayla war nicht geschult. Weder eine magische Ausbildung hatte sie genossen noch durch ihre Eltern die Grundlagen der Hexenkunst erlernt.

Es war ein Fehler gewesen, sie so lange zu behüten, so lange im Ungewissen zu lassen.

Verbissen kämpfte sie sich auf und hockte sich auf den kalten Boden, doch sogleich wankte sie und drohte umzukippen. Die Hände breit aufgestützt, hielt sie sich mühsam aufrecht.

Sie musste hier raus, bevor Vincent den Schutz um die Weltenfalte brechen konnte. Sie durfte Mayla nicht alleine ihrem Schicksal überlassen und sie musste ihren Platz an der Spitze des Feuerzirkels verteidigen, bis ihre Enkelin soweit war, ihn einzunehmen.

Träge blinzelte sie und die nähere Umgebung wurde klarer. Ein heller Schein waberte um sie herum, der ihr die Sicht erschwerte. Doch dahinter sah sie dicke graue Stäbe. Ein Gitter. Sie befand sich in einem Käfig.

Was ging hier vor sich? Wo war sie gewesen, bevor all das geschehen war? Wer hatte die Macht, sie hier gefangen zu halten?

Sie versuchte ihre Magie zu bündeln, sie in ihren Fingerspitzen zu erspüren, doch da war nichts. Gleichzeitig wurde der Schein um sie herum stärker. Was sollte das sein?

Kurz bevor sie zu fassen bekam, was gerade geschah, entflohen ihr die Kräfte. Sie sackte zu Boden und dämmerte dahin, auf den Lippen ein leises Rufen, das keiner mehr hörte: »Mayla ...«

Kapitel 1

Zu den Füßen einer hohen Klippe zog sich eine unendlich weite Landschaft. Berge und Täler, Wälder und Flüsse malten das atemberaubende Bild einer unberührten Natur, wie man es nur noch selten zu Gesicht bekommt. Kaum ein Mensch schien die Ruhe dieser natürlichen Idylle zu stören und mit seinen Füßen Spuren zu hinterlassen.

Starker Wind wehte und rüttelte an den Zweigen der Kiefern, die hoch oben auf den Felsen wuchsen. Niemand war zu sehen. Aber dort, ein Glitzern, ein Funkeln, Licht erstrahlte heller und heller, bis sich eine Frau mitten aus dem Nichts auf der Klippe materialisierte. Dunkelbraune Strähnen lösten sich aus der Klammer, mit der sie ihr Haar am Hinterkopf festgesteckt hatte, und flatterten ihr ins Gesicht, das von einem Strahlen beherrscht wurde. Beinahe von Ohr zu Ohr breitete sich ihr Grinsen aus. Sie hob die Arme, streckte die Fäuste gen Himmel und schrie: »Ich kann es!«

»Das wurde auch Zeit, Mayla!« Hinter ihr, aus den Schatten der Nadelbäume, trat ein Mann, der so groß war, dass er in jeder Menschenmenge herausstach – wenn er sich innerhalb solch großer Gruppen bewegen würde. Ein feines Lächeln malte sich unter seinem Dreitagebart ab, und er verschränkte die sehnigen Arme vor der Brust.

»So lange habe ich auch nicht gebraucht, den Hexspruch zu lernen!« Empört schürzte sie die Lippen und verschränkte ebenfalls die Arme vor der Brust.»Wohin ist Georg verschwunden?«

»Dahin, wo er hingehört.«

»Tom! Du hast ihn doch nicht etwa …?« Erneut kräuselten sich seine feinen Lippen zu einem hauchdünnen Lächeln.»Doch nicht deinen Bullen.«

»Er ist nicht mein Bulle!« Sie marschierte auf ihn zu und fuchtelte aufgebracht mit den Armen, worauf über seinem Kopf mehrere kleine Zweige von den Ästen brachen und fortflogen.

Tom blickte nicht einmal auf.»Du musst lernen, deine Magie zu bündeln und sie nicht sinnlos in die Welt hinauszuschicken.«

»Ich dachte, du willst nicht mein Lehrer sein. Zumindest auf Burg Donnersberg hast du dich lieber verdrückt und meine Hexenausbildung der lieben Violett überlassen.«

Er zog seine dunklen Brauen in die Höhe.»Hat sie es nicht gut gemacht?«

»Doch, das hat sie.« Ein wehmütiges Lächeln stahl sich auf ihre Lippen.»Wie es ihr wohl geht? Ob sie mich und unseren gemeinsamen Unterricht vermisst?«

Sie hatte niemandem anvertraut, dass sie auch Violett in Verdacht gehabt hatte, die Verräterin zu sein, die das Versteck ihrer Oma an die Gegenseite weitererzählt hatte. Seit jedoch Marianna Lauber, die biedere einzelgängerische Leseratte, als Spitzel auf Burg Donnersberg entlarvt wurde, war Mayla unendlich erleichtert. Zwar mussten sie mit weiteren Verrätern rechnen, aber dass Violett aus freundschaftlichen Gründen nett zu ihr gewesen war, stand für sie seither außer Frage. Zumindest war Violett die einzige unter all den neuen Leuten, besser gesagt Hexen, die sie in den letzten Wochen kennengelernt hatte, die sie als eine Freundin bezeichnen konnte.

»Mit Sicherheit ist sie kratzbürstig wie eh und je.«

»Hey, wie redest du denn von ihr?«

Leise lachte er auf. »Wie ich Violett kenne, vermisst sie die Stunden mit dir …«

Nette Worte? Der Blick in Toms grüne Augen brachte ihre Knie immer noch zum Wanken, doch sie hatte gelernt, es zu überspielen.

Tom fuhr fort: »… weil sie es liebt, Leute herumzukommandieren.«

Mayla zog eine Schnute. »Ha, ha! Ich frage mich, ob ich sie nicht einmal treffen könnte zum …«

Er schüttelte den Kopf, noch bevor sie den Satz beendet hatte. »Du weißt, es ist zu …«

»… zu gefährlich. Ja, ich weiß, was du und Georg davon haltet. Das einzige Thema, bei dem ihr euch einig seid.« Sie blies eine Haarsträhne aus dem Gesicht, die daraufhin zu knistern begann. Schnell klopfte sie den Funken aus, den sie mit ihrem Atem verursacht hatte, als sich Georg vor ihr materialisierte. Er landete so dicht vor ihr, dass sie einen Schritt zurücktreten musste, um ihm nicht direkt in die Arme zu fallen. Er hob seine Nase und schnüffelte.

»Was riecht denn hier so verbrannt?«

»Nichts!« Zur Sicherheit klopfte sie noch mal auf die versengte Haarsträhne und klemmte sie hinter die Ohren – nicht die erste, die sie in ihrer Hochsteckfrisur verbarg. Wenn sie nicht bald ihre Magie besser unter Kontrolle hatte, sah sie noch aus wie ein gerupfter Vogel. Ihre Hexenkräfte nahmen rasanter zu, als sie sie beherrschen lernte, weshalb ihr alle Nase lang ein Missgeschick passierte.

Tom sah Georg misstrauisch an. Dass die beiden ihre Feindseligkeiten nicht einfach mal begraben konnten, verstand sie nicht.

»Hast du was herausgefunden?«, fragte er den Polizisten.

Kein »Hallo«, kein »Wie-geht's-dir?« ... Georg musterte ihn abschätzig, als überlegte er, ob er es ihm verraten sollte. Schließlich ignorierte er Tom und wandte sich an Mayla. »Marianna, die Verräterin, hat seit ihrer Aktion, dir den verhexten Amulettschlüssel unterzujubeln und uns an die Jäger zu verraten, mit keinem vom Revier Kontakt aufgenommen.«

Mayla ließ ihren herzförmigen Anhänger an ihrer Halskette hin- und hergleiten. »Das ist ja interessant. Und auf Burg Donnersberg ist sie auch nicht mehr gewesen, oder Tom?«

Er nickte nur, trat neben sie und blickte auf die endlose Landschaft vor ihnen. »Ich werde heute Abend zum Essen auf die Burg gehen und mich weiter umhören.« Obwohl er Georg nicht ansah, war es eindeutig, dass er seine folgenden Worte an ihn richtete. »Passt du solange auf sie auf?«

Mayla stemmte die Hände in die Seiten und sah erbost von Georg zu Tom. »Ich brauche doch keinen Aufpasser. Ich bin zweiunddreißig Jahre alt und sehr wohl selbst in der Lage, auf mich achtzugeben.«

Die Männer schmunzelten, ohne sich dabei anzusehen. »Ich bin da.«

»Gut. Wir sehen uns später.« Ohne ein weiteres Wort oder irgendeine freundliche Geste packte Tom seinen Amulettschlüssel und murmelte: »Perduce me in arcem!« Lichtfunken stoben um ihn herum und im nächsten Moment war er verschwunden.

Sogleich strahlte Georg sie an. »Wie geht's dir?«

»Super. Ich habe es geschafft, alleine zu springen.« Sie ballte die Hände zu Siegesfäusten und grinste breit.

»Sehr gut. Das ist eine großartige Leistung. Ich bin stolz auf dich.« Er schaute ihr dabei so tief in ihre schokoladenbraunen Augen, dass sie verlegen einen Schritt zurücktrat und den Blick senkte. Sie hatte die Art bemerkt, wie er sie ansah. Doch sie wollte ihre Freundschaft nicht gefährden, ihn nicht ermutigen, die Dinge auszusprechen, die ihm auf dem Herzen brannten. Georg war für sie ein Fels, ähnlich wie es ihr Vater für sie gewesen war – Peter Falk, der leider unter einem Zauber gestanden und sie nur deshalb für seine leibliche Tochter gehalten hatte.

Noch immer war sie nicht bei ihren Eltern gewesen, um zu überprüfen, ob sie sich noch an sie erinnern konnten – nun, da der Bann gebrochen und sich Maylas Kräfte offenbart hatten. Immer wieder schob sie es vor sich her mit der Ausrede, dass sie Anneliese und Peter Falk nicht in Gefahr bringen wollte. Nicht auszudenken, wenn sie die Jäger auf ihre Spur brachte!

Die beiden wussten nichts von der Hexenwelt, von Weltenfalten und Maylas wahrer Herkunft. Sie hatten keine Ahnung, dass sie die Enkelin der berühmt berüchtigten Feuerhexe Melinda von Flammenstein war, der Oberhexe des Feuerzirkels. Die beiden lebten in ihrer friedlichen Menschenwelt, ohne den blassesten Schimmer zu haben, dass Hexen unter ihnen lebten, Magie existierte und ein brutaler Hexer Maylas wahre Eltern getötet hatte.

Und wenn Georg seine Gefühle aussprach, ihr offenbarte, was er für sie empfand – und sie ihn aber vertröstete ... wie würde er wohl reagieren? Würde er sich damit zufriedengeben, nur ihr Freund zu sein? Was, wenn er es nicht tat? Was, wenn auch er wegbrach aus ihrem Leben? Hoffentlich kam er niemals auf die Idee, irgendetwas zu sagen, das ihren vertrauten Umgang miteinander zerstörte.

Die Sonne stand bereits sehr tief und die hohen Kiefern warfen lange Schatten auf die Klippen. »Wo werden wir übernachten?«, versuchte sie das Gespräch auf ungefährlichere Bahnen zu lenken. »Schon wieder im Wald?« Auch wenn es gesund sein sollte, konnte sie den Geruch nach Erkältungsbad Nacht für Nacht so langsam nicht mehr ertragen. Wo war nur die gute alte Stadtluft hin?

Er schmunzelte. »Siehst du da unten?« Er zeigte auf die Landschaft am Fuße der Klippe. »Dort gibt es ein kleines Gasthaus.«

»Da? Wieso erzählst du erst jetzt davon?«

Er zuckte bloß mit den Schultern. Lag es daran, dass dies der erste Abend und womöglich die erste Nacht sein würden, die sie ohne Tom verbrachten?

»Es sieht so aus, als wäre noch nie ein Mensch dort unten gewesen. Wo soll denn da ein Gebäude stehen?« Sie verengte die Augen zu Schlitzen, doch sie konnte beim besten Willen keine menschliche Bebauung ausfindig machen.

»Es ist versteckt und sehr klein. Selbst von den Hexen wissen nur wenige, dass es dort unten liegt. Ein echter Geheimtipp. Erscheint in keinem Prospekt. Komm, ich führe dich hin.« Einladend streckte er seine Hand nach ihr aus, doch sie zögerte.

»Was ist mit den Jägern? Ist es nicht zu gefährlich, in einem Hotel zu übernachten? Wenn sie unsere Spur finden, sind wir nicht einmal mehr in dieser Weltenfalte vor ihnen sicher …«

15

»Ich werde auf dich aufpassen – wenn nötig werde ich einen Schildzauber über dich verhängen. Und falls du dich unwohl fühlst, können wir jederzeit wieder gehen. Versprochen.«

Sie legte den Kopf schief. »Also schön. Aber morgen früh sind wir pünktlich wieder hier, damit wir Tom erwischen.« Demonstrativ verdrehte er die Augen. »Keine Sorge, der Herumtreiber wird schon nicht ohne uns weiter nach deiner Oma suchen.«

»Nenn ihn nicht so!«

Abwehrend hob er die Hände vor die Brust. »Ist ja gut. Übrigens wollte ich etwas mit dir unter vier Augen besprechen.«

Ihr Herz sackte in ihren Bauch. Er wollte doch nicht …?

»Wir zwei brauchen einen geheimen Treffpunkt. Wenn etwas außer Plan verlaufen sollte und wir uns aus irgendeinem Grund verlieren.«

»Falls ich so schnell in fremde Gefilde springe, dass du mir nicht mehr folgen kannst?«

Er schmunzelte. »Ich dachte eher an etwas Ernstes, zum Beispiel wenn die Jäger uns entdecken und wir getrennt voneinander fliehen müssen. Falls ein Notfall eintritt, dann treffen wir uns hier, einverstanden?«

»Hier oben auf der Klippe? Obwohl Tom von diesem Ort weiß?« Sie zog ihn auf, und natürlich bemerkte er es sofort.

»Du kleine Hexe … Ja, obwohl Tom hiervon weiß. Vielleicht verstecke ich mich dann im Wald, inmitten der Kiefern, damit der Gesetzlose mich nicht finden kann.« Er zwinkerte ihr zu und bevor sie erneut erbost auffahren konnte über den Namen, den er Tom gab, hob er beschwichtigend die Hände. »Jetzt komm, ich lade dich zum Abendessen ein. Du hast doch bestimmt Hunger auf gute alte Hausmannskost, richtig?«

Alleine bei der Vorstellung lief ihr bereits das Wasser im Mund zusammen. Seit sie mit Georg und Tom unterwegs war, hatten sie nur von der Hand in den Mund gelebt, weil die beiden es für zu riskant gehalten hatten, sich zu dritt in der Öffentlichkeit zu zeigen.

Keiner der Männer vertraute dem anderen, sodass Mayla in der Zeit beinahe erstickt wäre zwischen den beiden. Doch vor ein paar Tagen hatte Georg aus heiterem Himmel verkündet, er wolle im Revier vorbeisehen, um Informationen einzuholen – mal abgesehen davon, dass seine lange Abwesenheit auf der Wache auffällig werden konnte. Nachdem er einmal den Schritt von Mayla fort gewagt hatte, schien auch Tom entschieden zu haben, dass er Georg so weit traute, sie für ein paar Stunden alleine an seiner Seite zu lassen.

Seltsamerweise hätte Mayla andersherum eher damit gerechnet. Doch Tom war nicht einen Moment von ihrer Seite gewichen, bis Georg das erste Mal für ein paar Stunden fortgegangen war. Tom war so schwer zu durchschauen.

Seither durfte sie feststellen, wie entspannend es war, nur mit einem der beiden Männer zusammen zu sein, da sich die beiden sozusagen unter Dauerbeschuss stellten. Angeblich sollten ja nur Frauen und niemals Männer unausstehlich sein, wenn sie einander nicht leiden konnten, aber dennoch Zeit miteinander verbringen mussten. Tja, von wegen. Mayla war die Ehre zuteil geworden, sich in den vergangenen Tagen vom Gegenteil zu überzeugen.

»Also schön, lass uns essen gehen. Aber du bezahlst.« Sie zwinkerte ihm zu. »Und wir müssen gar nicht zusammen springen. Sag mir einfach das Ziel auf Latein, dann benutze ich meinen eigenen Amulettschlüssel.« Überglücklich umschloss sie mit ihrer kleinen Hand das Amulett, das an einer grobgliedrigen Kette, die unter dem Kragen ihrer Bluse verschwand, um ihren Hals baumelte.

Vor einer Woche hatte Tom ihr beim Aufwachen überraschenderweise einen Amulettschlüssel überreicht. Er hatte ihn bereits gehabt, als Mayla heimlich von Burg Donnersberg aufgebrochen war, um ihre Wohnung aufzusuchen. Offenbar hatte er seither nachts, wenn sie längst schlief, mit Georg darüber diskutiert, ob es klug war, ihr einen eigenen Schlüssel zu geben oder nicht. Sie hatte davon nichts mitbekommen, aber die Blicke und Andeutungen, mit denen sich die beiden befeuerten, sprachen Bände …

Natürlich war es klug gewesen, ihn ihr zu geben! Seither hatte sie nonstop das Springen von Weltenfalte zu Weltenfalte geübt – und zu ihrem Unmut auch lateinische Grundbegriffe. Sie musste möglichst bald alleine springen können, ohne wegen der Übersetzung ihres Zielortes auf andere angewiesen zu sein.

Wie gerne wäre sie noch einmal in ihre Wohnung gegangen, um das Latein-Wörterbuch von dem freundlichen Buchhändler zu holen. Er hatte es ihr geschenkt, noch bevor sie gewusst hatte, dass sie eine Hexe war und es ihr jemals von Nutzen sein würde. Doch als sie von den Jägern überrascht worden war, hatte sie keine Zeit gehabt, es mitzunehmen. Und die Männer hielten es für zu gefährlich, erneut in ihre Wohnung zurückzukehren. Mit großer Wahrscheinlichkeit überwachten die Jäger ihr Zuhause, um sie abzufangen und sie zu … töten.

Außerdem befürchtete Mayla, dass Heike wieder auftauchen würde. Wie oft hatte sie in der letzten Zeit an ihre

Freundin gedacht und sich vorgestellt, wie sie bei einer Tasse Kaffee und einer Packung Toffees zusammensaßen und sie ihr von ihrem neuen Leben erzählte. Bestimmt war ihre Freundin außer sich vor Sorge.

Eine Weile hatte Mayla überlegt, wie sie ihr eine Nachricht zukommen lassen konnte, damit Heike wusste, dass es ihr gutging – bis ihr die Idee kam, ihr einen Brief zu schreiben. Sie hatte Georg davon erzählt, der für solche Dinge mehr Verständnis aufbrachte als Tom, und er hatte ihn bei ihrer Freundin in den Briefkasten geworfen. Aber dass Heike damit zufrieden war, konnte sie sich kaum vorstellen. Na, Hauptsache, ihre Freundin war in Sicherheit vor den Jägern.

Noch immer jagten frostige Schauer über ihren Rücken, wenn sie an den Anführer der brutalen Hexer dachte und daran, wie knapp sie ihm und seinem Schlägertrupp entkommen waren. Es war der Moment gewesen, in dem Tom und Georg ihre Feindschaft zum ersten Mal zurückgestellt hatten, um sie zu retten.

Georg schüttelte den Kopf. »Lass uns lieber gemeinsam springen. Du bist noch Anfänger und wenn du nicht richtig ...«

»Nein.« Entschlossen sah sie ihn an. »Es ist die perfekte Gelegenheit zu üben. Außerdem ist es mir eben auch alleine gelungen. Und falls es nicht klappt, komme ich ja gar nicht hier weg, oder?«

Mit der Hand fuhr er sich durch den kupferroten Bart. »Es gab auch schon andere Fälle. Meine Großtante Lydia hat sich als Junghexe einmal derart versprochen, dass sie in einer Weltenfalte in Alaska mitten in einem Schneesturm, statt beim Nachbarn auf der Grillparty gelandet ist – und das in einem dünnen Sommerkleid.«

»Aber wenn ich es nie versuche, wie soll ich es je lernen? Falls ich irgendwo anders strande, sage ich einfach ›Perduce me ad scopulos Rheni‹ und dann lande ich wieder hier auf den Klippen im Rheinland. Übrigens würde ich noch immer gerne mal zum Ende dieser Weltenfalte spazieren, um zu sehen, wo der Rhein wieder in der normalen Welt herauskommt. Wir sind zwischen dem Loreleyfelsen und Koblenz, hast du gesagt? Wie spannend muss es sein, eines der Burgenfahrtschiffe plötzlich auftauchen zu sehen, dort, wo die Weltenfalte aufhört.«

»Das zeige ich dir ein anderes Mal. Also schön, wenn du es unbedingt versuchen willst … Das Gasthaus nennt sich ›Zur Waldesruh‹ und übersetzt für den Zauber heißt es …«

»Stopp. Lass es mich versuchen.« Nachdenklich zog sie die Stirn kraus und blickte in den Himmel, der sich allmählich rosa färbte.»Perduce me ad silvam silenti?«

»Gar nicht mal so schlecht. Aber so würdest du in den ruhigen Wald springen.«

Sie lachte auf.»Gibt es den überhaupt?«

Er zuckte mit den breiten Schultern.»Nicht, dass ich wüsste. Du musst in deinen Spruch noch das Wort Gasthaus einfügen. Kannst du dich erinnern, was das auf Latein heißt?«

»De… di … da… deversorium. Ha! Stimmt doch, oder?«

Schmunzelnd nickte er.»Sehr gut. Du bist eine aufmerksame Schülerin.«

Klar, schließlich wollte sie endlich wieder ihre grenzenlose Unabhängigkeit zurückerlangen und ihre Oma befreien! Und natürlich spielte auch die Angst vor den Jägern eine Rolle. Bevor sie ihnen das nächste Mal begegnete, wollte sie besser vorbereitet sein.

»Wie heißt also der gesamte Spruch?«

Er beobachtete, wie es in ihrem Kopf arbeitete, und erneut zuckten seine Mundwinkel. Sie spürte es, doch sie ließ sich davon nicht ablenken. Blitzschnell fingerte sie den Amulettschlüssel aus dem Ausschnitt ihrer Bluse und umfasste ihn, bevor Georg sie aufhalten konnte. »Perduce me ad deversorium silvae silentis!«

Vor ihren Augen verschwammen das Grün der Kiefern, das Grau der Felsenklippe und das verblüffte Gesicht ihres Freundes, und sie hob von dem Felsen ab. Keine zwei Sekunden später spürte sie festen Boden unter den Füßen und fand sich vor einem Gasthaus wieder, das sich malerisch in den Laubwald einfügte. Es war komplett aus Holz gefertigt: die Veranda, die Treppe, die Türen, die Fensterrahmen – selbst die Wände waren aus Holz. Das Gebäude sah so klein aus, dass es keine fünf Gästezimmer beherbergen konnte.

Georg materialisierte sich neben ihr und packte sie um den Bauch. »Du kleine Hexe, du …« Er warf sie sich über die Schulter und trug sie die drei Stufen auf die Veranda hoch.

Lachend trommelte sie mit den Fäusten auf seinen Rücken. »Lass mich runter, du …«

»Du … was?«

»Du elender Wicht!«

»Wicht?« Er lachte laut. »Sagt die Person, die kaum die Mindestgröße zum Autofahren erreicht hat.« Doch er zeigte Erbarmen und ließ sie zurück auf ihre Absätze gleiten.

Grinsend stemmte sie die Hände in die Seiten und sah ihn an. »Von wegen Alaska. Siehst du? Ich bin gar nicht mal so schlecht im Weltenfalten-Springen. Wenn das ein Sport wäre, hätte ich endlich mal die Chance, eine Medaille zu gewinnen. Gib es zu.«

»Ich gebe es zu. Können wir jetzt bitte zu Abend essen? Ich brauche dringend mal wieder ein paniertes Schnitzel und ein Starkbier.« Er trat an die Tür, öffnete sie und hielt sie für Mayla auf. »Ladys first.«

Vergnügt betraten sie das Gasthaus.

Kapitel 2

In dem Gasthaus war es auffallend still. Hatten die womöglich Ruhetag? Dafür roch es aber verdammt gut nach gebratenen Pilzen und Ragout. Sie lief vorneweg durch einen kurzen Flur, immer der guten Nase nach.

Georg musste den Kopf einziehen, als sie den kleinen Schankraum betraten, der keine zehn Sitzplätze bot. Sie reihten sich an den Wänden entlang, ein jeder Tisch direkt am Fenster und mit Aussicht auf den Wald. Die komplette Möblierung inklusive der Theke sowie der Boden waren aus Holz gefertigt und verströmten eine warme, wohlige Atmosphäre.

An zwei Tischen saß jeweils ein Pärchen. Interessiert schauten die Gäste auf, als Mayla und Georg den Raum betraten.

»Guten Abend«, rief Georg in die Runde – der Vollblut-Kneipenbesucher. Die Pärchen grüßten zurück und beugten sich wieder über ihre Speisen, die überaus appetitlich aussahen.

Mayla visierte einen freien Platz an, der in einiger Entfernung zu den anderen Gästen lag, und Georg folgte ihr. Sie setzten sich einander gegenüber, als auch schon eine gertenschlanke Frau an den Tisch trat, die statt eines Bestellblocks einen Zauberstab in der Hand hielt.

»Herzlich Willkommen in meinem Gasthaus zur Waldesruh. Mein Name ist Anja. Möchtet ihr zu Abend essen?«

Maylas Magen grummelte lautstark und sie legte sich grinsend die Hand auf den Bauch. »Unbedingt.«

Anja schwenkte ihren Zauberstab, worauf zwei Speisekarten hinter dem Tresen hervorkamen und in die Luft flogen. Sie schwebten zu ihnen, landeten schwungvoll vor ihnen auf dem Tisch und schlugen sich von selbst auf. »Darf es schon etwas zu trinken sein?«

Georg studierte bereits die Speisen. »Starkbier, danke.«

Freudig blätterte Mayla in der Karte zu den offenen Weinen. »Welchen Weißwein können Sie empfehlen?«

»Der Muskat-Silvaner stammt aus der Gegend. Der ist sehr erfrischend.«

Sie entschied, ihn zu probieren. Die Wirtin zog sich hinter den Schanktresen zurück, wo ein Humpen bereits unter den Zapfhahn schwebte und ein Korken aus einer Weinflasche ploppte. Mayla hatte sich noch immer nicht an den Anblick schwebender Gegenstände und sich selbst bedienender Maschinen gewöhnt und beobachtete interessiert, wie die Zapfanlage Bier in den Humpen und die Flasche Wein in ein Glas eingoss, während Anja durch eine Schwingtür in die Küche spazierte.

Wirklich viel Gelegenheit dazu, solche Dinge zu beobachten, hatte sie allerdings auch nicht gehabt. Seit sie mit Georg und Tom unterwegs war, hatten sie sich von jeglicher Zivilisation ferngehalten – und keine zwei Wochen zuvor hatte sie erst erfahren, dass sie eine Hexe war und es Weltenfalten gab, die normale Menschen weder sehen noch betreten konnten.

Neugierig linste sie zu den anderen Gästen. Die Pärchen saßen völlig selbstvergessen beisammen und schmachteten sich an. Wahrscheinlich war dieses kleine Gasthaus ein romantischer Geheimtipp. Hoffentlich verstand Georg es nicht falsch, dass sie mit ihm hergekommen war. Sie lehnte sich zurück, um etwas Distanz zwischen sie zu bringen, als auch schon die Getränke kamen. Der Humpen und das Glas Wein flogen selbstständig zu ihrem Tisch und landeten vor ihnen. Sogleich nahmen beide einen tiefen Schluck und seufzten zufrieden auf. War das erfrischend!

Georg stützte seine Unterarme auf den Tisch und lehnte sich zu ihr vor. »Was habt ihr den Nachmittag über gemacht?«

»Den Amulett-Zauber geübt.«

»Sonst nichts?«

Sie zuckte mit den Schultern. »Sonst nichts.« Verstohlen linste sie nach den anderen Gästen, die sich nicht um sie zu kümmern schienen, und beugte sich ein klein wenig vor. »Hast du auf dem Revier irgendwelche Neuigkeiten über meine Oma herausgefunden?«

Bedauernd schüttelte er den Kopf. »Immer noch nichts. Es ist sehr seltsam. Seit über vier Wochen wird Melinda von Flammenstein schon vermisst und niemand hat etwas von ihr gesehen oder gehört. Ich begreife es einfach nicht. Wer hat die Macht, eine so starke Hexe zu entführen?«

Mit dem nur noch notdürftig manikürten Fingernagel tippte sie auf den Tisch. »Wir sollten uns noch mal genauer ihr Schlupfloch vornehmen. Immerhin hat sie sich dort wochenlang versteckt.«

»Mehrmals habe ich mit meinen Kollegen das Haus auf der Suche nach Hinweisen regelrecht auf den Kopf gestellt. Es ist nichts zu finden.« Er strich sich durch die roten Bartstoppeln. »Ich frage mich, ob Tom und seine gesetzlosen Freunde wirklich die Wahrheit gesagt haben.«

»Nenn sie nicht so! Du weißt, dass sie nicht …« Es hatte keinen Sinn, ihn zurechtzuweisen. Sie winkte ab, worauf die Serviette über die Tischkante segelte. Georg fing sie auf, bevor sie auf dem Boden landete. Unglaublich. Selbst mit den leichtesten Bewegungen ihrer Hände scheuchte sie bereits Gegenstände durch die Gegend.

Beiläufig blickte Georg zu den Gästen und der Wirtin, doch keiner schien Maylas Hex-Fauxpas mitbekommen zu haben.

Wenn herauskam, dass sie eine Nachfahrin der berühmten von Flammenstein, der Gründerfamilie des Feuerzirkels, war, würden sie sich nicht mehr in der Öffentlichkeit blicken lassen können. Und da sie ohne Zauberstab hexen konnte, was einzig die Mitglieder der Gründerfamilien vermochten, war es nur eine Frage der Zeit, bis sie durch eine unbedachte Bewegung unnötige Aufmerksamkeit auf sich zog.

Georg warf ihr einen warnenden Blick zu, worauf sie sicherheitshalber die Arme vor der Brust verschränkte.

»Außerdem habe ich ja die Praline meiner Oma gefunden, diesen Nunto… diesen Botschaftszauber, mit dem sie mich über meine Herkunft aufgeklärt hat.«

»Nuntia-Zauber.« Er nickte. »Das ist der einzige Grund, weshalb ich gewillt bin, diese irrsinnige Geschichte zu glauben. Wir reden bei Melinda von Flammenstein immerhin von einer der mächtigsten Hexen der vergangenen Jahrhunderte. Sie hat sich noch vor ihrem Schulabschluss jedem in den Weg gestellt, der Unrecht begehen und anderen damit schaden wollte, und war besser im Hexen als viele ihrer Lehrer, die ihr die Abschlussprüfung abgenommen haben.«

Stirnrunzelnd sah sie ihn an. »Was willst du damit sagen?«

»Sie ist eine mächtige, mutige Frau und einfach nicht der Typ Mensch, der sich versteckt. An der Geschichte stimmt etwas nicht.«

Erneut tippte sie mit dem Nagel ihres Zeigefingers auf den Tisch. »Erzähl mir noch mal genau, wie die Polizei und auch du die Ereignisse erlebt habt.«

Er nahm einen großen Schluck Bier, lehnte sich zurück und verschränkte die Arme hinter dem Kopf. »Melinda war immer sehr aktiv als Oberhaupt des Feuerzirkels. Sie hat seit Jahren vor der Gefahr durch Vincent von Eisenfels und seinen Anhängern gewarnt. Doch seit er in der Falte gefangen ist, in die sie ihn selbst eingesperrt hat, haben alle anderen die Bedrohung abgewunken. Für sie war von Eisenfels der einzig wahre Gegner, die einzige echte Gefahrenquelle, die deine Oma und damit die Macht der vier Zirkel zu Fall bringen konnte. Mit seiner Gefangennahme schien die Gefahr gebannt und die Aufrechterhaltung unserer Ordnung gesichert.

Ehrlicherweise muss ich aber erwähnen, dass die Oberhexe meines Zirkels, Alessia De Fonte, offenbar immer noch Angst hat. Wieso sonst hätte sie seit den Vorkommnissen damals, als … deine Eltern ermordet wurden, das Hauptquartier des Wasserzirkels nicht mehr verlassen sollen?«

»Das hat mir Tom auch erzählt. Weißt du eigentlich, wo das Hauptquartier meines Zirkels, also des Feuerzirkels ist?«

Er schüttelte den Kopf. »Aber ich denke ohnehin nicht, dass du dort auftauchen solltest. Dann weiß die ganze Welt, dass es dich gibt, dass Melinda eine Erbin hat. Das kannst du erst machen, …«

»… wenn meine Hexenausbildung abgeschlossen ist, ich weiß.« Sie rollte mit den Augen. Geduld war eine Tugend, die ihr nicht in die Wiege gelegt worden war. »Zu gerne würde ich wissen, wer Teil des Rates ist – denn die leiten unseren Feuerzirkel ja, seit meine Oma verschwunden ist, und gehören somit zu meinen Hauptverdächtigen. Es wäre die Gelegenheit, wenn ich da vorbeigehe, etwas herumzu…«

»Mayla, nein! Vertraue mir, du bist noch nicht soweit – selbst der Herumtreiber war meiner Meinung.«

»Schon gut, es war nur ein Gedanke. Also, was ist vor vier Wochen laut der Polizei geschehen?«

Georg hob die Schultern. »Melinda ist von heute auf morgen verschwunden. Sie war wie vom Erdboden verschluckt. Niemand aus ihrem Zirkel konnte Kontakt zu ihr aufnehmen, keiner von der Polizei wusste, wo sie sich aufhält, und niemandem gegenüber hat sie ein Wort darüber verloren, dass sie sich verstecken will.«

Belustigt legte sie den Kopf schräg. »Dann wäre es auch nicht mehr sonderlich nützlich gewesen, sich zu verstecken, oder?«

»Sie hätte wenigstens an offizieller Stelle etwas sagen können.«

»Aber wahrscheinlich wusste sie nicht, wem von der Polizei oder dem Rat sie vertrauen kann. Bestimmt hatte sie es eilig. Irgendetwas ist vorgefallen, weshalb sie sich zu diesem Schritt genötigt gesehen hat … und weshalb sie sich nach über dreißig Jahren dafür entschieden hat, meine Kräfte freizulassen.«

»Wieso hat sie sich niemandem anvertraut?«

»Aber das hat sie doch. Artus und Angelika von Donnersberg wussten, dass sie sich versteckt, sowie der enge Kreis der Opposition.«

»Das behaupten sie.«

»Meine Familie und die von Donnersbergs sind seit Generationen enge Freunde. Es liegt nahe, dass sie sich den beiden anvertraut hat.«

»Aber woher weißt du, dass eure Familien befreundet sind? Wer hat dir davon erzählt? Deine Oma oder die Familie von Donnersberg?«

»Angelika von Donnersberg hat es mir gesagt und mir unzählige Fotos gezeigt.«

»Sie ist eine Hexe – Fotos lassen sich so leicht fälschen …«

»Ich glaube ihr. Nur weil du immer noch nicht einsiehst, dass es in der Polizei wer weiß wie viele Verräter gibt …«

»Das sagen uns diejenigen, die außerhalb des Gesetzes stehen … wie dein Lumpenfreund Tom.«

»Er ist nicht mein Lumpenfreund!«

»Wieso glaubst du ihm mehr als mir?«

»Ich glaube dir. Ich glaube euch beiden! Aber ich schalte zusätzlich meinen Verstand ein. Meine Oma hat mir dort, wo sie sich versteckt gehalten hat, in Form einer Praline eine Nachricht hinterlassen. Wie hätte sie das als Gefangene machen sollen?«

»Eine Melinda von Flammenstein wüsste schon wie.«

Sie rollte erneut mit den Augen und schielte zur Küche. Es war unglaublich, wie verbohrt er war. »Wo bleibt die Wirtin? Seit ich die verhexte Praline erwähnt habe, bin ich noch hungriger geworden. Ob die auch einen Nachtisch haben? Schokopudding wäre super.«

Wie aufs Stichwort schwebte Anja durch die Schwingtür auf ihren Tisch zu, in der Hand den gezückten Zauberstab anstelle eines Bestellblocks. »Habt ihr euch entschieden?«

Mayla bestellte das Pilzragout und Georg sein obligatorisches Schnitzel. Nachdem sich die Wirtin entfernt hatte und in der Küche verschwunden war, in der es sachte zu klimpern und zu scheppern begann, beugte sich Mayla wieder vor. »Ich will noch mal in das Haus, in dem sich meine Oma versteckt hat. Ich habe immerhin auch die verzauberte Praline gefunden.«

»Ich denke nicht, dass …«

»Tom und ich wurden das letzte Mal unterbrochen. Ich habe nicht alles durchsuchen können. Wir müssen endlich Fortschritte machen – wer weiß, was mit meiner Oma im Moment passiert und ob sie in Lebensgefahr steckt!« Sie deutete auf ihre Bluse, unter der sich ihr Amulettschlüssel abzeichnete. »Ich werde morgen gehen, ob mit oder ohne euch.«

»Aber die Polizei betrachtet das Haus als Tatort. Es gibt einen Zauber, mit dem ungebetene Gäste sofort gemeldet werden.«

»Wozu bist du denn Kriminaloberkommissar? Wenn du sagst, du willst noch einmal hin – wer soll dich aufhalten?«

Grinsend beugte er sich vor. »Wenn du darauf bestehst … Aber ich gehe alleine.«

»Ohne uns hast du das Haus oft genug abgesucht. Tom und ich finden womöglich etwas, das du und die anderen Polizisten übersehen habt.«

»Aber was ist, falls einer meiner Kollegen vorbeikommt und dich sieht? Oder Tom? Der wird es sich nicht nehmen lassen und ebenfalls mitkommen wollen.«

»Seit beinahe zwei Wochen sind wir am Grübeln, ohne zu Ergebnissen zu kommen. Wir haben keine Wahl. Wir müssen meine Oma endlich finden. Morgen gehe ich zu diesem Haus, davon lasse ich mich nicht abbringen. Kommst du mit?«

Ergeben nickte er, aber es war eindeutig, wie unwohl er sich dabei fühlte. Wenig später schwebten zwei Teller aus der Küche auf den Tisch und sie machten sich über das leckere Essen her. Anschließend fragten sie bei der Wirtin nach zwei Zimmern für die Nacht und zogen sich zurück.

Nachdem sie ihm eine Gute Nacht gewünscht hatte, schloss sie hinter sich die Zimmertür und blickte sich in dem kleinen Raum um. Wie erwartet war alles aus Holz gefertigt, der Boden, das breite Bettgestell, selbst die Wände und die Decke waren mit Holz verkleidet.

Ausgelaugt ließ sie sich aufs Bett fallen, das etwas zu weich war. Doch in den letzten Wochen hatte sie einiges an Zaubern gelernt. Konzentriert richtete sie ihre Hände auf die Matratze und schloss die Augen. Sie stellte sich vor, wie sich die perfekte Liegefläche anfühlte, den Rücken stützend und nicht so weich, dass sie darin versank. Die Energie kitzelte in ihren Fingerspitzen und sie murmelte: »Converte!« Anschließend strich sie prüfend über das Bett. Perfekt.

Als sie vor beinahe zwei Wochen die erste Nacht mit den beiden Männern im Wald übernachtet hatte, weil jeder andere Ort zu gefährlich war, hatte sie darauf bestanden, einen Zauber zu lernen, mit dem sie ihr flauschiges Kissen und das traumhaft gemütliche Bett von daheim ersetzen konnte. Okay, die Männer hatten ihr jeden Abend Hilfestellung geleistet, aber eben hatte sie es alleine geschafft.

Sie legte sich aufs Bett und zog die gehäkelte Decke ihrer Ziehmutter Anneliese Falk hervor. Tief atmete sie den vertrauten Duft ein, der mittlerweile mehr ein Gefühl von Heim war als ein Geruch.

Das erste Mal seit zwei Wochen war sie für sich, die ganze Nacht. Leider hatte sie keine Pralinen mehr parat, was einer

Katastrophe nahekam. Ein wenig Schokolade hätte den Abend perfekt gemacht. Doch die Vorräte in ihrer Handtasche waren längst aufgebraucht und Essen herzaubern konnte man nicht – wie sie schweren Herzens hatte lernen müssen.

Wohlig streckte sie sich und genoss die Ruhe. Es war nicht so, dass die beiden Männer pausenlos redeten – sie war wohl diejenige, die am meisten quasselte –, aber zwischen Georg und Tom herrschte eine extreme Anspannung, die mehr als deutlich machte, wie sehr sich die beiden verachteten.

Die Ruhe war himmlisch. Aber Moment, da war etwas. Ein hohes Geräusch. War das ein Rufen? Nein, das war kein Mensch, sondern ein Tier. Eine Katze.

Sofort sprang sie auf und sah nach draußen. Auf dem Fensterbrett saß eine schwarze Katze. »Kitty!« Strahlend öffnete sie das Fenster und nahm das Tier auf den Arm. »Hallo Lieblingskatze. Dich habe ich ja lange nicht mehr gesehen. Wieso kommst du immer nur zu mir, wenn ich alleine bin?«

Die Katze maunzte, begann sogleich zu schnurren und hielt ihr das Köpfchen entgegen. Mayla lächelte und legte ihre Stirn an die des Tieres. Sie verharrten einen Moment in stiller Eintracht.

»Wieso nur bist du Toms Seelentier und nicht meines …«

Eine Krähe schrie und riss sie aus ihrer Zweisamkeit. Kitty wandte ihren Kopf Richtung Wald und fauchte.

»Das ist nur ein Vogel …« Zärtlich strich Mayla ihr über das Köpfchen und schloss das Fenster. Sie trug das Tier aufs Bett und legte sich daneben.

Kitty schnurrte und stampfte auf Maylas Brust. »Mensch, du hast ja zugelegt. Welche alte Dame mästet dich, Kitty? Frag sie mal, ob sie ein paar Pralinen für mich hat.« Die

Katze schnurrte. »Heißt das Ja?« Mayla lachte auf und strich dem Tier über das weiche Fell. Wie oft hatte die Katze sie gerettet und gewarnt, wenn die Gruppen in der Nähe waren, die Jagd auf Verstoßene machten. Doch jetzt war sie ruhig und entspannt, es drohte keine Gefahr.

»Weißt du, Kitty, ich frage mich, wie es meiner Oma geht. Sie muss noch am Leben sein, sonst wäre Vincent von Eisenfels längst aus der Weltenfalte entkommen. Aber wer hat die Macht, meine Oma zu entführen, und prahlt nicht einmal damit, dass es ihm gelungen ist? Es ist wie eine große Vertuschungsaktion. Ich frage mich, wer dahintersteckt.«

Kitty schnurrte. Leider konnte Mayla keine Bilder sehen und nichts fühlen. Sie konnte mit dem treuen Tier nicht anders kommunizieren als jeder normale Mensch mit seinem Haustier. Die Katze schickte nur Tom Bilder und Gefühle. Wieso tauchte sie dann immer wieder bei Mayla auf?

»Wenn du nicht mehr Toms Seelentier sein willst, musst du mir nur ein Bild schicken und ich sag es ihm, kein Problem. Ich würde mich hervorragend um dich kümmern, das verspreche ich dir. Und ich würde dir mindestens genauso viel Essen geben wie diejenige, die dich in letzter Zeit füttert.« Lachend wuschelte sie Kitty durch das Fell. So ein liebes Kätzchen. Hoffentlich würde ihr Seelentier auch so ein treuer Gefährte sein.

Stampfend kringelte sich Kitty neben ihr auf dem Bett ein. Sie schloss die Augen und gleichmäßig schnurrend schlief sie ein. Mayla betrachtete das schöne Tier und seufzte. Wann wohl endlich ihr Seelentier mit ihr Kontakt aufnahm?

Kapitel 3

Als die Sonne aufging und ihre Strahlen durch die Kiefern auf die Klippen warf, materialisierten sich Georg und Mayla beinahe gleichzeitig auf dem hohen Felsen. Tom trat aus dem Schatten der hohen Bäume. »Da seid ihr ja endlich. Habt ihr nicht im Wald geschlafen?«

Sie schüttelte den Kopf und Georg streckte die Brust raus. »Wir haben es uns in einem lauschigen Gasthaus gemütlich gemacht.«

Mayla rollte mit den Augen. Ging der Hahnenkampf schon wieder los? Demonstrativ trat sie einen Schritt von ihm weg auf Tom zu. Er sah müde aus. Hatte er heute Nacht überhaupt ein Auge zugetan? »Hast du auf Burg Donnersberg etwas herausgefunden?«

»Artus und Angelika haben mich gedrängt, dich zu überreden, dass du wieder zu ihnen gehst. Sie halten es für zu gefährlich, dass du alleine unterwegs bist.«

Ungeduldig schüttelte sie den Kopf. »Als wäre ich ein kleines Kind … Und sonst? Ist Marianna noch einmal aufgetaucht?«

Tom verneinte. »Niemand hat die verräterische Schlange gesehen seit dem Abend, als sie dir das verhexte Amulett untergejubelt hat.« Natürlich hatte er noch mehr erfahren, das konnte sie ihm ansehen, doch vor Georg würde er nichts erzählen. Er misstraute ihm noch immer, das stand außer

Frage. Die Männer lieferten sich mit den Augen bereits das erste Morgenduell und Mayla stellte sich absichtlich zwischen die beiden.

»Ich habe beschlossen, dass wir noch mal in das Haus gehen, in dem sich meine Oma versteckt hat, bevor sie entführt wurde.«

Georg verschränkte die Arme vor der Brust. »Ich habe es schon mehrfach mit meinen Kollegen durchsucht. Ich glaube zwar nicht, dass wir ...«

»Georg! Wir hatten das doch längst. Entweder du kommst mit oder wir gehen alleine!«

»Er kann ruhig hierbleiben!«, raunte Tom. Seine Stimme war noch immer tief und rau, obgleich er gewiss mehr sprach, seit er mit ihnen unterwegs war, als die letzten fünf Jahre zusammen. Er war ein Einzelgänger – wieso, das musste sie unbedingt herausfinden! Er hatte ihr immer noch nicht erzählt, welchem Zirkel er angehören würde, wenn er nicht als sogenannter Verstoßener leben würde. Und da er keinen Siegelring trug, konnte sie es auch nicht auf einen Blick erkennen.

Dass er ursprünglich dem Feuerzirkel angehört hatte, glaubte sie nicht, denn er hatte ihr die einfachen Feuerhexentricks wie Kerzen und Lampen anpusten nicht beigebracht. Und wenn er dem Wasserzirkel angehört hätte, wären Georg und er sich früher gewiss schon begegnet – das wäre ihr durch irgendwelche Kommentare aufgefallen. Folglich gehörte er höchstwahrscheinlich zum Erd- oder zum Luftzirkel.

»Ohne mich wird die Polizei sofort wissen, dass ihr in Melindas Haus seid, und dann landest du«, Georg zeigte auf Tom, »hinter Gittern. Nicht, dass ich etwas dagegen hätte ...«

Tom streckte den Rücken durch. Maylas Herz klopfte schneller, während sie seine große und sehnige Statur bewunderte. Wie gerne würde sie sich an ihn lehnen, an ihn schmiegen und tief seinen Geruch nach Wiese und Freiheit einatmen. Aber es gab diese Distanz zwischen ihnen. Diese Zurückhaltung, einander zu berühren, die mehr noch von ihm ausging als von ihr. Ob er auch ein Flattern im Magen verspürte, wenn er sie ansah? Ob seine Knie weich wurden, während er sie musterte? Oder war sie schlichtergreifend eine von vielen, die ihn toll fanden und zu denen er auf Abstand blieb?

Die langen Arme vor der Brust verschränkend, blickte er Georg abschätzig an. »Mit euren Bullentricks auf Kindergartenniveau haltet ihr mich bestimmt nicht auf. Sollen wir, Mayla?«

»Hör auf mit dem Mist, Tom!« Georg zog die rötlichen Brauen zusammen. Wenn er nicht so groß und breit gebaut wäre, würde man ihn wegen seiner netten Art nicht ernst nehmen. Doch ein Blick aus seinen grauen Augen reichte und seine Untergebenen kuschten. »Ich springe jetzt auf die Wache und sehe nach, was die Kollegen für heute geplant haben. Dann werde ich sagen, dass ich Melindas Haus ein letztes Mal untersuche. Somit werden sie nicht vorbeikommen, wenn die Alarmzauber losgehen, weil jemand den Tatort betritt.«

Tatort. Mayla bekam Gänsehaut. Was für ein ernster Begriff. Aber es war ernst. Bitterer Ernst. Sie mussten endlich mehr über das Verschwinden ihrer Oma herausfinden. Nicht nur, weil Melinda die Weltenfalte verschlossen halten musste, in der der Mörder von Maylas Eltern, Vincent von Eisenfels, gefangen war. Nein. Sie war die letzte Person, das letzte bisschen Familie, das Mayla noch hatte. Ihre echten Eltern waren tot, ihre Zieheltern konnten sich wahrscheinlich nicht mehr an sie erinnern, nur ihre Oma lebte noch. Ein Sehnen ergriff ihr Herz, das kaum zu erklären war. Sie kannte diese Person gar nicht. Dennoch drängte es sie, sie zu befreien und in die Arme zu schließen. Hoffentlich wurde dieser Wunschtraum bald wahr.

Aus der Innentasche seiner Lederjacke zog Tom eine goldene Uhr, die an einer feingliedrigen Kette hing. »Wir springen in zwanzig Minuten.«

Georg drehte sich zu Mayla und lächelte ihr zu. »Bis später.«

»Bis dann.«

Sie hörten ihn einen Spruch murmeln und einen Moment später verschwand er. Tom und sie waren alleine und sogleich klopfte ihr Herz schneller. Ruhig bleiben. Er empfand gewiss nicht das Gleiche für sie – sonst würde er sich nicht so distanziert verhalten. Nur wie sollte sie verdammt noch mal zwanzig Minuten herumbekommen, in denen er ihre Nervosität nicht bemerkte?

»Hier.« Ohne weitere Worte hielt er ihr eine Schachtel unter die Nase.

Sie runzelte die Stirn. Moment. Das waren doch nicht etwa …»Pralinen?« Ihr Herz setzte einen Augenblick aus zu schlagen, während sie ungläubig erst die Schachtel mit der Schokolade darin musterte und anschließend Tom. Er nickte bloß. Aber war da nicht ein Zucken unter seinem Dreitagebart?

»Du hast mir Pralinen mitgebracht?« Ihre Hand zitterte, während sie sie nach der Packung ausstreckte.

»Ich konnte es nicht länger mit ansehen.«

Er neigte den Kopf, dabei landete eine seiner dunklen Haarsträhnen in der Stirn, und legte ihr die Schachtel in die Hand.

Ungläubig blinzelte sie mehrmals. »Edelmischung. Ich weiß nicht, was ich sagen soll ...«

»Lass es dir schmecken.«

Unsicher sah sie auf. War jetzt der Moment, ihn zu umarmen, die Distanz zu überwinden? Ihr Herz klopfte schneller und sie trat einen unbedarften Schritt auf ihn zu. Für einen Moment glaubte sie, er käme auch näher, doch dann winkte er sogleich wieder ab, verschränkte die Arme vor der Brust und lehnte sich gegen den Stamm einer Kiefer. »Nicht der Rede wert. Auf der Burg hat sich übrigens so einiges verändert.«

Okay, Themenwechsel. Das ging schnell, aber so war es immer. Jedes Mal, wenn sie glaubte, er wolle sie umarmen oder mit seinen Händen berühren, drehte er sich rasch von ihr weg. Er wollte nicht, dass sie ihm näherkam. Hatte er bemerkt, dass sie es vorgehabt hatte? Wieso brachte er immer wieder diese Distanz zwischen sie beide – und schenkte ihr aber Schokolade? Schokolade!

»Moment!« Sie hob die Hand, als wolle sie den Straßenverkehr anhalten, und blickte auf die Pralinenpackung. Sie öffnete sie und nahm feierlich eine Zartbitterkugel heraus, in der dem Geruch nach zu urteilen Marzipan enthalten sein musste. Wie in Zeitlupe steckte sie sich die Süßigkeit in den Mund und schloss die Augen. Marzipan, sie hatte richtig gelegen, wie immer. Und noch etwas war dabei ... ein Hauch Zimt. Himmlisch.

Mein Gott, solange Zeit hatte sie seit ihrer Geburt nicht auf Schokolade verzichten müssen. Dennoch hätte sie niemals für möglich gehalten, dass der Geschmack durch die Entbehrung noch besser werden konnte! Die Schokolade schmolz auf ihrer Zunge und Mayla entspannte. Sie genoss die Praline mit jeder Faser, bevor sie sie schluckte und Tom wieder ihre Aufmerksamkeit schenkte.»Wie lecker. Danke!« Auffordernd hielt sie ihm die Schachtel entgegen.»Auch eine?«

»Nein, danke.« Ernst blickte er sie an.»Du weißt, ich traue Georg nicht über den Weg.«

Schon setzte sie an, ihn zu unterbrechen, doch er hob die Hand.

»Stopp, lass mich erst mal ausreden. Ich glaube nicht, dass er dir schaden will, aber ich bilde mir nicht ein, dass unsere unfreiwillige Teambildung dieses Bedürfnis auch auf mich ausweitet. Es könnte also sehr gut sein, dass er und seine Kollegen eine Falle vorbereiten. Falls dem so ist, werde ich fliehen. Aber du bleibst erst mal an Georgs Seite, zu deiner Sicherheit. Sobald er dich nicht beobachtet, springst du an den Bodensee. Kannst du dich an das Café erinnern, in dem wir Rupert Tauber, den Detektiv, getroffen haben?«

Mayla nickte stirnrunzelnd.

»Dort oder im Umkreis des Cafés finden wir uns immer wieder. Alles klar?«

»Darf ich wieder sprechen?«

Seine Mundwinkel zuckten.»Ich bitte darum.«

»Georg weiß, wenn er dich einsperrt oder in einen Hinterhalt lockt, kriegt er es mit mir zu tun.«

»Das wird er wissen, ja.« Er griff nach seinem Amulettschlüssel.»Der Spruch, um zu diesem Café zu gelangen, heißt ›Perduce me ad lacum Brigantinum‹. Merkst du dir das?«

»Hast du eine Ahnung, wie viele lateinische Wörter ich in den letzten Tagen gepaukt habe! Dagegen sind die zwei Begriffe kein Problem. Lacus Brigantinus heißt also Bodensee.« Sie deutete auf ihre Stirn. »Ist abgespeichert für immer.«

»Ich hoffe es.«

»Was hast du noch auf Burg Donnersberg erfahren?«

Stirnrunzelnd sah er sie an und sie seufzte auf.

»Du hast eben vor Georg nicht alles erzählt. Lass dir doch nicht alles aus der Nase ziehen! Also?«

»Es ist ruhig dort oben.«

»Ruhig? Und sonst?«

Er zuckte mit den Schultern. »Nichts Neues.«

»Hast du Violett gesehen? Und die anderen?«

Kopfschüttelnd holte er die goldene Uhr aus seiner Innentasche. »So, die zwanzig Minuten sind gleich um. Halte dich bereit. Ich springe zuerst und wenn ich in zwei Minuten nicht zurück bin, kommst du nach, in Ordnung?«

»Wieso soll ich warten?«

»Falls sich ein paar Jäger dort aufhalten.«

»Aber die Polizei bewacht doch den Tatort.«

»Du vergisst, dass es einige Maulwürfe in der Polizei gibt, die mit den Jägern zusammenarbeiten.«

»Selbst wenn welche da sind, dann benutze ich den Explodierzauber, den ich gelernt habe.« Sie richtete ihre Hände auf einen Busch hinter Tom und rief: »Dirumpe!«, worauf der Strauch in die Luft flog und die zerbrochenen Zweige und Blätter verstreut zu Boden rieselten. Tom zuckte kein bisschen.

»Als erstes immer den Schutzschild. Denk daran.«

»Tutare – als könnte ich den Spruch je wieder vergessen. Aber ich brauche noch mehr Tricks. Wann lerne ich die anderen Angriffszauber wie beispielsweise den, mit dem mich die Jäger getroffen haben?«

»Du weißt, wenn du diese Sprüche anwendest, musst du deinem Gegner wirklich schaden wollen.«

Bei dem Gedanken wanderte ein Schauer über ihren Rücken, aber sie konnte nicht auf ewig den Kopf einziehen und andere ihre Kämpfe ausfechten lassen. »Wenn mich jemand angreift und mein Leben bedroht, dann wehre ich mich.«

»Es reicht erst mal, wenn du den Schutzzauber und den Dirumpe-Hexspruch kannst. Damit bist du in der Lage, dich zu verteidigen, bis du fliehen kannst oder dir jemand zu Hilfe kommt.«

So antwortete er immer. Und Georg auch. Entrüstet wollte sie ihn vom Gegenteil überzeugen, doch eine kleine Stimme in ihr flüsterte, dass die beiden recht hatten. Sie wollte niemandem Schmerzen zufügen. So jemand war sie nicht. Wehren, ja, aber jemanden verletzen ... Sie hatte keine solche Ader in sich und wusste auch nicht, ob sie je zu so etwas in der Lage sein wollte. »Aber es gibt doch bestimmt zig andere Sprüche, mit denen ich angreifen kann, ohne jemanden zu Tode zu quälen. Wann lerne ich die?«

»Alles zu seiner Zeit.« Er spähte zwischen die hohen Kiefern, lauschte, ob er jemanden hören konnte, doch wie in den letzten Wochen waren sie unter sich. »Du wartest zwei Minuten und springst mir dann hinterher, verstanden?«

»Ihr könnt mich nicht auf ewig beschützen. Über kurz oder lang muss ich lernen, mich zu verteidigen!« Tief durchatmend schnappte sie sich ihren Amulettschlüssel und raunte: »Perduce me in latibulum Melindae!«

Kapitel 4

S ie sprang mithilfe des Amuletts direkt in Melindas Wohnzimmer, dort, wo sie auch das erste Mal mit Tom gelandet war. Sie hielt die Hände hoch und murmelte:»Tutare!« – nur zur Sicherheit. Um sie herum baute sich ein bläulich schimmernder Schutzschild auf und sie konnte sich in Ruhe umsehen.

»Was tust du hier alleine?« Georg kam aus der Küche auf sie zugestürmt, auf der Stirn zwei tiefe Querfalten. »Was fällt ihm ein, dich vorzuschicken? So feige hätte ich nicht einmal ihn eingeschätzt.«

»Ich habe sie keineswegs vorgeschickt.« Geräuschlos hatte Tom sich neben Mayla materialisiert und schaute sie in einer Mischung aus Anerkennung und Ernst an. »Wenigstens den Schutzzauber hast du gleich gemacht.«

Grinsend löste sie den Schutzschild auf und Tom wandte sich an Georg.

»Wie viel Zeit bleibt uns, bis deine Kollegen hier auftauchen?«

»Es wird niemand kommen. Es gab letzte Nacht fünf Fälle von entführten Hexen. Wieder wurden ihnen die Siegelringe abgenommen, sodass die Zirkel sie nicht auffinden können. Meine Kollegen suchen unter Hochdruck nach ihnen. Doch wahrscheinlich werden sie in den nächsten Tagen wieder nur die Leichen finden und feststellen müssen, dass ihnen ihre Magie geraubt wurde.

Ich hoffe wirklich, du und deine Bande habt damit nichts zu schaffen. Immerhin warst du letzte Nacht nicht bei uns, sondern unterwegs.« Georg warf ihm einen scharfen Blick zu.

Tom ließ sich gar nicht darauf ein. »Ich suche hier im Wohnzimmer – du kannst gerne woanders suchen.« Ohne ihnen den Rücken zuzuwenden, widmete er sich einer uralt aussehenden Kommode, deren oberste Schublade quietschte, als er sie aufzog.

»Ich schau mal in der Küche nach. Vielleicht hat sie noch mehr Pralinen gebunkert, deren Verfallsdatum bereits verstrichen ist.« Mayla spazierte in den angrenzenden Raum und durchforstete die Schränke. Doch außer verschrumpeltem Gemüse und Obst fand sie nichts Essbares oder anderweitig Auffälliges.

Georg stellte sich in der Mitte des Wohnzimmers auf und verschränkte die Arme vor der Brust. »Meine Männer und ich haben das Haus bestimmt schon zehnmal durchsucht und keinerlei nützliche Informationen ausfindig gemacht. Das ist doch reine Zeitverschwendung!« Gleichzeitig ließ er Tom keine Sekunde aus den Augen, als befürchtete er, der könnte doch etwas finden und es unterschlagen.

Mayla kam aus der Küche zurück und lief hinaus auf den engen Flur zur Treppe. »Ich stöbere mal durch ihr Schlafzimmer.« Sie marschierte in das obere Stockwerk, in dem sich ein großer Raum und ein kleines Badezimmer befanden. Mehr nicht. Das Zimmer bestand aus einem Schlafbereich und einer Leseecke, die unterteilt wurden durch ein halbhohes Regal, das offensichtlich bereits mehrfach durchwühlt worden war. Wie konnten die Beamten nur so achtlos mit den Habseligkeiten ihrer Oma umspringen? Sorgfältig reihte

Mayla die verschiedenen Kerzen und Duftöle nebeneinander auf, wobei der Geruch der Fläschchen durch den Raum wanderte. Rose und etwas Zitroniges war dabei. Wonach ihre Oma wohl roch?

Ein Gefühl von Zugehörigkeit ergriff sie. Sie stand in dem Haus, in dem ihre Oma viele Wochen gewohnt und das ihr als Versteck gedient hatte. Wie viel Zeit ihres Lebens hatte sie hier verbracht? Schade, dass der Raum derart verwüstet war – sonst hätte sie sich besser ein Bild von ihr und ihrer Lebensart machen können.

Beiläufig griff sie nach den beiden Bilderrahmen, die falsch herum auf dem Regal lagen. Das Glas war zersprungen und die Fotografien hingen lose zwischen den Holzrahmen. Sie zeigten Pflanzen, die ihr unbekannt waren. Eine große mit lilafarbenen Blüten und eine buschige mit kleinen sternförmigen. Sorgsam darauf bedacht, die Bilder nicht zu knicken, löste sie sie aus dem Rahmen. Wenn ihre Oma sie gerahmt hatte, bedeuteten sie ihr womöglich etwas und Mayla wollte sie für sie aufbewahren. Dabei fielen ihr zwei weitere Fotos in die Hände, die dahinter verborgen gewesen waren.

Das erste Bild zeigte ... sie selbst ... als vielleicht siebenjähriges Mädchen. Die Fotografie war aus der Ferne aufgenommen. Moment, sie konnte sich an den Tag erinnern. Damals war sie mit ihren Eltern im Wald gewesen und über einen knöcheltiefen Bach gesprungen. Sie hatte sich so gefreut, nicht ins Wasser gefallen zu sein, und strahlte trotz Zahnlücken bis über beide Backen. Ihre Oma musste in der Nähe gewesen sein und das Foto geschossen haben.

Vor Freude machte ihr Herz einen Sprung. Sie hatte sie beobachtet, war in ihrer Nähe gewesen und hatte aufgepasst, dass sich ihr wirklich kein unerwünschter Hexer näherte. Lächelnd drückte sie das Foto an ihre Brust. Wärme durchströmte sie und ein Gefühl von Geborgenheit hüllte sie ein wie ein weicher Mantel.

Sie griff nach dem anderen Foto ... und Tränen schossen in ihre Augen. Es war ein Bild ihrer Eltern ... und von einem Baby. Emma und Markus strahlten in die Kamera. Die roten Locken ihrer Mutter waren vom Wind zerzaust und als sie in die Augen ihres Vaters blickte, war es, als sähe sie sich selbst. Die beiden wirkten so glücklich. Und auf dem Arm ihrer Mutter, eingehüllt in zartgelbe Tücher, lag ein winziger Säugling, der den Zeigefinger ihres Vaters fest mit seiner winzigen Faust umschloss. War sie das? Wer sollte es sonst sein? Eine Cousine? Ein Neffe? Ein Nachbarskind? Nein. Das war niemand anderes. Das war sie.

Sie hatte nicht gewusst, dass es überhaupt eine Fotografie von ihnen drei gab. Immerhin war sie gerade einmal zwei Wochen alt gewesen, als ihre Eltern getötet worden waren und ihre Oma sie zu Anneliese und Peter Falk gebracht hatte. Sehnsüchtig betrachtete sie das Foto und verlor sich dabei gänzlich. Ihre Eltern standen auf einer Wiese und im Hintergrund war ein kleines Haus zu sehen, das eine behagliche Atmosphäre ausstrahlte. War das ihr Zuhause gewesen? Der Ort, an dem sich ihre Eltern versteckt hatten und sie geboren worden war?

Feste Schritte auf der Treppe rissen sie zurück in die Wirklichkeit.

»Ich habe da oben alles durchsucht. Ich wüsste nicht, wieso ihr alle beide noch mal das Schlafzimmer durchkämmen müsstet.« Das war Georg. Die Stufen knarzten unter den festen Schritten der Männer, die nach oben kamen. Rasch ließ sie die Bilder in ihre Handtasche gleiten und legte die zerstörten Rahmen zurück auf die Kommode.

»Schon was gefunden?«, fragte Tom, der sich ducken musste, weil die Decke so niedrig war.

»Nichts, was uns weiterhelfen könnte. Aber ich bin noch nicht fertig.« Möglichst beiläufig räumte sie eine Kerze von links nach rechts, als wäre sie noch am Suchen. Bloß nicht ertappt aussehen! Die Fotos waren ihr Schatz, den sie erst einmal selbst in Ruhe betrachten wollte, bevor sie andere daran teilhaben ließ.

Georg folgte Tom auf den Fuß. »Auch auf die Gefahr hin, dass ich mich wiederhole: Was sollte es hier noch zu finden geben, wenn bereits mehrere ausgebildete Polizisten dieses Haus durchsucht haben?«

Hast du eine Ahnung, schoss es Mayla durch den Kopf. »Solche Kommentare bringen uns auch nicht weiter. Entweder du hilfst mit, Georg, oder du wartest unten.« Neugierig widmete sie sich der Leseecke. Ein monströser Sessel, mit Flicken übersät, stand direkt neben dem kleinen Fenster, das den Blick freigab auf einen breiten Walnussbaum. Auf einem Ast saß eine Krähe, die laut krächzte, als sie Mayla sah.

War das dieselbe Krähe, die auch vor ihrem Zimmer in dem Gasthaus im Baum gesessen hatte? Verfolgte sie sie etwa? Aber weshalb? Das war doch wohl nicht ihr Seelentier! Sie wollte viel lieber eine Katze haben. Kitty am liebsten – das ging natürlich nicht. Aber wenigstens ein anderes Tier, mit dem es sich schön kuscheln ließ.

»Welche Tiere können noch mal Seelentiere sein?«, fragte sie möglichst beiläufig.

»Katzen, Eulen und Krähen, wieso?«, antwortete Georg.

»Ich frage nur.«

»Hat sich dir bereits ein Tier genähert?«

»Nein!« Die Antwort kam vermutlich zu schnell. Sie betrachtete die Krähe, die den Kopf schief legte, und sah schnell woanders hin – nicht dass der schwarze Vogel sich ermutigt sah und davon ausging, sie wollte ihn als Seelentier haben!

»So langsam sollte aber ein Tier auf dem Weg zu dir sein. Immerhin ist deine Hexenkraft vor fast vier Wochen erwacht.«

»Wann kommen Seelentiere normalerweise zu einem? Wenn man noch ein Kind ist?« Sie musste ihn unbedingt von sich selbst ablenken und tat so, als suche sie die kleinen Keramikwichtel auf dem Fensterbrett nach etwas Auffälligem ab.

»Kurz nach der Geburt. Sie verfolgen das Kind sozusagen, bis es in der Lage ist, ihre Kommunikation zu verstehen, was meist schon vor dem ersten Geburtstag der Fall ist.«

»So früh? Aber wie sollen die Babys mit ihnen reden?«

Georg schmunzelte. »Die Tiere reden doch auch nicht mit uns, sondern schicken uns Bilder und Gefühle. In dem Alter sind die Kinder bereits in der Lage, ebenfalls über Emotionen mit ihren Seelentieren zu kommunizieren.«

»Das stelle ich mir schön vor.« Schade, dass ihr diese Erfahrung verwehrt geblieben war. Na, Hauptsache, ihr Seelentier war nicht diese Krähe in dem Baum da drüben! Wenn sie sie nur lange genug ignorierte, ging sie vielleicht wieder und ein kuscheligeres Tier trat an ihre Stelle. Ein Versuch war es wert.

Sie wandte sich vom Fenster ab und ging den Bücherstapel auf dem Beistelltisch durch. Wie zu erwarten waren es

Sachbücher über Pflanzen und Geschichte – offensichtlich die zwei Lieblingsthemen ihrer Oma. Ohne große Erwartungen nahm sie das oberste, das sich laut dem Titel den vergessenen Heilkräutern der vergangenen Jahrhunderte widmete, und blätterte es durch. Vielleicht verbarg sich darin ja ein Zettel. Als sie das letzte Werk durchgesehen hatte, war ihr noch immer kein einziger Hinweis in die Hände gefallen. Doch noch bevor sie das Buch zuschlug, fiel ihr ein Stempel ins Auge. Sie klappte es erneut vorne auf und betrachtete den Schmutztitel.»Das sind ja Leihbücher!«

Auf den Knien hockend fuhr Tom mit der Hand unter dem Kleiderschrank über den Boden.»Das ist nichts Außergewöhnliches bei dem Lesekonsum deiner Großmutter. Alle Bücher, die sie interessiert haben, fänden ohnehin keinen Platz in ihrem Haus – selbst wenn sie dieses Versteck als zusätzlichen Lagerraum genutzt hätte.«

»Wir müssen sie zurückgeben. Sonst muss meine Oma Strafe zahlen.«

Schmunzelnd trat Georg neben sie.»Mayla, es gibt weitaus Wichtigeres, als die Leihbücher deiner Oma zurückzubringen.«

»Sagt wer?« Tom trat von dem Schrank fort und schaute ihr über die Schulter.»Es könnte ein Hinweis sein. Wieso hat sie die Bücher hier gehabt? Sie muss in letzter Zeit darin gelesen haben. Oder sie wollte, dass wir sie zurückgeben. Vielleicht …«

Georg schüttelte den Kopf.»Das sind reichlich viele Spekulationen.«

Mayla sah ihn direkt an.»Könnte aber doch sein.«

»Also schön«, seufzte er auf.»Aus welcher Bücherei stammen sie?«

Sie blickte auf den Stempel.»Bibliothek Ulmenstadt. Wo zum Teufel liegt das denn?«

»Das ist eine reine Hexenstadt. Liegt im Harz. Aber ich weiß nicht, ob es so klug ist, wenn wir uns zu dritt dort blicken lassen. Falls einer aus meinem Revier zufällig auch vor Ort ist und uns zusammen sieht …«

»Dann springen nur Tom und ich, und du wartest bei unserem Stammplatz.«

Georgs Blick verfinsterte sich.»So war das nicht gemeint. Es wäre wesentlich klüger, wenn du hierbleibst!« Er sah zu Tom.

In aller Seelenruhe verschränkte Tom die Arme vor der Brust.»Wieso? Weil die Leute der Opposition so gerne einen Bullen wie dich ins Vertrauen ziehen?«

Wie ein Schiedsrichter hob Mayla die Arme.»Euer ständiges Herumgestreite geht mir langsam auf den Keks. Jetzt reißt euch mal zusammen! Uns wird schon niemand sehen, wenn wir direkt vor die Bibliothek springen – oder sogar hinein. Ein bisschen Optimismus hat noch keinem geschadet.« Georg holte Luft, um zu widersprechen, doch sie fuhr ihm über den Mund:»Wer etwas dagegen hat, den treffen wir an den rheinischen Felsen wieder! Also. Stimmt der Spruch ›Perduce me in …‹? Mist, was heißt Bibliothek auf Latein?«

Georg schmunzelte und nahm ihr die vier Bücher aus der Hand.»Bibliotheca.«

»Na, das nenn ich mal leicht zu merken. Und für Ulmenstadt sage ich was?«

»Der Spruch heißt ›Perduce me ad bibliothecam municipii ulmi‹«, unterbrach Tom ungeduldig.»Und jetzt los.«

»Seid ihr unten schon fertig mit Suchen?«

Tom nickte und umfasste den Amulettschlüssel. Georg und Mayla taten es ihm gleich und murmelten die Formel. Die Farben des Schlafzimmers wirbelten um sie herum und sie hoben vom Teppich ab. Einen Augenblick später hatten sie wieder festen Boden unter den Füßen und standen mitten in Ulmenstadt.

Kapitel 5

Maylas Absätze klackerten, als sie auf das Kopfsteinpflaster trafen. Staunend trat sie ein paar Schritte vor und sah sich um.

Sie befanden sich mitten in einer Kleinstadt und der Großteil der umstehenden Häuser war bestimmt mehrere hundert Jahre alt. Die meisten waren Fachwerkhäuser, auf deren Fensterbrettern rote Geranien, Stiefmütterchen oder Veilchen wuchsen. Wand an Wand waren sie gebaut und umrahmten die breite Hauptstraße des Ortes, auf der sich zahlreiche Leute zum Einkauf tummelten. Am Ende der Hauptstraße stand ein steinernes Monument. Stellte es Menschen dar? Mayla kniff die Augen zusammen und trat ein paar Schritte darauf zu, als sie von Georg am Arm festgehalten wurde.

»Moment, Madame, wir wollten in die Bibliothek und keinen Stadtbummel machen.«

»Ist das eine reine Hexenstadt? Ich meine, wie groß ist sie? Wohnen am Ende der Weltenfalte Menschen?«

Tom schüttelte den Kopf. »Nein, keine Menschen. Wir befinden uns mitten im Harz in einem großen Waldgebiet. Ulmenstadt ist eine jahrhundertealte Hexensiedlung, die im Zentrum einer großen Falte liegt. Und jetzt komm.«

Er trat die breiten Stufen hinauf zur Bibliothek, die als klassizistische Villa aus der Reihe der bescheidenen Fachwerkhäuser herausstach. Um den Bau richtig sehen zu

51

können, legte Mayla den Kopf weit in den Nacken. Beeindruckt blieb sie stehen.

»Was für ein schönes Gebäude. Die vier Säulen davor und die Reliefs … Der Bau ist aber neueren Datums, zumindest nicht so alt wie die übrigen Häuser, oder?«

Georg lief an ihrer Seite die Stufen hoch. »Ja, das ist eine der größten Hexenbibliotheken, die es in Europa gibt. Vor hundertfünfzig Jahren haben die Stadträte beschlossen, ein neues Gebäude zu errichten – größer und der damaligen Architektur angepasst, weshalb es ein klassizistisches Bauwerk geworden ist. Sinn und Zweck war es, das gesammelte magische Wissen der vergangenen Jahrhunderte an einem Ort beherbergen zu können. Warts ab, bis du die hohen Decken und die Stuckverzierung drinnen gesehen hast. Das war noch handwerkliche Hexenkunst!«

Sie traten durch die breite Flügeltür, bei der nicht einmal Tom in Verlegenheit kam, den Kopf einziehen zu müssen, und fanden sich wieder in einem weiträumigen Empfangsraum, von dem aus mehrere Türen abzweigten. In der Mitte thronte ein antiker hölzerner Schreibtisch, an dem ein alter Mann saß und mit einer Gänsefeder auf Pergament schrieb. Das kratzende Geräusch war das einzige, das die Ruhe in dem ehrwürdigen Gebäude vielmehr untermalte, als sie zu stören.

Der Bibliothekar hörte sie, zumindest Maylas Absätze, die auf dem glänzenden Marmorboden aufschlugen. In aller Seelenruhe steckte er die Feder in eine filigrane Halterung und linste über den Rand seiner Lesebrille. Er hatte nur noch wenige weiße Haare auf dem Kopf, die er sich von links nach rechts über seine Halbglatze gekämmt hatte. Um seine hellblauen Augen waren so viele Falten, dass man sie nicht mehr zählen konnte. Doch seine Augen waren klar und wach, ebenso wie sein Verstand. Er trug ein Hemd, eine Fliege und eine Weste, genau wie der Antiquar, der …

Mayla erstarrte. Sie kannte diesen Mann.

Er war doch …

»Herzlich willkommen, Mayla von Flammenstein, in der Bibliothek Ulmenstadt. Mein Name ist Arnold Binder. Ich habe Sie bereits erwartet.« Er nahm die Lesebrille von der Nase, die an einer langen Kette um seinen Hals befestigt war, trat hinter seinem Schreibtisch hervor und kam auf sie zu.

Perplex musterte sie ihn von Kopf bis Fuß. »Sie sind der Mann aus … Sie haben mir das … Aber wie kann das sein?«

Der Bibliothekar zwinkerte ihr zu und nickte. »Sie haben ein gutes Gedächtnis. Ich war derjenige, der Ihnen das lateinische Nachschlagewerk geschenkt hat, das ist korrekt. Mittlerweile wissen Sie wohl, weshalb ich dachte, es könne Ihnen von Nutzen sein.«

Unschlüssig sah Georg zwischen den beiden hin und her. »Ihr kennt euch?«

»Ja.« Mayla blickte nur kurz zu ihm, und gleich wieder zu dem älteren Herrn. »An dem Abend, bevor ich tags darauf von meinen magischen Kräften erfahren habe, sind wir uns begegnet. Aber woher kennen Sie meinen Namen? Und wieso haben Sie damals schon gewusst, dass ich eine Hexe bin? Das haben Sie doch, oder? Sonst hätten Sie mir nicht das Lateinwörterbuch geschenkt!«

Arnold Binder nickte langsam. »Ihre Kräfte waren bereits erwacht, nur noch nicht so stark entfaltet, dass Ihre unüberlegten Gesten etwas Augenscheinliches bewirkt hätten.«

Stirnrunzelnd sah sie ihn an. »Sie waren bereits erwacht? Woher wollen Sie das wissen?«

Lächelnd überging er ihre Frage. »Haben Sie vielleicht ein paar Bücher für mich, die Ihre werte Großmutter noch nicht zurückgegeben hat?«

Georg trat vor und legte sie auf den Schreibtisch. »Das sind hoffentlich alle.«

»Woher wussten Sie, das Mayla kommen würde?«, schaltete sich Tom ein. »Wieso haben Sie sie erwartet und woher kennen Sie ihren Nachnamen? Haben Sie eine Botschaft für uns?«

Der Bibliothekar lächelte geheimnisvoll. »Ich habe in der Tat eine Botschaft, doch sie ist ausschließlich für Fräulein von Flammenstein bestimmt. Ich schlage vor, die Herren nutzen die Zeit und schauen sich ein wenig um. Sie haben gewiss nicht oft die Gelegenheit, in einer Bücherei zu stöbern, die so viel altes Wissen beherbergt.« Auffordernd nickte er Mayla zu und wies mit der Hand in Richtung eines Flurs, der von der Empfangshalle abzweigte. »Wenn Sie so freundlich wären, Fräulein von Flammenstein, mir zu folgen?«

Zustimmend blickte sie abwechselnd zu Georg und Tom, die beide mehr als unzufrieden darüber aussahen, dass Mayla alleine mit dem Herrn gehen sollte. »Ich bin gespannt. Endlich ein Hinweis! Wir sehen uns gleich wieder.«

Neugierig spazierte sie hinter dem alten Mann her, der sie in einen kleinen Raum am Ende des Flurs führte. Als sie das Zimmer betrat und er die Tür hinter ihr schloss, wurde ihr ein wenig mulmig zumute. Sie war in den letzten Wochen in so viele bedrohliche Situationen geraten, dass ihre Sorglosigkeit abgenommen hatte. Hoffentlich war er wirklich so harmlos, wie ihr Instinkt es ihr zuflüsterte. Doch sie wollte sich ihre Unsicherheit nicht anmerken lassen. Außerdem war sie nicht mehr so wehrlos wie noch vor Wochen. Einiges hatte sie gelernt und das würde sie anwenden, wenn er sie bedrohen sollte.

Doch der Bibliothekar blieb ruhig und gelassen und lächelte ihr aufmunternd zu, weshalb sie dieses Szenario gedanklich beiseite schob.

»Setzen Sie sich.« Er deutete auf einen Stuhl, der vor einem kleinen Schreibtisch stand, hinter dem er sich niederließ. Daneben standen auf zwei Halbsäulen Büsten aus Marmor von einer Frau und einem Mann, die Mayla gänzlich unbekannt waren. Dazwischen stapelten sich zahlreiche Landkarten.

»Ich bin froh, dass Sie endlich gekommen sind. Ich habe Sie bereits früher erwartet, doch offenbar wurden Sie aufgehalten?«

Sie nickte bloß, zu viel verraten wollte sie ihm lieber erst einmal nicht, und setzte sich mit durchgedrücktem Rücken auf den Stuhl. Ein Bein über das andere schlagend überflog sie die Bücherschränke zu den Seiten und den Globus in der Ecke, der irgendwie nicht so aussah wie diejenigen, die sie aus der Menschenwelt kannte. Waren auf ihm möglicherweise die Weltenfalten eingezeichnet? Bevor ihre Neugier sie vom eigentlichen Grund ihres Aufenthaltes ablenken konnte, richtete sie ihre Aufmerksamkeit auf den Bibliothekar.

»Haben Sie eine Nachricht von meiner Oma für mich? Und woher haben Sie erfahren, wer ich bin? Es gibt nicht viele, die von meiner Existenz wissen.«

Eingehend betrachtete er sie. »Sie haben die Augen und die Haarfarbe ihres Vaters geerbt und denselben Gesichtsausdruck wie Melinda. Doch wie mir ihre werte Großmutter verraten hat, haben sie die Vorliebe für Schokolade von ihrer Frau Mama.«

Mayla neigte den Kopf. »Und das konnten Sie mir nicht vor meinen Freunden sagen?«

»Und die Ungeduld haben Sie von Ihrer Großmutter.« Ihre Mundwinkel zuckten.

»Ja, ich habe eine Nachricht von Ihrer werten Frau Großmama. Sie hat sie mir gegeben, bevor sie sich in ihrem verborgenen Haus zurückgezogen hat, um in aller Ruhe gewisser Studien nachzugehen.«

»Gewisser Studien?« Hellhörig beugte sie sich vor. »Was meinen Sie damit?«

»Wie Sie vielleicht wissen, hat Melinda von Flammenstein, Ihre Frau Großmutter, seit Jahrzehnten versucht herauszufinden, wie damals Vincent von Eisenfels die geheime Weltenfalte finden konnte, in der sie ihre Tochter und ihren Schwiegersohn versteckt hielt – und in der Sie geboren wurden, nicht wahr?«

Meine Güte, so weit ausholen musste er doch nun wirklich nicht! Wieso nur hatten alte Menschen immer zu viel Zeit, selbst dann, wenn es alle anderen mehr als eilig hatten?

»Hat sie die Verräter mittlerweile gefunden?«

Arnold Binder schüttelte den Kopf. »Nicht soweit es mir bekannt ist. Deshalb hat sie in den letzten Wochen einen neuen Ansatz verfolgt. Nicht mehr die Mitglieder der Opposition und der Polizei, die damals Bescheid wussten, hat sie unter die Lupe genommen, sondern die Familie von Eisenfels selbst.«

Ihre Augen wurden größer. »Er hat noch lebende Verwandte?«

Nun, da der Bibliothekar es erwähnte, schien es offensichtlich. Wieso hatte sie nicht schon früher daran gedacht? Mit großer Wahrscheinlichkeit waren es seine Verwandten, die die Jäger anführten und die Hexen töteten und sie anschließend ihrer Magie beraubten. Aber wo waren sie? Wo lebten sie?

Arnold Binder zuckte bedauernd mit den Schultern. »Es ist nichts über seine Familie bekannt. Alle Unterlagen wurden vernichtet, während Vincent von Eisenfels verschwunden war und bevor er zurückkam, um die Gründerfamilien der Hexenzirkel auszuradieren. Er hatte damals bereits fleißige Helfershelfer, die gründlich hinter ihm und sich selbst aufgeräumt haben.«

»Aber es muss doch nachweisbar sein, ob er Geschwister hatte oder ob seine Eltern noch leben. Die Familie ist doch bekannter in der Hexenwelt als ein sprechender Schokoriegel, oder etwa nicht?«

»Das ist schon richtig.« Gemächlich nickte der Bibliothekar. »Bekannt sind sie, mehr als das, aber seit Jahrhunderten leben sie von uns anderen separiert. Sie haben sich damals auf ihren Stammsitz zurückgezogen.«

»Ha!« Mit der flachen Hand schlug sie auf den Schreibtisch. »Ihr Stammsitz! Dass wir da nicht schon früher dran gedacht haben.«

In aller Seelenruhe faltete Arnold Binder seine Hände ineinander und legte sie auf den Schreibtisch. »Wie Sie sich vielleicht denken können, befindet sich dieser Stammsitz in einer Weltenfalte, die nur die Familie von Eisenfels betreten kann.«

Verdammt – aber davon war natürlich auszugehen. »Hat die Familie weitere Wohnsitze?«

»Es ist nichts darüber bekannt.«

Das konnte doch nicht wahr sein. »Gibt es andere Spuren? Irgendwelche Hinweise auf noch lebende Verwandte?«

»Durch die Jahrhunderte hinweg gab es Mitglieder der Familie, die sich mit anderem Namen unter die übrigen Hexen gemischt haben – um dem schlechten Ruf der Familie zu entkommen, oder um uns auszuhorchen und Unfrieden zu stiften. Aber was mit dem Großteil der Familie geschehen ist, wissen wir nicht. Der letzte, der öffentlich reden von sich gemacht hat, war Vincent selbst. Er ist unter seinem realen Namen auf die Hexenschule gegangen und hat dort bereits für reichlich Ärger gesorgt – insbesondere im Geschichtsunterricht, wie Sie sich vielleicht denken können.«

»Das habe ich gehört. Er wollte es nicht akzeptieren, dass seiner Familie kein eigener Zirkel zugeordnet wurde und er sich einer der anderen Oberhexen unterordnen sollte.«

»Ganz genau. Er war, wie auch seine Vorfahren, sehr mächtig – ich denke, die Kräfte der von Eisenfels sind mit denen der anderen Gründerfamilien durchaus gleichzusetzen. Sein Einwand ist also nicht ganz unberechtigt.«

Zwischen Maylas Brauen bildete sich eine tiefe Falte. »Er hat meine Eltern ermordet. Er hat das Recht auf einen eigenen Zirkel verwirkt!«

Ohne auf ihre Aussage einzugehen, fuhr er in seinen Ausführungen fort, als hätte sie nichts dazu gesagt. »Vincent hat die Hexenschule beendet und ist direkt nach seinem Abschluss spurlos verschwunden, von heute auf morgen. Er war damals gerade achtzehn Jahre alt. Lange Zeit hat ihn niemand zu Gesicht bekommen – zumindest nicht, dass die Allgemeinheit davon wüsste. Und in dieser Zeit sind sämtliche Unterlagen über seine Familie aus den Bibliotheken und Archiven verschwunden.«

»Verstehe. Verdächtig, verdächtig. Da hätte man sich ja schon denken können, dass er nichts Gutes im Schilde führt.

Meine Oma hat also versucht, doch noch etwas herauszufinden. Und? Ist sie fündig geworden?«

Der Bibliothekar zuckte mit den Schultern. »Das weiß ich nicht.«

»Vielleicht steht etwas in den Büchern, die sie ausgeliehen hat. Am besten, ich nehme sie noch mal mit.« Und sie musste unbedingt erneut in das Haus ihrer Oma. Vielleicht fanden sich dort irgendwelche Aufzeichnungen zu ihren Recherchen. Nun, da sie wusste, wonach sie suchen musste, würde sie die Unterlagen mit anderen Augen durchsehen.

»Das steht Ihnen selbstverständlich frei zu tun.« Er beugte sich ein Stück zurück, holte seinen Zauberstab aus der Innentasche seiner Weste hervor und richtete ihn auf eine Schublade des Schreibtisches. Ohne dass er ein Wort sprach, begann die Spitze des Zauberstabes zu leuchten und eines der Schubfächer öffnete sich.

»Sie können hexen, ohne zu sprechen?«

»Das sollten Sie auch lernen. Mit dem Blut, das in Ihren Adern fließt, sollte es Ihnen schon bald gelingen. Es ist recht nützlich, da Ihr Gegenüber auf diese Weise nicht erfährt, welchen Hexspruch Sie verwenden.«

Das war logisch. Sie musste es unbedingt üben. Tom konnte es auch – hatte er nicht mehrmals den Amulettschlüssel verwendet, ohne den Zielort zu sagen? Zuvor war es ihr nicht bewusst gewesen. Georg tat es nicht, aber auch er musste von dieser Möglichkeit wissen. Wieso hatten die zwei es ihr nicht längst beigebracht?

Aus der Schublade flog ein zusammengerolltes Schreiben hervor, das mit einem Wachssiegel verschlossen war. Sie streckte die Hand aus und es landete sanft darauf. Ihr Herz klopfte schneller. »Wissen Sie, was darin steht?«

Er schüttelte den Kopf und feine Lachfältchen bildeten sich um seine hellen Augen. »Es ist eine private Nachricht, die nur für Sie bestimmt ist. Ihre werte Frau Großmutter bat mich, Ihnen auszurichten, dass Sie es unter allen Umständen alleine öffnen sollen.«

Ein Kribbeln wanderte durch ihre Finger. Eine Nachricht ihrer Oma. Tränen schossen ihr in die Augen, die sie sogleich fortblinzelte. »Danke.«

»Wenn Sie möchten, lasse ich Sie für einen Moment alleine. Dann können Sie das Siegel sogleich brechen.«

»Nein. Ich werde es nachher in Ruhe aufmachen.« Und nicht in einem Raum, in dem sie noch nie zuvor gewesen war und der von wer weiß wem ausspioniert wurde. Nicht dass sie dem netten Bibliothekar misstraute. Aber es drängte sie danach, das Schreiben dort zu öffnen, wo sie sich unbeobachtet fühlte.

»Selbstverständlich steht es Ihnen frei, diese Entscheidung zu fällen, doch bedenken Sie die Bitte Ihrer Großmama: Das Schreiben ist nur für Sie bestimmt.«

Sorgfältig verstaute sie die Schriftrolle in ihrer Handtasche und erhob sich von dem Stuhl. »Ich danke Ihnen. Können Sie mir jetzt vielleicht noch das Register meiner Oma zeigen, damit ich weiß, welche Bücher sie zuletzt ausgeliehen hat?«

Er stand ebenfalls auf und verneigte sich galant in ihre Richtung. »Selbstverständlich, wertes Fräulein von Flammenstein.« Er zockelte zur Tür und hielt sie ihr auf.

Durch den Flur gelangten sie zurück in den großen Empfangsraum und zu dem Schreibtisch, vor dem Tom und Georg noch immer standen und auf sie warteten. Während Tom sich nur mit einem kurzen Blick auf Mayla davon versicherte, dass alles in Ordnung war, stürmte Georg sogleich auf sie zu.

»Alles okay? Hast du etwas herausgefunden?«

Sie warf dem Bibliothekar einen flüchtigen Blick zu. »Offenbar war meine Oma mit Recherchen beschäftigt und hat sich deshalb in ihr geheimes Haus zurückgezogen.«

Tom verschränkte die langen Arme vor der Brust. »Mit Recherchen? Worüber?«

»Sie hat versucht, mehr über die Familie von Eisenfels herauszufinden. Wenn wir die letzten Bücher, die sie sich aus dieser Bibliothek ausgeliehen hat, mitnehmen und selbst durchforsten, finden wir vielleicht etwas, das uns weiterhilft. Womöglich ist sie auf etwas gestoßen, das ihr zum Verhängnis wurde.«

Tom trat bereits an den großen Empfangstisch, an dem der Bibliothekar stand und ein dickes Register hervorhexte, das von selbst zu blättern begann. Kurz darauf blieb es aufgeschlagen liegen auf einer Seite, die aufzeigte, welche Bücher Melinda in den letzten Wochen mit nach Hause genommen hatte. »Können wir sie alle einmal einsehen?«, fragte er den Bibliothekar.

»Das sind weit über hundert Bücher!«

»Dann die aus den letzten vier Wochen.«

Arnold Binder nickte und auf einen Wink seines Zauberstabes kamen bestimmt über zwanzig Bücher aus den Nachbarräumen auf den Empfangstresen zugeflogen. Mayla trat schnell zur Seite, damit ihr keines der Werke an den Kopf knallte. Doch Georg und Tom blieben ungerührt mitten im Weg stehen, als würden die Bücher ihnen aus dem Weg gehen. Und tatsächlich, die Wälzer machten einen Schlenker nach oben, sodass keiner der beiden einen davon an den

Dickschädel bekam. Fein säuberlich stapelten sie sich auf dem antiken Schreibtisch übereinander und bildeten einen hohen Turm. »Wollen Sie wirklich alle ausleihen?«

»Das sind sehr viele ...« Abwechselnd sah Mayla die Männer an.

»Wir müssen eine Auswahl treffen«, entschied Georg, während Tom bereits die Buchtitel studierte.

»Es ist viel über Heilkräuter dabei«, murmelte er. »Die Pflanzenbücher können wir getrost hierlassen. Wir nehmen nur die Geschichtsbücher mit – aber davon alle.«

Mayla und Georg stimmten zu. Sie verteilten die zwölf Bücher untereinander und verabschiedeten sich von dem Bibliothekar.

»Passen Sie auf sich auf, Fräulein von Flammenstein. Wir setzen große Hoffnungen in Sie.«

Na toll, nur kein Druck!

∞

Wenige Minuten später traten sie aus der Bibliothek. Tom und Georg hatten jeweils vier Bücher unter dem Arm und Mayla vier weitere, die ihr Georg sogleich abnahm.

»Wir brauchen unbedingt einen Platz«, überlegte sie laut, »wo wir uns ungestört zurückziehen können und Tische und Stühle zur Verfügung haben.« Und wo die beiden Männer so abgelenkt über den Büchern brüteten, dass sie nicht mitbekamen, wie Mayla sich fortschlich, um den Inhalt der Schriftrolle zu studieren. Vielleicht befand sich sogar ein Hinweis darin, der sie weiterbrachte. So schnell wie möglich wollte sie die Nachricht lesen.

Georg nickte, während Tom bereits zu den Seiten schielte, ob sie jemand belauschte oder beobachtete. Es waren viele

Leute unterwegs. Einige von ihnen marschierten die Stufen zur Bibliothek hinauf, andere flanierten über die Hauptstraße. Normalerweise hätte Mayla gerne einen Einkaufsbummel gemacht und die Stadt näher kennengelernt. Aber das Schreiben ihrer Oma brannte beinahe ein Loch in ihre Tasche und es flüsterte unablässig:»Lies mich! Lies mich! Lies mich!«

Weiter unten auf dem Platz mit der Statuengruppe wurde es unruhig. Eine Horde junger Männer drängte auf den Platz.

»Schnell, lasst uns verschwinden!«, raunte Tom, der die Jäger sofort erkannte. Mayla sank gefühlt das Herz in die Hose und sogleich umfasste sie ihren Amulettschlüssel. Ohne sich zuvor zu verstecken, sprangen sie fort von Ulmenstadt ins Rheinland auf die hohen Klippen.

Ein wenig torkelte Mayla, als sie landeten, doch sie hatte sich gleich wieder im Griff, bevor Georg zu ihr eilen und einen Arm um sie legen konnte.»Wir brauchen Tische und Stühle. Oder wenigstens ein paar bequeme Sessel, wo wir die Bücher durchsehen können.«

Tom nickte.»Und wir sollten Melindas Unterlagen noch einmal durchsehen, ob sie irgendwelche Aufzeichnungen zu ihren Nachforschungen hinterlassen hat. Jetzt wissen wir wenigstens, wonach wir suchen müssen.«

Georg fuhr sich mit der Hand durch den kurzgeschorenen Bart, während er den Bücherstapel an seine Brust lehnte. »Ein Versteck wäre gut, in dem wir die Bücher ablegen. Wir könnten sie natürlich bei mir daheim aufbewahren, aber ich gehe davon aus, dass ihr nicht in die Weltenfalte mit dem Polizeirevier springen wollt …«

Tom sah an Georg vorbei zu Mayla. Sein Blick war ungewohnt intensiv.»Wir können zu mir.«

Hatte er das gerade wirklich vorgeschlagen? Er, der niemandem verriet, wo er nachts schlief, wenn er nicht bei ihnen war? Er, der so ein Geheimnis um seine Herkunft machte, der niemanden an sich heranließ, lud einen Polizisten und eine Hexe in sein Haus ein?

Mayla blickte kurz zu Georg und dann wieder zu Tom. Sie konnte sich ein Lächeln nicht verkneifen. »Ich bin dabei. Besser als die Falte, in der mich schon so viele Leute kennen.«

Wie seine Bleibe wohl aussah? Ein kleines Zimmer in einem großen anonymen Mietshaus? Irgendwie konnte sie sich das nicht vorstellen. Ein verlassenes Häuschen im Wald vielleicht?

Argwöhnisch verengte Georg die Augen. »Wo wäre das?«

»Es ist nur eine kleine Hütte in den Bergen, aber dort sind wir ungestört, weil niemand in der Weltenfalte vorbeikommt. Sie ist ... zu abgelegen.«

Eine Hütte in den Bergen ... auch passend.

»Na schön, aber ...«

»Ohne Aber, Georg!« Mayla sah ihn streng an. »Schwöre, dass du niemals irgendjemandem, keiner Menschenseele und auch keinem Seelentier oder sonst einem Lebewesen verrätst, wo sich Toms Zuhause befindet!«

Kurz zögerte er, dann hob er übertrieben die Hand zum Schwur und sah Tom misstrauisch an. »Ich verspreche es. Auch wenn es mich wundert, dass du plötzlich so vertrauensselig bist. Also, wo müssen wir hin?«

Tom holte seinen Amulettschlüssel hervor. »Ich werde den Spruch lautlos sagen und euch beim Springen mitnehmen. Das ist meine Bedingung.«

Das war zu erwarten gewesen.

Dennoch stach es ein wenig in Maylas Herz, dass er ihnen so wenig vertraute. Lag es wirklich nur an Georg? Hätte er ihr den Spruch verraten, wenn sie nur zu zweit gewesen wären?

Georg scannte ihn mit seinem Polizistenblick, dann streckte er die Hand nach Mayla aus. »Bist du damit einverstanden?«

Sie nickte und nahm Tom und Georg an der Hand. Sie spürte ein Kribbeln, als sie Tom berührte, das ihren gesamten Körper durchfuhr, und ihr Herz klopfte schneller. Er hielt sie fest, während sie den Boden unter den Füßen verloren, drückte ihre Hand noch fester, während sie sprangen, und ließ sie nicht sofort wieder los, als sie vor einer urigen Holzhütte mitten im Nirgendwo landeten.

»Hübsch!«, fand Mayla und sie meinte es ernst. Es war nicht das Wunschheim, wie sie es sich für sich selbst vorstellte – sie liebte die Großstadt und das pulsierende Leben. Aber mal für ein Wochenende wäre es bestimmt sehr schön. Optimistisch hob sie den Blick und lächelte Tom aufmunternd an, der daraufhin sogleich ihre Hand losließ. Sie war es gewohnt, dennoch versetzte es ihr einen weiteren Stich. Und erst jetzt bemerkte sie, dass Georg ihre Linke noch immer umschlossen hielt. Entschieden machte sie sich von ihm frei und sah sich um.

Die Almhütte befand sich weit oben am Hang eines Berges, der bestimmt mehrere tausend Meter hoch war. Unwillkürlich hielt sie Ausschau nach einer Schaf- oder Ziegenherde, doch es war weder Mensch noch Tier zu entdecken und auch kein Läuten irgendwelcher Kuhglocken zu hören. Gegenüber reckte sich ein weiterer Gipfel in die Höhe, der sich wie eine Wand vor ihnen auftürmte.

Der Boden war mit Gras bedeckt, das in frischem Grün strahlte, und dazwischen lugten ein paar Veilchen hervor. Über ihnen am strahlend blauen Himmel stand die Mittagssonne und brannte auf sie hinab. Einzelne weiße Wölkchen zogen über sie hinweg und warfen ihre Schatten auf die Gebirgswiese.

»Das ist doch optimal.« Mayla strahlte. So eine Idylle. Hoffentlich rissen sich die Männer zusammen und gingen nicht gleich wieder aufeinander los.

»Legen wir die Bücher ins Haus«, schlug Tom vor. »Dann springen wir zurück zu Melindas Versteck.«

Georg zog seine Brauen hoch. »Wir lassen die Bücher hier und nur du weißt, wie wir wieder herkommen?«

»Du hast mein Wort, dass ich euch wieder herführe, sobald wir Melindas Haus durchsucht haben.«

»Das Wort eines Verstoßenen …«

»Hast du eine Alternative, wo wir die Bücher lagern können?« Unverwandt blickte Tom Georg an, worauf dieser widerwillig den Kopf schüttelte.

Kommentarlos brachte Tom die Bücher in das kleine Haus und kehrte wenige Augenblicke später zu ihnen zurück. Tief atmete er ein. In diesen Höhenlagen fühlte er sich sichtlich wohl, denn sein Blick wurde freier, die Brauen entspannter. Der gehetzte Ausdruck auf seinem Gesicht milderte sich ein wenig ab. Wunderbar. Wenn jetzt nicht so langsam das Eis zwischen ihnen brach, dann wusste sie es auch nicht!

»Also los«, rief sie euphorisch und hielt den Männern die Hände hin.

»Moment!« Georg krempelte sich die Ärmel seines Hemdes hoch. »Wir springen zuerst zu den Klippen am Rhein. Ich muss wieder im Revier Bescheid sagen, dass ich noch mal in das Haus von Melinda gehe. Nicht, dass wir dort überrascht werden.«

»Gute Idee.« Mayla machte innerlich einen Luftsprung. Das war die Gelegenheit, um heimlich den Brief ihrer Oma zu lesen.

»Na schön.« Tom hielt Mayla die Hand hin und umfasste seinen Amulettschlüssel. Sie packte schnell Georgs Hand, bevor sie schon wieder den Boden unter den Füßen verlor.

Kapitel 6

Mayla und Tom warteten auf den Klippen über dem Rheintal. Georg hatte sich erneut einen Vorsprung von zwanzig Minuten erbeten, damit er genügend Zeit hatte, zur Not zu ihnen zurückzuspringen, falls sich Polizeibeamte in Melindas Versteck aufhielten.

Nachdem er fortgesprungen war, hatte Mayla sich mit der Ausrede, mal für kleine Hexen zu müssen, in die Tiefen des Gebirgswaldes zurückgezogen. Nachdem sie ein paar Minuten spaziert war, konnte sie weder Tom noch die Klippen sehen. Sie entdeckte einen umgefallenen Baumstamm inmitten von Vergissmeinnicht und kleinen Brennnesseln. Ein Schmetterling saß darauf und streckte seine zitronengelben Flügel dem einzigen Sonnenstrahl entgegen, der es durch die hohen Baumkronen schaffte. Lächelnd schlich sie zu dem Stamm, worauf der Falter eilig davonflog.

Mit der flachen Hand strich sie die Rinde an einer Stelle notdürftig sauber, ließ sich darauf nieder und holte die Schriftrolle aus der Handtasche. Dabei fiel das Foto von ihr und ihren Eltern heraus, das sie in Melindas Haus entdeckt hatte. Mit einem wehmütigen Lächeln hob sie es auf und betrachtete das überglückliche Gesicht ihrer Mutter und den stolzen Blick ihres Vaters. Wie es wohl gewesen wäre, als Hexe bei ihnen aufzuwachsen? Ihr Leben wäre ein völlig anderes gewesen …

Seufzend steckte sie es zurück und widmete sich der Schriftrolle. Sie betrachtete sie einen Moment und musterte das flammenförmige Siegel auf dem roten Wachs. Was hatte Melinda ihr mitzuteilen? Welche Botschaft hatte sie ihr hinterlassen, die nur für sie bestimmt war? Ihr Herz klopfte beinahe zum Zerspringen. Da half nur eines. Schokolade! Zum Glück hatte Tom für Nachschub gesorgt.»Vola!« Eine Praline flog aus der Packung und landete in ihrem Mund. Genießerisch schloss sie die Augen, während der Vanilletrüffel auf ihrer Zunge schmolz, und sie spürte ihrem Herzschlag nach, der sich ein wenig beruhigte.

Mit zitternden Händen brach sie das Siegel. Während sie die Botschaft entrollte, kratzten ihre Fingernägel über das Papier. Ihr Blick verschwamm, als sie die geschwungene Handschrift ihrer Oma sah und die erste Zeile las:

Meine geliebte Mayla.

Eine Träne tropfte von ihrem Kinn, die sie gar nicht bemerkt hatte. Sie wischte sich über die Wange und die Augen, beugte sich über den Brief und begann noch einmal von vorne.

Meine geliebte Mayla,

wenn du diese Zeilen liest, so sind die Dinge eingetroffen, die ich befürchtet habe. Leider kann ich nicht da sein, um dich zu unterrichten und um dich zu begleiten auf deinem Weg, der dich zurück in die Hexenwelt und an die Spitze des Feuerzirkels führt.

Es ist gewiss nicht leicht für dich, da die Anforderungen an unsere Familie schon immer ausgesprochen hoch waren. Aber das bringt Macht nun einmal mit sich: Verantwortung. Deshalb lege ich dir erneut ans Herz, deine magische Ausbildung sehr ernst zu nehmen. Artus und Angelika sind Freunde von mir. Ich hoffe, sie konnten dir bereits die ersten Hexensprüche beibringen. Doch die

Zeiten sind zu ernst, als dass du dich bei ihnen verkriechen könntest, bis es wieder ruhiger wird. Wie ich dich einschätze (denn ich muss zugeben, ich habe dich dein Leben lang beobachtet und begleitet), wirst du jedoch alles andere tun, als dich an Angelikas Rockzipfel zu hängen.

In den vergangenen Jahren habe ich Kraft und Zeit investiert, um diejenigen ausfindig zu machen, die deine Eltern an Vincent von Eisenfels verraten haben. Ich habe den Stammbaum der von Eisenfels versucht zu rekonstruieren, doch es ist wahrlich nicht einfach, etwas über diese Familie zu erfahren.

Bei der Opposition auf Burg Donnersberg gibt es ebenfalls einige Verräter, manche harmloser, andere müssen unbedingt ernst genommen werden. Bedenke jedes Wort, das du in der Abendrunde sprichst.

Doch deine Aufgabe ist es nicht, meine Recherchen fortzuführen. Das können die Polizei und die Opposition selbst machen. Ich habe eine eigene Aufgabe für dich. Du musst den Erben des Luftzirkels finden! Gemeinsam mit ihm bist du stärker und zusammen kann es euch gelingen, die Weltenfalte zu sichern, in der ich Vincent seit über dreißig Jahren gefangen halte. Der Schutz der Falte hat oberste Priorität. Er darf nicht entkommen!

Versprich mir jedoch eines: Geh nicht ohne Unterstützung zu seinem Gefängnis. Alleine wird es dir nicht gelingen, sie zu sichern, und es ist gefährlich dort. Der Verräter von damals hat es womöglich längst weiterverraten, wo sich die Falte befindet, sodass es dort über kurz oder lang vor Jägern wimmeln wird, die nur darauf warten, ihren Meister auf freiem Fuß zu sehen. Es ist das Risiko nicht wert.

Ich weiß nicht, wo sich der Erbe der letzten Oberhexe des Luftzirkels, Joana Montgomery, verbirgt, aber er hat den damaligen Anschlag durch Vincent überlebt. Er ist ein wenig älter als du und lebt unter falschem Namen. Wo genau, habe ich noch nicht herausgefunden. Als Anhaltspunkt kann ich dir leider nur die Familie Aguilera nennen, spanische Hexen, die den letzten Nachkommen der Familie Montgomery damals bei sich versteckt haben.

Wenn du zu ihnen willst, musst du einen Amulettschlüssel verwenden. Ich hoffe, du hast bereits einen in deinem Besitz und beherrschst den notwendigen Zauber. Sie leben im Norden Spaniens und du gelangst zu ihnen mit dem Spruch »Perduce me ad familiam Aguileram in Pyrenaeo«.

Verrate niemandem, was deine Aufgabe ist, und besuche die Familie Aguilera unter allen Umständen alleine. Wem auch immer du mittlerweile dein Vertrauen schenkst, diese Aufgabe musst du alleine ausführen. Wenn die falschen Leute herausfinden, wer der letzte Nachkomme ist und wo er sich aufhält, droht ihm dieselbe Gefahr wie auch dir, mein Schatz.

Durch die magischen Steine der Zirkel ist zwar bekannt, dass es noch einen Überlebenden der Familie Montgomery geben muss. Doch da die Nachforschungen diesbezüglich seit Jahren im Sand verlaufen, haben die Meisten die Suche nach ihm eingestellt – ja, es gibt sogar Hexen und Hexer, die die Aussagekraft der Steine anzweifeln. Je weniger Staub du um seine Person aufwirbelst, desto besser für uns alle.

Aber sobald du ihn gefunden hast, sobald du weißt, wer er ist, musst du ihn dazu bringen, seinen rechtmäßigen Platz einzunehmen. Er ist kein Kind mehr und muss sich seiner Verantwortung stellen. Seite an Seite seid ihr stark genug und könnt es mit den meisten Mächten aufnehmen. Überzeuge ihn, aus dem Schatten zu treten und gemeinsam mit dir in die Öffentlichkeit zu gehen. Zu zweit bildet ihr eine starke Einheit und euch werden viele folgen, sollte es zu Kämpfen gegen die Jäger oder sogar gegen Vincent selbst kommen.

So schwer es dir fallen mag, bitte verbrenne diesen Brief. Der Hinweis auf den Verbleib des Montgomery-Erben sollte unter uns bleiben. Gib gut auf dich Acht, mein Schatz. Ich bete dafür, dass wir uns bald wiedersehen. Ich liebe dich aus tiefstem Herzen – vergiss das niemals.

Deine Oma

Eine Krähe schrie und Mayla schreckte hoch. Sie suchte die Kiefern ab und entdeckte den schwarzen Vogel auf einem Ast über sich sitzen.

Rasch sprang sie auf und drückte die Zeilen ihrer Oma an ihre Brust. Hatte der Vogel mitgelesen? Am liebsten würde sie den Brief noch einmal durchgehen, aber die Krähe erinnerte sie daran, wie ernst die Lage war.

Wehmütig blies sie auf das Blatt Papier, sah zu, wie eine Flamme an der einen Ecke züngelte und sich dann immer weiter ausbreitete. Erste verkohlte Fetzen fielen zu Boden und Mayla ließ den brennenden Papierbogen fallen. Während die Worte ihrer Oma verglühten und nur noch ein paar schwarze und weiße Fragmente übrig waren, blies sie die Glut daran aus. Sie wollte weiß Gott keinen Waldbrand verursachen. Zur Sicherheit trat sie noch einmal über die Aschenreste und als sie sich davon überzeugt hatte, dass kein Feuer ausbrechen konnte, seufzte sie auf.

Mist, sie hätte den Brief wenigstens noch ein zweites Mal lesen sollen, bevor sie ihn für alle Zeit vernichtet hatte. Der Vogel über ihr krächzte und holte sie zurück in die Gegenwart. Eilig stakste sie durch die Brennnesseln, fort von dem schwarzen Vogel und hin zu Tom, bevor diese Krähe ihr irgendwelche Bilder oder Gefühle senden konnte. Dabei spukten ihr die Zeilen ihrer Oma durch den Kopf. Den Erben des Luftzirkels sollte sie finden. Er war etwas älter als sie. Wie sollte ihr das gelingen – nach ihm zu suchen, ohne dass mindestens einer der beiden Männer in ihrem Nacken saß?

Unbedingt wollte sie Tom nach diesen magischen Steinen fragen, wo sie sich befanden und wie das funktionierte, dass sie die Magie der Gründerfamilien anzeigten. Vielleicht lieferten sie einen zusätzlichen Hinweis auf den letzten Montgomery.

Tom lehnte am Stamm einer Kiefer und hatte die Arme vor der Brust verschränkt. Es war die typische Tom-Geste.

»Ich bin wieder da«, rief sie ihm entgegen, worauf er lediglich nickte. Kurz sah er auf und betrachtete sie eingehender. Ahnte er, dass sie etwas Geheimes getan hatte? Die Röte schoss ihr in die Wangen, sie spürte die Hitze in ihrem Kopf und bevor sie sich verplappern konnte, schnitt sie ein unverfängliches Thema an.

»Wo ist eigentlich Kitty? Sie ist doch dein Seelentier. Wieso ist sie nicht bei dir?«

»Sie hält Augen und Ohren für mich offen. Außerdem ist sie gerade anderweitig beschäftigt.«

Was sollte das denn bedeuten? War sie etwa mit einem Spezialauftrag unterwegs?

»Wie ist das eigentlich mit den Seelentieren? Muss man die nehmen, die zu einem kommen? Also, ich meine, hat man irgendeine Form von Mitspracherecht?« Verstohlen schielte sie zu ihm hin.

»Wie meinst du das?«

»Naja, ich hätte auch gerne eine so tolle Katze wie du. Kann ich das irgendwo … anmelden?«

Seine Mundwinkel zuckten. »Du magst sie sehr gerne.« Es war keine Frage, sondern eine schlichte Feststellung, weshalb sie nickte.

Lässig drückte er sich vom Baumstamm ab und spähte zu den Seiten, um sich zu vergewissern, dass sie alleine waren, bevor er zwei Schritte auf sie zuging. »Ein Seelentier ist ebenso treu wie jedes andere Tier. Niemals würde es die Seele im Stich lassen, die als Baby nach ihm gerufen hat. Und niemals würde ein Tier, das sich einmal dafür entschieden hat, an deiner Seite zu sein, wieder fort von dir gehen. Es ist eine Ehre, Mayla, egal welches Tier zu dir kommt.«

Verschämt sackten ihre Mundwinkel nach unten. Sie wollte nicht undankbar sein. Und er hatte natürlich recht. Welches Tier auch immer zu ihr kam, bestimmt würden sie eine wundervolle Bindung miteinander teilen – auch wenn sie sich das mit der Krähe im Wald nicht so recht vorstellen konnte.

Tom hob die Hand, als wolle er sie auf ihren Unterarm legen, doch er zog sie wieder zurück. »Sei nicht traurig. Soll ich dir ein Geheimnis verraten?«

»Hat Kitty dir gesagt, dass sie unser beider Seelentier sein will?«

Er lachte leise. »Nein, aber dein Seelentier ist schon auf dem Weg zu dir. Es ist bereits in deiner Nähe und sorgt sich um dich.«

Was? Hatte er etwa mitbekommen, dass diese Krähe überall dort auftauchte, wo Mayla sich aufhielt? Gab es kein Entkommen mehr? Eine Krähe als Seelentier ausgerechnet für sie – wer übernahm nur diese verflixte Zuteilung? Sie musste rasch das Gesprächsthema wechseln, bevor Tom sie noch ermutigte, zurück zu dem schwarzen Vogel zu laufen. Aber worüber konnte sie mit ihm sprechen, das ihn von der Angelegenheit ablenkte? Moment. Sie wollte ihn doch nach den Steinen fragen. »Was hat es eigentlich mit diesen Steinen auf sich, die irgendwie die Magie der Gründerfamilien anzeigen?«

Toms Blick verdunkelte sich. »Du meinst die Steine der vier Zirkel?«

»Ja, genau. Von Donnersberg hat erzählt, dass der des Luftzirkels noch glimmt, weil es einen Überlebenden gibt. Als meine Oma verschwunden ist, hat Tauber den Stein des Feuerzirkels in Sicherheit gebracht. Wieso war er in Gefahr? Und wie sehen sie überhaupt aus?«

»Um diese Steine ranken sich viele Legenden. Es heißt, damals, bevor die vier Zirkel gegründet wurden, war es ein einzelner magischer Stein, der zur Gründung der Zirkel in vier Teile gebrochen wurde, um die Hexenkraft aufzuteilen.«

»Heißt das, sie haben irgendwelche Fähigkeiten?«

»Sie sind das Sinnbild der Kräfte der Gründerfamilien, weshalb Melinda als die Oberhexe des Feuerzirkels im Besitz eures Steins war. Sie hat ihn mir einmal gezeigt. Er ist vielleicht so groß wie eine Walnuss und leuchtet rot wie Feuer.«

»So klein? Und hat er irgendwelche Fähigkeiten, weshalb Tauber ihn in Sicherheit gebracht hat?«

»Darüber musst du mit Melinda reden.«

»Aber irgendetwas muss doch über diese Steine bekannt sein, das jeder weiß.«

Tom zuckte mit den Schultern. »Es sind nur Legenden. Und ich schere mich nicht viel um alte Erzählungen …«

Ungläubig schüttelte Mayla den Kopf. Gab es etwas Spannenderes als alte Legenden? »Hast du nicht einmal in der Schule etwas über die Steine gelernt?«

»Nur, dass es sie gibt und dass jeder Zirkel seinen eigenen hat. Es handelt sich hierbei um Wissen, das den Gründerfamilien vorbehalten ist.«

»Aha. Und wohin hat Tauber ihn gebracht? Wenn ich das richtig verstanden habe, sollte ich ihn vielleicht an mich nehmen – solange meine Oma verschwunden ist.«

»Du musst Artus fragen. Ich denke, er und Angelika haben ihn irgendwo auf der Burg versteckt, ohne es jemandem zu verraten.«

Artus von Donnersberg. Natürlich. Es war naheliegend, dass er sich der Obhut des Steines angenommen hatte. Wenn sie das nächste Mal auf der Burg war, würde sie sich bei ihm danach erkundigen. Aber womöglich war es sinnvoll, den Stein bei ihm zu lassen, solange sie wie eine Getriebene durch das Land mitsamt seiner Falten zog.

Bevor sie noch weiter über das Thema reden konnte, zog Tom die goldene Taschenuhr aus seiner Lederjacke, warf einen kurzen Blick darauf und steckte sie wieder zurück. »Die Zeit ist um. Wir müssen los.«

»Eine schöne Uhr. Woher hast du sie?«

»Von meinem Vater …« Sein Blick verdüsterte sich, als hätte er etwas verraten, was er nicht beabsichtigt hatte zu erzählen, und etwas fester als gewöhnlich packte er seinen Amulettschlüssel. »Bist du bereit?«

»Mehr als das.« Nicht nur, dass sie darauf brannte, erneut durch die Unterlagen ihrer Oma zu blättern. Nein, vor allem wollte sie schleunigst von dieser Krähe fort. Seelentier hin oder her, der schwarze Vogel bereitete ihr Gänsehaut.

»Moment, bevor du springst, darf ich mal versuchen, dich mitzunehmen?« Die Worte waren ausgesprochen, bevor sie darüber nachgedacht hatte. Ihre Wangen wurden heiß. Er glaubte hoffentlich nicht, sie wolle durch diesen dummen Trick mehr Nähe zu ihm erreichen! »Ich brauche Übung! Könnte doch mal wichtig sein. Ich will einfach ausprobieren, ob ich das kann.«

Tom trat einen weiteren Schritt auf sie zu, sodass sie keinen Meter voneinander entfernt standen, und hielt ihr seine Hand hin. Die Geste war so schlicht, und doch packte es ihr Herz und ließ es aufgeregt schneller schlagen. Zaghaft legte sie ihre Hand in seine und ein Feuerwerk der Gefühle explodierte in ihrem Bauch, in ihrer Brust, überall. Sie wagte es nicht, den Blick zu heben, sonst hätte sie alles um sich herum vergessen. Bedächtig holte sie den Amulettschlüssel unter ihrer Bluse hervor, konzentrierte sich auf Melindas Heim und einer plötzlichen Eingebung folgend dachte sie den Spruch nur, anstatt ihn laut auszusprechen: »Perduce nos in latibulum Melindae!«

Das Blau des Himmels und das Grün des Waldes wirbelten durcheinander und sie verlor den Halt unter ihren Absätzen. Tom zog sie ein Stück näher an sich heran und legte in einer fließenden, endlos lang erscheinenden Bewegung seinen Arm um sie. Seine Berührung jagte Gänsehaut über ihren Rücken und sie hob für einen Moment den Blick. Er beugte sich zu ihr hinunter, sein Gesicht war ganz nah. Sie spürte nicht einmal, wie sie wieder festen Boden unter den Füßen hatte. Wollte er sie küssen? Ihr Herz schlug schneller und schneller.

Ein penetrantes Räuspern ließ sie beide hochfahren.

»Da seid ihr ja endlich!«

Georg hatte am Fenster bei den langen Vorhängen gewartet und polterte zu ihnen. Seine festen Schritte droschen regelrecht auf den Holzboden ein und mit jedem Schlag, den er mit seinen Schuhen verursachte, entfernte sich Tom ein Stück mehr von ihr. Georg zeigte ungeduldig auf den Schreibtisch. »Können wir endlich anfangen?«

Fragend sah Mayla Tom in die Augen. Sein Blick war offen und sie konnte ihn nur schwer deuten. Sie las eine Sehnsucht darin und ... Schmerz. Wieso nur war er so traurig und so ... verloren? Sie wollte ihn retten! Sie musste für ihn da sein!

Unvermittelt ließ er ihre Hand los und wandte sich zur Treppe. »Ich werde oben suchen. Ihr zwei könnt hier unten bleiben.«

Bamm! Wieso ließ er sie jetzt so stehen? Und ging fort? Sie waren sich so nah gewesen wie noch nie zuvor. Die Mauer war am Bröckeln gewesen, sein Blick frei und geradeheraus. Weshalb zog er sich immer sofort von ihr zurück, wenn sie sich einmal näherkamen?

Tief atmete sie durch und bevor sie ihm irgendeinen Fluch hinterherjagen konnte, ballte sie die Hände zu Fäusten. Georg war bereits neben ihr und legte ihr die Hand auf den Rücken.

»Komm, wir können hier unten suchen.« Er folgte ihrem Blick zu den Stufen, über die Tom gerade nach oben verschwunden war. »Lass ihn einfach. Wir brauchen ihn gar nicht. Ich verstehe überhaupt nicht, was du an ihm findest! Wir zwei alleine können deine Oma genauso schnell finden. Du musst mehr Vertrauen zu dir haben. Nur weil er dir ein paar Mal das Leben gerettet hat, schuldest du ihm nichts.«

Sie blinzelte mehrmals, als könnte sie damit das bedrückende Gefühl in ihrem Inneren verscheuchen. Mit einer geübten Geste überprüfte sie, ob ihre Frisur noch saß, strich sich eine verlorene Strähne aus dem Gesicht und befestigte sie in der schwarzen Klammer, mit der sie ihr Haar am Hinterkopf festgesteckt hatte. Ohne auf Georgs Kommentar einzugehen, sah sie sich um. »Hast du schon angefangen?«

»Ja, aber auf dem Schreibtisch habe ich nichts gefunden außer Notizen über Heiltränke und Kräutersude. Ich wollte gerade das Bücherregal durchgehen. Wo möchtest du suchen?« Ganz der Gentleman. Georg war so anders als Tom. Er lächelte sie an und er unterhielt sich mit ihr bei jeder Gelegenheit.

Verhalten lächelte sie zurück. »Ich werde noch mal in der Küche suchen. Da hatte ich schon einmal Glück, vielleicht klappt es wieder.« Sie ging hinüber in den gemütlichen Raum und erschrak, als sie einen Vogel auf dem Fensterbrett sitzen sah. Zum Glück war es keine Krähe, sondern eine Eule. Ihr Gefieder war dunkelbraun-beige gefleckt, und ihre gelben Augen leuchteten in dem hellen, beinahe weißen Gesicht. Sie war etwas größer als die Kaffeekanne, die neben dem Fenster auf der Ablage stand. Die gelben Augen starr auf Mayla gerichtet, saß sie ruhig vor der Scheibe, als habe sie nur auf sie gewartet.

Mayla stockte. War das das Tier, das Tom gemeint hatte? Das ihr bereits folgte? Ihr Seelentier? Das war zwar auch nicht gerade ein Tier zum Kuscheln, aber besser als die Krähe allemal. Ohne zu blinzeln, legte die Eule den Kopf schief und schaute sie an. Mayla wartete nur darauf, dass sie mit Bildern und Gefühlen regelrecht überflutet wurde. Doch es geschah nichts. Sie fühlte nichts, obwohl der Vogel sie unverwandt ansah. Plötzlich schrie die Eule laut auf und schlug kräftig mit ihren Flügeln, deren Spannweite sich über die komplette Scheibe ausbreitete. Mayla schreckte zusammen und lief rückwärts aus der Küche hinaus.

»Mayla?«

Sie hörte feste Schritte. Georg war sofort bei ihr.

»Was ist los?«

»Da ist … eine … eine Eule.«

»Hat sie dir Bilder geschickt? Ist sie dein Seelentier?«

Sie schüttelte den Kopf und zuckte erneut zusammen, als die Eule markerschütternd aufschrie. »Was hat sie nur? Wieso schreit sie so?«

»Ich weiß es nicht. Meine Eule ist es auf jeden Fall nicht. Vielleicht ist sie Toms Seelentier.«

»Nein, der hat eine Katze. Etwas stimmt nicht!«

Erneut schrie die Eule, lauter, durchdringender, dass Mayla sich die feinen Nackenhärchen aufstellten. Sie hörte lautes Poltern, Schritte, die die Treppe herunterrannten.

»Mayla?« Tom kam um die Ecke gehetzt. »Schnell, weg hier!«

»Wieso? Was ist denn?«

»Wir müssen verschwinden!« Sie und Tom trennten noch wenige Schritte.

»Dafür ist es zu spät.« Drei Polizisten kamen im Wohnzimmer hinter den langen Vorhängen hervor, einer von ihnen der widerliche von Wickert, mit dem Mayla schon ihre Bekanntschaft gemacht hatte. Sein schmales Gesicht sah noch grauer aus als beim letzten Mal und tiefe Falten zogen sich neben seinen Mundwinkeln hinab. Er und die zwei anderen hatten die Zauberstäbe erhoben und zielten mit den Spitzen auf Toms Brust. »Haben wir dich endlich, du Ratte!«

Sofort stellte sich Georg vor Mayla. »Was soll das? Wie lange seid ihr schon hier?«

Die Polizisten antworteten nicht, sondern murmelten etwas, das nach irgendwelchen Angriffen klang. Sogleich schoss ein grünlicher Blitz auf Tom zu, der geschmeidig zur Seite sprang.

Mayla blickte entsetzt zwischen den Beamten, Georg und Tom hin und her. Sie musste etwas tun. »Tutare«, schrie sie und hob die Hände, worauf sich ein blau schimmernder Schild um sie formte, doch er erreichte weder Tom noch Georg. Sie versuchte ihn durch ihre Gedanken auszuweiten, doch ihr Herz klopfte so schnell, dass sie sich kaum darauf konzentrieren konnte.

»Wieso braucht die keinen Zauberstab?«, rief einer der Beamten.

Doch von Wickert murmelte bereits etwas und schleuderte einen weiteren Fluch auf Tom, der seinen Zauberstab aus der Innentasche zog. Er war nicht schnell genug. Der Fluch traf ihn in den Bauch und er sackte kraftlos zusammen.

Mayla löste ihren Schutzschild auf, jagte zu Tom, der auf dem Boden lag, und kniete sich zu ihm hin.

»Tom? Geht es dir gut?«

»Wer ist das?«, brüllte einer der Polizisten. »Die verwirrte Hexe, von der du erzählt hast, oder auch eine Verstoßene?«

Von Wickerts faltiges Gesicht verzog sich zu einem gehässigen Grinsen. »Sie ist eine Verstoßene – sie trägt keinen Siegelring und paktiert mit diesem Abschaum.«

»Nein!« Georg trat einen Schritt vor. »Das ist sie nicht. Ihr habt ja keine Ahnung.«

Von Wickert schaute aus seinen kleinen Knopfaugen auf Mayla herab. »Sie ist mit dem Verbrecher zusammen und kein Mitglied eines Zirkels – das ist alles, was für mich zählt.«

»Halt, ihr dürft ihr nichts tun! Ich bin der Kriminaloberkommissar!«

Ungeachtet der Worte schoss ein weiterer Fluch aus von Wickerts Zauberstab, doch Georg hatte seinen ebenfalls gezogen. Er rief:»Tutare«, worauf ein Strahl aus blauem Licht aus der Spitze hervordrang und sich vor Mayla und Tom wie eine Wand aufbaute, an der der Fluch abprallte. Der Schutzschild verschwand und Georg hob beschwichtigend die Hände. Seine Kollegen sahen ihn unsicher an, doch von Wickert murmelte bereits den nächsten Fluch.

Fassungslos blickte Mayla zwischen Georg und den Polizisten hin und her. Wieso ignorierten sie seine Befehle? Verzweifelt dachte sie:»Dirumpe!«, worauf die Fensterscheibe zerbarst und die Polizisten unter einem Glassplitterregen zu Boden gingen.

Tom nutzte den Moment. Obwohl er keuchte und sich Schweißperlen auf seiner Stirn bildeten, packte er ihre Hand und zog mit der anderen den Amulettschlüssel unter seinem Shirt hervor. Im nächsten Augenblick riss es sie von den Holzdielen und die Umgebung verschwamm.

Kapitel 7

Mayla und Tom landeten vor seiner Hütte in den Bergen. Der Perduce-Zauber hatte ihn sehr angestrengt. Sämtliche Anspannung glitt aus ihm heraus, sein Oberkörper fiel schlaff zu Boden und landete im hohen Gras, das im lauen Wind so sorglos hin- und herwog, als könnte an diesem idyllischen Ort nichts Ernsthaftes geschehen.

»Tom! Tom!« Mayla klatschte ihm ins Gesicht. Seine Lider flatterten, er bewegte den Kopf hin und her, doch er antwortete nicht. »Tom, verflucht! Was soll ich denn jetzt machen?«

»Buch«, presste er hervor, »Fluch …«

»Was soll das heißen? Buch? Fluch? Hast du ein Buch über Flüche in deiner Hütte?«

»Du …« Er stöhnte laut, versuchte sich aufzurichten, doch er brach wieder zusammen. Erneut stöhnte er und legte seine Hände auf die Brust, bevor sie kraftlos auf die Wiese rutschten.

Panisch hämmerte ihr Herz gegen ihren Brustkorb, doch sie spürte es nicht. »Tom, ich habe keine Ahnung, was ich jetzt machen soll, um dir zu helfen. Du musst mir sagen, wo wir hier sind, damit ich Hilfe holen kann.«

»Nein … zu … gefähr…« Er verzog das Gesicht. Schweißperlen rannen über seine Stirn und er wurde zunehmend blasser. Wie schlimm waren seine Schmerzen? War der Fluch lebensbedrohlich?

»Sag mir jetzt, wie ich wieder hierher zurückkomme. Ich hole Hilfe.«

Er zwang sich dazu, die Augen zu öffnen, und sah sie direkt an. Sie konnte den Kampf in seinem Inneren lesen. Bei dem Anblick krampfte sich ihr Herz zusammen und inbrünstig nahm sie seine Hände.

»Vertraue mir, Tom. Bitte vertraue mir.«

»Perdu...« Er atmete nur noch stoßweise.

Tränen schossen ihr in die Augen. Sie war noch niemals zuvor so hilflos gewesen! Entschieden wischte sie die Tränen weg. »Perduce me ad ...? Und dann? Wie geht es weiter?«

Tom wurde ohnmächtig. Sie klatschte ihm auf die Wange, worauf er blinzelte.

»Wo sind wir hier?«

»Perduce me ad ... Pyrenaeum deser... desertum.« Sein Kopf sackte zurück und er schloss die Augen. Um Himmels willen, wenn sie nur wieder rechtzeitig zurückkam!

Keine Sekunde länger wartete sie. »Halte durch, Tom, ich bin gleich wieder da.« Sie packte den Amulettschlüssel und raunte: »Perduce me ad scopulos Rheni!« Die Grashalme unter ihren Füßen verschwanden und wenig später stand sie auf den hohen Klippen über dem Rhein. Suchend drehte sie sich um die eigene Achse.

»Georg? Georg? Wo bist du, verdammt?« Sie lief in den Wald hinein, rannte von Kiefer zu Kiefer und wieder zurück auf die Klippe.

»Georg? Ich brauche dich!«

Doch er war nicht da. Wieso war er nicht hier? Das war ihr Treffpunkt. Der Ort, an dem sie sich verabredet hatten, wenn genau so etwas passierte, wie es gerade geschehen war: ein gottverdammter Notfall!

Aus Leibeskräften schrie sie nach ihm, doch er tauchte nirgends auf. Mist. Was sollte sie jetzt tun? Wem vertraute sie? Wer würde Tom helfen und ihn niemals ausliefern? Denk nach, denk nach! Ein Name fiel ihr ein: Angelika von Donnersberg. Sie war eine alte Freundin ihrer Oma. Und sie kannte sich bestimmt mit Flüchen und Gegenzaubern aus. Gab es eine Alternative? Verdammt, sie kannte einfach zu wenige Hexen! Die alte Bertha vielleicht, die aus dem Hotel? Aber von der hatte ihre Oma nie etwas gesagt oder geschrieben. Sie war weise und alt, bestimmt könnte sie Tom helfen. Aber Angelika war Teil der Opposition.

Irgendjemandem musste sie jetzt vertrauen. Sie schnappte sich den Amulettschlüssel und dachte:»Perduce me in arcem.« Zum Glück hatte Georg mit ihr lateinische Begriffe gepaukt. Georg. Wo war er nur?

Einen Augenblick später landete sie in der steinernen Eingangshalle von Burg Donnersberg. Sie rannte die Treppen hinauf zu Angelikas Salon. Bereits auf den Stufen kam sie ihr entgegen, als hätte sie ihren stummen Hilfeschrei gehört.

»Mayla, was ist passiert?«

Außer Atem hielt sie sich die stechende Seite.»Tom! Er wurde verletzt. Ich kann ihm nicht helfen.«

Eine tiefe Zornesfalte bildete sich zwischen Angelikas ergrauten Brauen.»Wieso hast du ihn nicht mitgebracht?«

»Verdammt, weil ich nicht daran gedacht habe. Komm, schnell, ich weiß nicht, wie lange er noch lebt.«

»Ich brauche vorher meine Kräuter. Was ist passiert?« Sie rannte bereits zu der kleinen Hintertreppe und hinunter zur Küche, und Mayla hastete hinter ihr her. Ihre Schritte hallten durch die verlassenen Gemäuer, klackerten auf den Steinen und bezeugten, das all dies kein furchtbarer Alptraum war.

»Die Polizei hat uns überrascht.«

»Ich meinte, welcher Fluch gesprochen wurde.«

»Woher soll ich das wissen? Ich habe es nicht gehört!«

»Wo tut es ihm weh?«

»Im Bauch. Und er hat sich an die Brust gefasst. Ich glaube, er bekommt schwer Luft. Er schwitzt und sieht totenbleich aus.«

Die Burgherrin eilte in die Küche, in der niemand kochte, keiner spülte und sich keine Menschenseele aufhielt. Wieso war es so leer hier? Angelika packte einen Korb und drehte sich zu Mayla um, die schnaufend neben ihr zum Stehen kam.

»Wo müssen wir hin?«

»Der Ort ist geheim. Nimm meine Hand!« Schnell streckte sie ihr die Linke entgegen und umfasste mit der anderen den Amulettschlüssel.

»Mayla, dafür ist jetzt keine Zeit.«

»Ich habe es versprochen. Schnell jetzt!«

Mit gestrengem Blick reichte Angelika ihr die Hand und hielt den Korb mit der anderen. Mayla krallte die Finger um das Amulett und dachte angestrengt: »Perduce nos ad Pyrenaeum desertum!« Hoffentlich hatte sie Tom richtig verstanden. Sie kniff die Augen zusammen und dachte mit aller Anstrengung an die verlassene Hütte in den Bergen. Der steinerne Boden unter ihren Füßen verschwand, sie wirbelten durch die Luft und landeten auf der satt grünen Wiese, auf der Tom lag wie tot. Nicht einmal sein kleiner Finger zuckte. Atmete er überhaupt noch? Mit rasendem Puls stürzte Mayla zu ihm und packte ihn an den Schultern.

»Tom, ich bin zurück. Hörst du mich? Tom! Gleich wird dir geholfen.« Ihre Handtasche rutschte über ihre Schulter und sie schleuderte sie ins Gras. Sie legte ihre Hand auf seine Stirn und zuckte erschrocken zurück. »Er glüht. Was nehmen Hexen als Fiebersenker?«

»Zur Seite, Mayla!« Energisch schob Angelika sie von ihm weg, um sein Gesicht, seinen Hals und seinen Bauch betasten und ansehen zu können. »Verdammt, ein Pressa-Fluch! Bist du sicher, dass es Polizisten waren, die euch angegriffen haben?«

»Ja, verdammt. Pressa? Was soll das heißen?«

Angelika schob sein Shirt noch weiter hoch und auf seiner verschwitzten Brust kamen rote Abdrücke zum Vorschein. »Er wird zerquetscht.«

»Zerquetscht?«

»Geh rein und koche Wasser. Schnell, jede Sekunde zählt.« Angelika wühlte in ihrem Korb. Als Mayla noch immer wie erstarrt neben ihr stand und Tom anstierte, fuhr sie ungeduldig auf. »Rasch, worauf wartest du?«

Mayla rannte in die Hütte, die so karg eingerichtet war, wie sie sich das vorgestellt hatte. Ein Kamin, ein Schaukelstuhl, ein Tisch, zwei Stühle, ein Schrank, ein Bett, eine kleine Kiste. Fertig. Wo zum Teufel war die Küche? Wie sollte sie hier Wasser zum Kochen bringen? Es gab keinen Wasserkocher und keine Elektrizität.

Sie hastete zum Schrank und öffnete ihn. Im untersten Fach entdeckte sie einen Eisentopf, dessen Boden merkwürdig verbrannt aussah. Sie packte ihn, rannte damit hinaus und donnerte ihn neben Angelika auf die Wiese. »Es gibt keine Küche.«

»Mayla, du bist eine Hexe.«

»Was soll denn das jetzt heißen? Soll ich eine Küche her-hexen? Wie zum Teufel soll das gehen?«

»Wir machen ein Feuer.«

»Natürlich.« Ihr Blick schoss über die Umgebung und sie entdeckte einen Stapel Brennholz neben dem Haus. Sie rannte hin, um die Scheite zu holen. Aber das dauerte alles viel zu lange, verdammt. Sie hob die Hände und konzentrierte sich auf das Holz. Sie stellte sich vor, wie es für ein kleines Feuer aufeinandergeschichtet war, und rief:»Commove!« Doch die Scheite kamen nicht zu ihr geschwebt, sondern schichteten sich direkt neben der Hütte zu einem kleinen Haufen auf.

»Du brauchst den Vola-Zauber, Mayla. Du musst das Brennholz herfliegen.«

Stimmt. Die Hände hebend rief sie:»Vola!« Der Haufen geriet in Bewegung, vier Scheite zischten hinüber zur Wiese und drapierten sich unordentlich übereinander. Mayla hastete hin, hockte sich vor das Holz, stützte die Hände auf den Knien ab und stellte sich ein prasselndes Feuer vor. Dann blies sie sachte auf die Scheite, die sogleich zu knistern und zu rauchen begannen. Eine Flamme züngelte an dem ersten Holzstück und breitete sich aus.

»Jetzt noch Wasser in den Topf. Ich muss einen Sud kochen.«

»Wo soll ich denn jetzt Wasser herbekommen, um Himmels willen? Ich bin doch keine Wasserhexe. Und Essen und Trinken können wir doch nicht herbeihexen. Welchen Spruch brauche ich?«

»Du brauchst keinen Spruch, sondern einen Brunnen. Schau mal hinter das Haus.«

Hastig packte sie den Topf und hetzte am Holzstapel vorbei hinter die Hütte. Erst als sie auf der anderen Seite wieder herauskam, entdeckte sie einen gemauerten Brunnen mit einem hölzernen Dach und einer Kurbelvorrichtung, an der ein Eimer hing.

Sogleich begann sie die Kurbel zu drehen. Schweiß bildete sich auf ihren Handinnenflächen und an ihren Schläfen. Bestimmt gab es auch hierfür einen Zauber, doch ihr fiel beim besten Willen nichts ein. Und bevor sie noch mehr kostbare Zeit verschwendete, machte sie es eben auf die altmodische nicht-magische Art.

Als der übervolle Eimer endlich über den Brunnenrand lugte, packte sie ihn, schüttete das Wasser in den Topf und hastete damit zurück. Sie stellte ihn auf das Feuer und sogleich bröselte Angelika die ersten Kräuter hinein.

»Das sind Löwenzahn, Schafgarbe und Bärlauch. Du musst sie zu gleichen Teilen hinzufügen.«

Mayla sah nur halbherzig zu und blickte immer wieder besorgt zu Tom. Haarsträhnen klebten ihm an der Stirn. Er sah so ... hilfsbedürftig aus.

»Konzentrier dich, Mayla, und sieh zu.«

Tief atmete sie durch, versuchte ihre Angst unter Kontrolle zu halten und widmete ihre Aufmerksamkeit Angelikas Kräuterzauber. »Und dann?«

»Dann muss das Wasser kochen.« Sie blies auf das Feuer, das heißer wurde und heißer, und sogleich begann der Sud zu köcheln.

»Wieso habe ich nicht einfach das Wasser in dem Topf heiß hexen können? Das wäre doch viel schneller gegangen.«

»Wenn du einen starken Trank brauen willst, musst du das immer über einem echten Feuer machen. Es geht nicht nur um die Temperatur des Wassers, sondern um das Zusammenspiel all der Elemente. Verstehst du?«

Obwohl sie sich nicht sicher war, was die alte Frau meinte, nickte sie. Womöglich hatte es etwas mit den vier Zirkeln zu tun.

»Dann nimmst du einen Metalllöffel – merk dir das, er darf nicht aus Holz oder einem anderen Material sein. Du rührst im Uhrzeigersinn und sprichst: ›Da aera, aperi pulmonem, dona spiritum!‹«

»Und was heißt das?«

»In etwa bedeutet es ›Gib Luft, öffne die Lungen, schenke Atem‹. Der Spruch steht auch in Melindas Kräuterbuch, das du dir gekauft hast.«

»Ach, das hat Tom vorhin bestimmt gemeint. Ich habe die Bücher immer bei mir.« Sie langte nach ihrer Handtasche und holte das Buch hervor, auf dessen Cover ein Foto der Autorin prangte. Ein flüchtiges Lächeln stahl sich auf ihr Gesicht, als sie ihrer Oma in die Augen sah, dann schlug sie das Buch auf und überflog das Inhaltsverzeichnis.

»Pressa-Fluch – da steht es.« Sie blätterte auf Seite vierunddreißig.

Schafgarbe, Bärlauch und Löwenzahn zu gleichen Teilen in Wasser geben und auf einem offenen Feuer zum Kochen bringen. Mit einem Metalllöffel im Uhrzeigersinn umrühren und folgende Formel sprechen: ›Da aera, aperi pulmonem, dona spiritum!‹ Zehn Minuten köcheln lassen und anschließend dem Verfluchten einflößen. Stündlich eine halbe Tasse, bis das Fieber fällt und er ruhig schläft. Dann drei Tassen täglich, bis die Beschwerden vollends abgeklungen sind.

Mayla sah auf. »Wunderbar, dann muss ich mir nichts aufschreiben.«

»Du solltest den Kräuterzauber trotzdem auswendig lernen. Wenn es ernst ist, zählt jede Minute.«

Davon hatte sie sich gerade selbst überzeugen können. Sie klappte das Buch zu und beugte sich über Tom. Noch immer war er nicht wieder bei Bewusstsein. »Wie flößt man jemandem, der nicht wach ist, etwas zu trinken ein?«

»Das siehst du gleich. Vola!« Mayla blickte zur Tür und sah eine Tasse zu ihnen herausfliegen. »Schau, der Sud nimmt eine gelbliche Farbe an. Das ist immer ein Anzeichen dafür, dass die Kräuter ihre Kräfte an das Wasser abgegeben haben.«

»Aber das stand nicht im Kräuterbuch meiner Oma.«

»Doch, in der Einleitung.« Sie fuhr mit der Tasse einmal durch den Topf, sodass das Gefäß halb voll war, und hockte sich hinter Tom. Dann hob sie seinen Kopf und bettete ihn auf ihre Oberschenkel, die von ihrem seidenen Kleid bedeckt waren. Sie klatschte ihm mehrmals ins Gesicht, bis seine Lider unruhig zuckten. »Tom, du musst das jetzt trinken.« Sie setzte die Tasse an seine Lippen. Als die heiße Flüssigkeit seine Lippen berührte, zuckte er, und als der erste Tropfen seine Kehle hinunterrann, musste er husten. Doch dann trank er, bis die Tasse leer war. Mütterlich strich Angelika ihm über das verschwitzte Haar, dann bettete sie seinen Kopf wieder auf die Wiese.

Mit verkrampftem Herzen beobachtete sie Toms schmerzverzerrten Gesichtsausdruck. »Wie lange dauert es, bis er wieder gesund ist?«

»Die Genesung wird ein paar Tage in Anspruch nehmen. Wenn du mir sagst, wie dieser Ort heißt, kann ich regelmäßig kommen und nach ihm sehen.«

Entschieden schüttelte Mayla den Kopf. »Nein, ich schaffe das schon.« Sie konzentrierte sich, hob ihre Hände und dachte: »Vola!«, worauf Toms Körper von der Wiese abhob und etwas wackelig in die Hütte flog. Sie konzentrierte sich noch stärker, bis sein Flug ruhiger wurde und er sachte auf seinem Bett landete. Laut atmete sie aus. Das war anstrengender gewesen, als ihn auf den Schultern hinüberzutragen.

Angelika nickte anerkennend. »Wie ich sehe, sind deine Kräfte enorm gewachsen. Vor wie vielen Wochen sind sie erwacht? Fünf?«

»Ungefähr, ja.«

Wehmütig lächelte die Burgherrin. »Melinda wäre froh, das zu sehen.« Sie legte ihre Hand auf Maylas Unterarm. »Ich bitte dich, sie würde nicht wollen, dass du all das alleine durchstehen musst. Sobald es Tom besser geht und du ihn für zwei Stunden alleine lassen kannst, kommst du bei uns vorbei zum Essen. Versprichst du mir das?«

»Gerne, aber jetzt musst du wieder gehen. Danke für deine Hilfe.«

Angelika zog einen Amulettschlüssel unter ihrem Kleid hervor. »Du kannst immer zu mir kommen, wenn du Hilfe brauchst. Passt auf euch auf. Perduce me in arcem!« Mit den Worten verschwand die alte Hexe und ließ sie alleine zurück.

Mayla atmete tief durch und sah sich auf der verlassenen Hochlandschaft um. Sie würde das schon schaffen.

Kapitel 8

Alle sechzig Minuten flößte sie Tom eine halbe Tasse von dem Kräutersud ein. Mit jeder Stunde wurde es leichter ihn zu wecken und er trank gieriger. Doch sobald das Trinkgefäß leer war, sank er jedes Mal zurück in die Kissen und fiel wieder in einen tiefen Schlaf.

Voller Sorge saß sie an seinem Bett und beobachtete ihn, bis ihr Gefühl ihr zuflüsterte, dass er es überleben würde. Am Nachmittag fiel endlich das Fieber und er hörte auf zu schwitzen. Und am späten Abend, als die Sonne längst untergegangen war und Mayla eine kleine Kerze angeblasen hatte, erschien auf seinen Wangen ein wenig Farbe.

Erleichtert stand sie vom Bett auf und streckte sich. Sie war wackelig auf den Beinen. Kein Wunder, sie hatte völlig vergessen zu essen und zu trinken. Wann war ihr das das letzte Mal passiert? War ihr das überhaupt schon einmal passiert? Sie holte eine Praline hervor und hätte am liebsten gleich die ganze Packung aufgefuttert, aber sie musste sich die Schachtel gut einteilen. Wer wusste schon, wann sie wieder an Schokolade kam? Noch einmal so eine Durststrecke wie die letzten Wochen würde sie nicht durchstehen.

Ausgedörrt lief sie zu dem Brunnen, trank und klatschte sich eine Ladung frisches Wasser ins Gesicht. Dann blinzelte sie müde der tiefstehenden Sonne entgegen und verzog sich wieder in die Hütte. Gab es hier irgendetwas zu essen? Sie lief zu dem Schrank. Neben einem Satz Besteck und Geschirr, einem kleinen Kochtopf, zwei Tassen und einer Dose mit Kaffeepulver fand sie zwei hohe Tontöpfe. In einem befanden sich Haferflocken und in dem anderen Zucker. Sie entdeckte einen Löffel und stopfte sich eine ordentlich gesüßte Portion Getreideflocken in den Mund. Es dauerte ewig, bis sie diese winzige Menge so zerkaut hatte, dass sie sie schlucken konnte. Sie holte sich eine weitere Portion Wasser vom Brunnen, trank, bis sie sich erfrischt fühlte, und ging zurück in die Hütte.

Suchend blickte sie sich um. Wo konnte sie schlafen? Toms Bett war zwar recht breit, sich aber einfach neben ihn zu legen, kam für sie nicht infrage. Was sollte er denken, wenn er aufwachte? Für diese Nacht würde sie sich wohl auf den beiden Stühlen ein behelfsmäßiges Schlaflager herrichten müssen. Besser als der blanke Holzboden.

Sie vergewisserte sich, dass Tom ruhig schlief, seine Stirn nicht wieder heiß wurde und er gut zugedeckt war. Nachdem sie ihm eine weitere halbe Tasse Kräutersud zu trinken gegeben hatte, schnappte sie sich ihre Häkeldecke und ein Kissen von seinem Bett und machte es sich, so gut es ging, auf den Stühlen bequem.

Tom würde es überleben. Er war stark und der Trank zeigte bereits Wirkung. Laut dem Buch ihrer Oma reichte es ab jetzt aus, den Trank dreimal täglich zu verabreichen. Sie konnte also getrost ein paar Stunden schlafen. Oder zumindest ausruhen – an schlafen war auf diesen spartanischen Klappergestellen nicht zu denken. Ihr Rücken schmerzte jetzt schon. Schade, dass es kein zweites Bett gab.

Moment. Sie war doch eine Hexe! Und es gab Verwandlungszauber. Vielleicht konnte sie einen der Holzstühle in ein Bett verwandeln. Ein Versuch war es wert! Sie sprang auf und griff nach ihrer Handtasche, in der sich das Hexen-Ein-maleins befand, das ihre Oma geschrieben hatte. Sie wollte noch einmal ganz genau nachlesen, wie das funktionierte – hatten im Wald doch die Männer meist die Betten gehext und sie hatte lediglich die Kissen und Matratzen weicher und flauschiger verwandelt. Mit dem Finger wanderte sie das Inhaltsverzeichnis ab, bis sie das Stichwort Verwandlung fand, blätterte auf Seite hundertfünfundsiebzig und begann zu lesen.

Verwandlungszauber

Wie bei den anderen Hexsprüchen erfordert der Converte-Zauber eine hohe Konzentration. Sie müssen alles beachten, an alles denken, das für den neuen Gegenstand gelten soll, damit er funktionstüchtig sein wird. Für den Anfang ist es leichter, Gegenstände umzuformen, die vor und nach der Verwandlung aus demselben Material bestehen. Es funktioniert beispielsweise besser, einen Löffel in eine Gabel zu verwandeln, als den Löffel in ein Glas.

Wunderbar. Da ging ihre Rechnung doch auf – Holzstuhl wird zu Holzbett. Perfekt.

Stellen Sie sich bildlich vor, was Sie hexen wollen, und richten Sie Ihren Zauberstab auf den Gegenstand, den Sie verwandeln wollen. Bedenken Sie alles, nicht nur die äußere Form. Dann rufen Sie: »Converte!«

Klang doch gar nicht so schwer. Sie neigte den Kopf nach links, nach rechts und wieder nach links und hob die Hände. Ein super bequemes Bett stellte sie sich vor, schön breit, mindestens einen Meter vierzig, mit abgerundeten Bettpfosten, die in einer Halbkugel endeten, einem geschwungenen Kopfteil und einem etwas niedrigeren Fußteil. Perfekt. Nie wieder würde sie in tausend verschiedenen Möbelläden ewig nach dem passenden Sessel oder Regal suchen müssen. Ab jetzt zauberte sie sich ihre Inneneinrichtung selbst. Wäre doch gelacht. Das würde das schönste Bett werden, in dem sie je geschlafen hatte.

Voller Vorfreude richtete sie die Hände auf den Stuhl und raunte: »Converte!« Der Stuhl bewegte sich. Seine Sitzfläche brach auf und streckte sich in die Länge und in die Breite. Die kantigen Stuhlbeine rundeten sich ab, als hobele jemand Unsichtbares an ihnen herum, nur dass es keine Späne gab. Die Verstrebungen der Lehne verschmolzen miteinander zu einer großen geschwungenen Fläche, die größer und größer wurde, um das Kopfteil des Bettes zu werden. Auf der gegenüberliegenden Seite bildete sich ebenfalls ein Stück Holz heraus, das sich in der Form dem Kopfteil anpasste, nur kleiner blieb. Das Konstrukt streckte sich noch ein wenig, bevor es in seiner Verwandlung stehenblieb. Wunderbar. Es sah genauso aus, wie sie sich das Bett vorgestellt hatte. Aber Moment. Wo waren denn jetzt der Lattenrost, die Matratze und das ganze Drumherum?

Verdammt, sie hatte vergessen, es sich vorzustellen! Aber es gab ja noch den zweiten Stuhl. Nur nicht unterkriegen lassen. Sie neigte den Kopf zu den Seiten, stellte sich einen Lattenrost vor und richtete ihre Hände auf den verbliebenen Stuhl. »Converte.« Vor ihren Augen verformte sich der Stuhl zu einem Lattenrost, doch der war viel zu klein. Mayla seufzte. Müde sah sie vor ihrem inneren Auge, wie er genau in das Bett passte, und raunte erneut und wesentlich ungeduldiger: »Converte.« Der Lattenrost dehnte und streckte sich. Super. Jetzt musste er nur noch auf das Bett drauf. Erneut richtete sie die Hände auf ihn und rief: »Vola!«, worauf er vom Boden abhob und auf das Bett segelte. Erleichtert klatschte sie in die Hände.

»Perfekt. Jetzt brauche ich nur noch eine Matratze.« Sie sah sich um. Was könnte sie verwandeln? Die Häkeldecke und das Kissen, das sie aus Toms Bett gemopst hatte, brauchte sie noch. Wo gab es einen Gegenstand aus Stoff? Sie blickte sich in der Hütte um. Wie zu erwarten, hingen vor den Fenstern keine Vorhänge. Auch kein Sofa befand sich in den Raum – sonst hätte sie mit dieser vermaledeiten Verwandlung gar nicht erst anfangen müssen. In dem Schrank gab es nichts, das sie benutzen konnte, davon hatte sie sich bereits überzeugt. Wie war es denn mit der Kiste, die neben der Tür stand? Vielleicht befand sich darin etwas Brauchbares.

Mit drei Schritten war sie da, öffnete sie und stockte. In der Kiste befanden sich zwei Paar Lederschuhe, Tuben voller Fett für Leder, Bürsten mit verschiedenen Borsten und in diversen Formen, und drei zerfetzte Tücher. Wer hatte das denn hier vergessen? Egal, sie schnappte sich eines der zerrissenen Tücher, das zuvor wahrscheinlich ein Shirt gewesen war, und legte es auf den Lattenrost. Mit träumerischem Blick stellte sie sich eine dicke und weiche Matratze vor – alleine bei der Vorstellung wurde sie bereits schläfrig.

»Converte.« Das Tuch wurde dicker und länger, immer größer und breiter, bis es sich in eine kuschelige Matratze verwandelt hatte, die optimal auf den Lattenrost und in das Bett passte. Herrlich. Mist, sie hatte ein Laken vergessen. Egal, sie würde diese Nacht so darauf schlafen. Sie schnappte sich die Decke und das Kissen und ließ sich auf das Bett fallen. Doch sofort knackte es und mit einem lauten Krachen zersplitterte der Lattenrost, brachen die Bettpfosten zusammen und Mayla donnerte mit der Matratze auf den Boden. Es machte einen lauten Knall und die Matratze sackte in sich zusammen, wurde dünner und dünner, bis Mayla mit nichts als einem dünnen Laken unter sich auf den zertrümmerten Teilen des Lattenrosts lag.

»Zum Teufel, wieso hält das nicht? Du verfluchtes Bett!« Laut seufzend richtete sie sich wieder auf. Das Chaos war perfekt. Wer konnte denn in so einer Unordnung schlafen? Doch sie war so müde, sie würde es morgen aufräumen – bevor sie noch mehr Unheil anrichtete. Ihre Kräfte waren bereits völlig erschöpft. Wahrscheinlich konnte sie kaum noch etwas mit ihnen wirken. Nur wo sollte sie jetzt schlafen? Gähnend streckte sie sich und blickte sich in dem Durcheinander um. Die zwei Stühle erschienen ihr plötzlich wie das optimale Schlaflager. Doch zurückverwandeln – was würde da wieder alles schiefgehen?

Sie seufzte auf, ihre Schultern sackten nach unten und ihr Blick fiel auf das weiche Bett, in dem Tom ruhte. Er schlief völlig entspannt und hatte nichts von dem Chaos mitbekommen, das sie angerichtet hatte. Mensch, sah sein Bett gemütlich aus. Und es war ganz schön breit. Da würden locker drei oder vier Personen reinpassen – also doch auch zwei, die in keiner Beziehung waren, oder?

Sie schnappte sich ihre Decke und das Kissen und setzte sich zu Tom aufs Bett. Er reagierte nicht. Wahrscheinlich dämmerte er noch ein paar Tage vor sich hin und bemerkte gar nicht, dass sie in seinem Bett schlief. Erneut überfiel sie ein herzhaftes Gähnen und sie streckte sich. Vorsichtig legte sie sich neben Tom, der nichts davon mitbekam, rutschte bis an die Kante und blieb stocksteif liegen. Sein Geruch nach gemähter Wiese und Salzwasser drang ihr in die Nase. Er roch genauso frei, wie er lebte. Wohnte er immer hier? Oder hatte er mehrere Unterschlupfe? Den anderen vielleicht am Meer?

Es fühlte sich behaglich an, neben ihm zu liegen, und aufregend zugleich. Ob sie überhaupt ein Auge zubekam, blieb höchst fraglich. Sie legte sich auf die Seite, sodass sie ihn ansehen konnte, zog die Decke bis unters Kinn und nach einer Weile schlief sie ein.

∞

Das Geräusch von reißendem Stoff weckte sie. Laut gähnend streckte sie sich und öffnete die Augen. Es war schon hell. Wo war sie? Und wo kam dieses nervige Ratschen her?

Gähnend richtete sie sich auf. Sie lag in einem Bett und direkt daneben lagen zertrümmerte Holzteile, über denen sich ein Laken ausbreitete. Stimmt, sie war bei Tom in der Hütte und nach vergeblichen Versuchen, sich ein eigenes Schlaflager zu zaubern, hatte sie sich zu ihm gelegt. Wie ging es ihm?

Schlaftrunken blickte sie neben sich auf die Matratze – und erschrak. Die andere Seite war verlassen. Niemand lag in dem Bett außer ihr! Wo war er hin? Hatte ihn jemand …?

»Guten Morgen, Schlafmütze.«

Sie drehte den Kopf und entdeckte Tom, der neben der Tür draußen in der Sonne saß. In seiner Hand war ein Schuh und in der anderen ein zerfetztes Stück Stoff, das er immer wieder über den Stiefel rieb.

Verflixt noch eins. »Putzt du etwa Schuhe?«

»Klar, wieso auch nicht?«

»Aber ich dachte …« Sie gähnte laut.

»Werd' erst mal wach. Und dann erklärst du mir, wieso du in meinem Bett geschlafen hast.«

Ihre Wangen wurden feuerrot und sie sprang auf. »Das war nicht freiwillig!«

»Nicht freiwillig?« Er schaute kurz von seiner Arbeit auf.

»Wer war denn hier und hat dich in mein Bett gezwungen?«

»Verdammt, ich hab ja versucht, mir ein eigenes zu hexen.«

»Das ist unübersehbar.«

»Es hat nun mal nicht geklappt. Ich hab dich gestern den ganzen Tag gepflegt und war fix und fertig. Da wollte ich nicht auf dem Boden schlafen. Ein Gentleman überlässt im Übrigen immer der Lady das Bett!«

Seine Augen blitzten. »Auch wenn er bewusstlos ist?«

»Dann erst recht!«

Tom lachte leise, beugte sich wieder über die Schuhe und putzte weiter.

»Wie wäre es mit einem Danke? Danke, dass du mir das Leben gerettet hast, Mayla.«

»Danke, dass du mir das Leben gerettet hast, Mayla.« Er schaute auf und sah sie unverwandt an. Ihre Knie wurden weich, doch sie hielt seinem Blick stand. Denn er lächelte. Ein wenig zumindest. Und das tat er verdammt selten. Dann hielt er den Schuh in die Höhe, den er gerade blitzeblank geputzt hatte. Es war ... ihrer?

»Fertig. Schau mal. Wie neu.«

Ihre Augen wurden kugelrund. Sie lief zu ihm und nahm die Stiefelette in ihre Hände. Die Nähte sahen einwandfrei aus und das Leder glänzte. »Danke, das hättest du nicht machen müssen. Aber sag mal, bist du auch schön sanft mit ihnen umgegangen? Das ist echtes Leder. Die waren verdammt teuer.«

»Deshalb solltest du sie regelmäßiger pflegen.«

Sie neigte den Kopf, auf den Lippen eine schlagfertige Antwort, als sie in seine grünen Augen schaute, mit denen er offen und frei heraus in ihre blickte. Und in dem Moment fühlte sie, dass etwas anders war.

Ein aufgeregtes Kribbeln wanderte zwischen ihren Schulterblättern den Rücken hinab und schon wieder spürte sie ihre Wangen heiß werden. Verdammt. Musste sie jetzt vor ihm rot werden? Da half nur eins. Ablenkung.

»Was gibt's zum Frühstück?«

»Haferschleim.«

»Haferschleim?« Entgeistert sah sie ihn an. »Das ist jetzt nicht dein Ernst, oder? So was essen nur Omas.«

Er lachte leise. »Außer Haferflocken, Zucker und Wasser haben wir aber nichts da.«

»Wir könnten doch losge…« Doch sie verschluckte den Rest des Satzes und musterte ihn. Er sah blass aus, aber immerhin saß er aufrecht und schien keine Schmerzen zu haben. »Wie geht's dir eigentlich? Gestern noch hast du kaum die Augen aufgemacht. Ich dachte, du stirbst, und jetzt sitzt du da und putzt Schuhe.«

»Mir geht's gut genug zum Aufstehen.« Kurz blickte er sie an, als überlege er, ob er mehr sagen sollte. »Zum Falten Springen reicht meine Kraft noch nicht.«

Sie nickte. »Kein Problem. Haferschleim klingt doch ganz … sättigend.« Sie sah sich um. Ach ja, eine Küche gab es ja nicht. »Ich kümmere mich darum.« Wie auch immer man den zubereitete …

»Musst du nicht.« Er nickte nach draußen und als sie seinem Blick folgte, entdeckte sie ein kleines Lagerfeuer, auf dem ein kleiner Topf vor sich hin köchelte. Mit wenig Begeisterung lief sie hin und seufzte auf. Es sah verdammt pampig aus. Aber besser als hungern war es auf jeden Fall, oder?

»Hast du überhaupt zwei Schüsseln in deinem Ich-habe-niemals-Gäste-Haushalt?« Besteck hatte sie mehrfach gesehen, aber Geschirr? Sie lief wieder in die Hütte und steuerte auf den Schrank zu, doch er rief sie zurück.

»Ich habe schon gegessen. Du kannst meine Schüssel nehmen.« Er deutete mit dem Kinn neben sich auf den Boden, wo eine Schüssel und ein Löffel standen.

»Nichts für ungut, aber ich hätte schon gerne frisches Geschirr und Besteck.«

»Schau es dir an. So sauber, wie ich es gehext habe, ist es nicht gewesen, als ich es gekauft habe.«

»Sauber gehext?« Skeptisch blickte sie auf die Schüssel und den Löffel, die er ihr entgegenhielt. Wieso wollte er unbedingt, dass sie sein Besteck benutzte? »Ich kann mir doch einfach eine frische …«

»Weißt du was? Ich zeige dir den Spruch und dann zauberst du sie dir noch mal sauber. In Ordnung?«

Ein neuer Hexspruch? Ihre Augen leuchteten. »Erzähl.«

Langsam legte er das Schuhputzzeug beiseite, hob die Hand und fixierte die Schüssel und den Löffel, doch dann hielt er inne und sah auf.

»Gibst du mir bitte mal meinen Zauberstab? Er liegt neben dem Bett.«

Immer noch da, wo sie ihn gestern Abend hingelegt hatte? Seine Schuhe putzte er zwar lieber mit der Hand als mit Magie, aber dass er ohne Hexerei spülte und kochte, konnte sie sich beim besten Willen nicht vorstellen. Er musste also ohne Zauberstab gehext haben! Aber das bedeutete, er entstammte einer der Gründerfamilien. Sie sah ihn aus großen Augen an, bis ihr ihr Gestarre auffiel, und wandte ihm schnell den Rücken zu.

Mit klopfendem Herzen und sich überschlagenden Gedanken holte sie den Zauberstab und gab ihn ihm. Tom … konnte er wirklich mit den Händen zaubern? Woher hatte er seine Kräfte? Welcher Familie entstammte er?

Mit der Spitze zielte er auf das Geschirr und das Besteck und sagte: »Te ablue!«

Sie versuchte sich auf seine Vorstellung zu konzentrieren, aber nichts an der Schüssel veränderte sich.

»Wie du siehst, war alles schon blitzeblank, aber versuch es ruhig selbst. Richtig üben kannst du dann, wenn du aufgegessen hast.«

Sie warf ihm einen neugierigen Blick zu, dann zielte sie mit einer Hand auf die Utensilien. »Te ablue!« Nichts veränderte sich.

»Wie du siehst, war beides schon absolut sauber und keimfrei. Also iss, der Haferschleim macht dich satt.«

Satt vielleicht, vielleicht würde er aber auch ihren Magen verkleben und als unvergänglicher Klumpen auf ewig in ihrem Bauch liegen. Sollte sie einfach behaupten, sie habe keinen Hunger? Ein lautes Knurren ertönte aus ihrem Bauch, der sich schmerzhaft zusammenzog. Mist. Der Plan war schon mal nichts.

In aller Seelenruhe nahm er einen seiner Schuhe und bürstete den Staub ab. »Es wird dich nicht vergiften.«

»Gut zu wissen.« Innerlich immer noch bei ihren sich überstürzenden Gedanken nahm sie den Löffel und klatschte sich eine Portion von der Pampe in die Schüssel. Zaghaft probierte sie. Okay, so schlimm wie befürchtet war es nicht, aber eine Delikatesse auch nicht gerade. Immerhin schien ihr Magen damit zufrieden, denn die Schmerzen und das Grummeln hörten auf.

Sollte sie versuchen, mit ihm über ihre Vermutung zu reden? Aber wie konnte sie das Gespräch unverfänglich in die Richtung lenken, ohne dass er sich sogleich wieder verschloss? Irgendwie musste es ihr gelingen, das Thema anzuschneiden. »Wieso putzt du eigentlich unsere Schuhe so penibel mit der Hand? Haben wir damit irgendwelche magischen Spuren an uns?«

Er schüttelte den Kopf und beugte sich erneut über seine Arbeit. Dabei rutschten ein paar dunkle Haarsträhnen in seine Stirn. In gleichförmigen Bewegungen strich er mit der Bürste über das dunkle Leder, bis der Dreck fort war.

»Wieso tust du es dann?«

»Ich mag saubere Schuhe.«

»Saubere Schuhe? Aber meine Stiefeletten sind nicht nur sauber, sondern glänzend und so gepflegt wie nie.«

»Wenn du das Leder regelmäßig einfettest, halten sie länger.« Er legte die Bürste beiseite und beugte sich über die Kiste, die zu seinen Füßen stand. Er öffnete eine der Dosen und mit einem Tuch holte er eine Portion Fett heraus, das er mit kreisenden Bewegungen in das Leder einarbeitete. Überall, wo es Falten gab, strich er Fett drauf, bis der Schuh wie neu wirkte.

Interessant. Er putzte und pflegte also gerne Schuhe. Das bedeutete, ihm lag sein Schuhwerk am Herzen. War doch schon mal was, dass er zu Gegenständen Beziehungen aufbaute. Aber nein, zu einem Lebewesen war er auch eine tiefe Bindung eingegangen. »Wo ist eigentlich Kitty? Hätte sie als dein Seelentier nicht gestern an deiner Seite wachen müssen, als du dem Tod nur knapp von der Schippe gesprungen bist?«

»Wie gesagt hat sie gerade selbst einiges zu tun.«

Sehnsüchtig dachte Mayla an das liebe Tier. Wie gerne würde sie die treue Katze mal wieder treffen und kuscheln.

»Du magst sie gerne.«

Sie nickte. »Und ich vermisse sie ...«

»Du wirst sie schon bald wiedersehen.«

»Wie schön, ich freue mich! Wann ist sie hier?« Sogleich blickte sie sich auf dem einsamen Berg um, ob sie irgendwo den schwarzen Schwanz der Katze aus den hohen Gräsern emporragen sah, doch sie konnte Kitty nirgends ausfindig machen. Tom und sie waren alleine.

»Es dauert noch ein wenig.« Er stellte den fertig geputzten Schuh neben die Tür und streckte sich. Dann hob er den Zauberstab und raunte: »Refice!«, worauf sich der zertrümmerte Lattenrost und das kaputte Bett wieder in zwei Stühle, und die geplatzte Matratze in einen Shirtfetzen verwandelte, den er mit einem Wink seines Zauberstabes in seinen Schuhputzkasten fliegen ließ.

»Bis dahin sollten wir die Zeit nutzen.« Er zwinkerte ihr zu, worauf sie unvermittelt knallrot wurde. »Nicht das, woran du jetzt denkst.«

»Ich habe gar nichts gedacht!«

Er lachte leise. »Also, wo ist dein Polizist?«

»Er ist nicht mein ...« Sie atmete tief durch. »Ich weiß es nicht.«

»Aber wer hat den Trank bereitet, der mich geheilt hat?«

War ja klar, dass er sofort ahnte, dass sie das nicht gewesen war.

»Ich habe Georg nirgends gefunden und deshalb Angelika geholt.«

Ernst sah er sie an. »Du hast Angelika von Donnersberg hergeholt? Zu meiner Hütte?«

»Ja, aber ich habe ihr nicht verraten, wie dieser Ort heißt. Ich habe sie mitgenommen beim Springen und den Hexspruch nur gedacht.«

Skeptisch kniff er die Augen zusammen. »Und das hat geklappt?«

»Offensichtlich, sonst hätte sie dir schlecht den Kräutersud kochen können.«

»Und sie ist ohne Widerstand verschwunden?«

»Ich musste ihr versprechen, sobald es dir besser geht, mal wieder zum Essen vorbeizukommen, aber sonst …«

»Und du hast den Spruch wirklich nur gedacht? Bist du dir absolut sicher, Mayla, dass sie ihn nicht gehört hat? Ich muss es hundertprozentig wissen.«

»Ja, hundertprozentig.«

»Okay, gut. Dabei hättest du es bestimmt auch alleine geschafft. Oder hast du das Kräuterbuch deiner Oma nicht mehr bei dir?«

»Doch, habe ich. Aber ich hatte Panik, zum Teufel. Ich dachte, du stirbst. Da wollte ich mich wirklich nicht an meinem ersten Zaubertrank versuchen.«

»Ach, Georg hätte dir schon geholfen. Wieso weißt du nicht, wo er sich befindet? Wo ist er hin?«

Fragend hob sie die Hände. »Wenn ich das nur wüsste. Wir hatten einen Treffpunkt ausgemacht, für den Fall, dass wir getrennt werden. Aber da ist er nicht aufgetaucht.«

Ungläubig sah er sie an. »Er war nicht da? Aber er …«

»Was?«

»Nicht so wichtig. Was genau ist gestern passiert? Ich kann mich kaum erinnern. Ich kam die Treppe runtergerannt, weil Melindas Eule geschrien hat, um uns zu warnen.«

»Ach, das war Omas Seelentier?«

Sie erinnerte sich an die hübsche Eule mit dem rötlichen Schein um die gelben Augen. Also war auch sie nicht Maylas Seelentier.

»Und als ich bei Georg und dir im Wohnzimmer ankam, stürmten schon die Polizisten hervor. Wann sind sie dort aufgetaucht?«

»Ich weiß es nicht. Gesehen habe ich sie auch erst, als du nach unten gekommen bist.«

»Wie konnten sie sich hinter den Vorhängen am Fenster postieren?« Seine Augen verengten sich zu schmalen Schlitzen. »Georg! Er hat uns verraten. Deshalb lässt er sich jetzt auch nicht mehr blicken.«

»Was? Nein. Doch nicht Georg. Er würde mich doch niemals …«

»Dich vielleicht nicht, aber mich schon.«

»Tom! Jetzt hör mit diesen endlosen Vorwürfen und Anschuldigungen auf. Ich glaube das nicht. Er hat doch den Schutzschild vor uns gehext, sonst hätte uns der Fluch getroffen und du säßest jetzt im Gefängnis.«

Tom schüttelte den Kopf. »Das hat er nur getan, weil du in der Schusslinie warst. Es ging ihm immer nur um dich. Aber mich wollte er ausliefern, aus dem Weg haben, von Anfang an.«

»Ich glaube das nicht. Das hätte er mir doch gesagt.« Sie stockte und blickte zu Tom. »Okay, das hätte er mir nicht verraten, sonst hätte ich ihm was erzählt. Aber wieso ist er dann nicht bei unserem Treffpunkt aufgetaucht?«

»Keine Ahnung. Es muss zu seinem Plan gehören. Oder er war erst später da. Zum Glück hast du ihn nicht angetroffen. Sonst hättest du ihn mit hergebracht und wir hätten den Verräter immer noch an unserer Seite.«

Grüblerisch steckte sie sich den letzten Löffel Hafer-schleim in den Mund. »Ich glaube das einfach nicht. Georg ist nicht ... falsch und hinterhältig. Das hätte ich gespürt.«

»Er ist Polizist und ich bin in seinen Augen ein Schwer-verbrecher. Nach seiner Vorstellung war das lediglich ein Trick und keine üble Täuschung, um mich hinter Gitter zu bekommen, wie er es von Anfang an gewollt hat.«

Georg? Nein, das konnte sie nicht glauben.

Tom entging der Zweifel in ihren Augen nicht. »Wieso waren dann die Polizisten schon da? Wieso haben wir sie nicht ankommen hören? Georg war vor uns in Melindas Haus und davor im Revier. Er muss ihnen erzählt haben, dass ich komme, und seine Kollegen haben sich hinter den Vorhängen postiert, bis sie zugreifen konnten.«

»Wieso haben sie dann nicht sofort angegriffen, als wir angekommen sind?«

»Ganz einfach. Sie wollten warten, ob wir etwas Brauch-bares finden.«

Entschieden schüttelte sie den Kopf. »Ich glaube, sie sind erst gekommen, als wir schon dort waren.«

»Dann hätte er es hören müssen! Hauptsache, der Bulle ist nicht mehr ständig bei uns. Jetzt kommen wir schneller vo-ran, glaub mir. Wir finden deine Oma.«

»Eigentlich kann ich nicht ...« Sie schaute hinüber zu den sonnenbeschienenen Wiesen, die zu einem Picknick ein-luden. Sollte sie ihm von dem Brief erzählen? Von dem Auftrag ihrer Oma? Obwohl sie sie gebeten hatte, Still-schweigen darüber zu bewahren und den Brief sofort zu ver-brennen?

Nachdenklich sah sie hinüber zu Tom. Sie vertraute ihm. So oft hatte er ihr das Leben gerettet ... aber konnte sie einfach den Willen ihrer Oma übergehen, wo sie den Grund dafür nicht kannte?

»Was kannst du nicht?«

Nein, heute würde sie ihm nicht davon erzählen. Immerhin hatte Tom auch seine Geheimnisse vor ihr. »Ich kann es nicht erwarten, meine Oma zu finden. Vielleicht sind wir zu zweit wirklich schneller. Wie gehen wir weiter vor? Wir können schlecht zurück und noch mal ihr Haus untersuchen. Bestimmt wimmelt es dort ab jetzt nur so von Polizisten.«

»Gib mir den heutigen Tag, um mich zu erholen.«

»Aber Angelika meinte, es dauert Tage, bis du wieder gesund bist.«

»Ach, das war übertrieben. Du kennst sie doch.« Er winkte ab. »Wir können schon mal anfangen die Bücher durchzusehen. Ein paar Stunden Zeit dürften wir noch haben.«

Stirnrunzelnd blickte sie ihn an. »Bis was passiert?«

Er sah zu ihr hoch und grinste, dass seine weißen Zähne in der Sonne blitzten, und dieses Lächeln berührte sie bis ins Mark. »Lass dich überraschen.«

Kapitel 9

Den Vormittag verbrachten sie brütend über den Büchern. Tom hatte einen der Holzscheite geholt und Mayla ihn so lange in einen Tisch verwandeln lassen, bis der weder unter dem Gewicht der Sachbücher noch unter ihren aufgestützten Ellenbogen zusammenbrach.

Es dauerte ein wenig, denn es war ganz schön kompliziert. Nicht nur die Form musste sie sich vorstellen, was ihr besonders leicht fiel, sondern auch, was der Tisch tragen und wie stabil er sein musste. Nach einigen Anläufen hatte sie es raus und sie setzten sich mit dem Stapel an Büchern unter den strahlend blauen Himmel.

Nach einer Weile begann die Sonne zu blenden und Tom forderte sie auf, einen Stofffetzen aus seinem Schuhputzkasten in ein Sonnensegel zu verwandeln, das sie über den Tisch spannen konnten. Auf diese Weise bekam sie die Gelegenheit, das Hexen zu üben, und Tom konnte seine Kräfte schonen. Obwohl er aufrecht saß und fleißig in den Büchern las, konnte sie ihm ansehen, dass er nicht im Vollbesitz seiner Kräfte war.

Als es Mittag wurde, aßen sie zu Maylas Leidwesen eine weitere Portion Haferschleim. Aber Toms Gesichtsfarbe war noch immer blass und seine Bewegungen langsam, weshalb sie sich auf die Zunge biss und keinen weiteren Kommentar dazu fallenließ.

Es war heiß, sehr heiß. Ob das an der Höhe lag? Waren sie tatsächlich in den Pyrenäen? Sie musste ihn nachher unbedingt danach fragen, aber sie wollte nicht schon wieder, dass er sich ihr gegenüber verschloss. Er verhielt sich seit diesem Morgen ungezwungen und sorglos, und das sollte auch so bleiben.

Die Bücher, die ihre Oma aus der Bibliothek ausgeliehen hatte, handelten alle von der Geschichte der Hexen. Viele behandelten die Gründerfamilien und die Zeit, in der die vier Zirkel entstanden waren. Andere die Reibereien und Kriege, die im Laufe der Jahrhunderte zwischen den Zirkeln und der Familie von Eisenfels ausgetragen worden waren. Doch nicht immer war die Familie von Eisenfels der Übeltäter. Es hatte auch Zeiten gegeben, in denen sich die Zirkel untereinander bekriegt hatten. Kompliziert war noch ein harmloser Begriff für die Verwicklungen und diversen Konstellationen der vergangenen Jahrhunderte.

Mayla konnte sich zunehmend schwerer konzentrieren und blickte immer wieder auf, um sich in der verlassenen Gebirgslandschaft umzusehen. Die schroffen Felsen waren an ihren Hängen mit Gras und im Wind wiegenden Blumen bedeckt. Kein Gebäude und keine Menschenseele waren weit und breit zu sehen. Wenn sie sich wirklich in den Pyrenäen befanden, wohnte dann vielleicht die Familie Aguilera, die den letzten Luftzirkel-Erben versteckt hielt, ganz in der Nähe?

Verstohlen linste sie zu Tom, der sich konzentriert über ein Buch beugte, in dem die Gründerzeit der Hexenzirkel aus Sicht der de Rochat, also der Erdgründerfamilie, behandelt wurde. Sie konnte nicht überprüfen, ob er wirklich ohne Zauberstab hexte, da nicht ein Hexspruch über seine Lippen kam. Er sah müde aus. Die Arbeit über den Texten strengte ihn an. Vielleicht sollte sie ihm eine Pause empfehlen, und während er schlief, konnte sie der Spur zur Familie Aguilera nachgehen. Ein fabelhafter Plan.

»Mensch, du siehst ganz schön erschöpft aus.«

Er sah auf und strich sich mit der Hand über die Augen, um die die Schatten noch nicht verschwunden waren. Außerdem wirkte er angespannt, beinahe nervös. Was hatte sich in den letzten Minuten geändert? »Es geht schon.«

»Du solltest dich nicht überanstrengen und mal ein Mittagsschläfchen halten. Nicht, dass meine ganze Pflege gestern umsonst war.«

»Später. Ich muss noch ein wenig warten. Ich kann …«

»Ja?«

Prüfend sah er sie an. »Wenn ich dir jetzt etwas sage, versprichst du mir, nicht auszuflippen, sondern Ruhe zu bewahren?«

O Gott! Was kam nun? Zögerlich nickte sie.

Er deutete hinüber auf den Schrank. Mayla blinzelte irritiert. Was meinte er?

»Es ist bereits losgegangen.«

»Was ist bereits losgegangen?«

»Karla …«

»Karla? Ach, du meinst Kitty.«

»Ja, sie liegt in dem Schrank und …«

Maylas Augen begannen zu leuchten. Am liebsten wäre sie sofort losgestürmt, um das treue Tier zu herzen und zu knuddeln. Doch Tom hielt sie am Arm fest, als ahne er, was in ihrem Kopf vorging.

»Stopp! Du hast mir versprochen, ruhig zu bleiben.«

»Ich bleibe ruhig.«

Wenn der wüsste.

»Was geht hier vor?«

»Sie bekommt gerade Junge.«

»Was?« Ihre Augen weiteten sich. »Sie bekommt …?«

Er nickte.

»Wann?«

»Wie gesagt, es ist bereits losgegangen …«

»Und da sagst du nichts? Seit wann liegt sie denn in dem Schrank?«

»Sie hat sich heute Nacht dort verkrochen.«

»Deshalb wolltest du heute Morgen nicht, dass ich mir Geschirr und Besteck rausshole. Aber wieso hast du das zugelassen? Wir müssen ihr doch helfen.«

»Sie schafft das alleine. Und sie braucht Ruhe. Außerdem wird sie mich rufen, wenn sie nicht mehr alleine sein will oder meine Hilfe braucht.«

»Um Himmels willen, Kitty bekommt Junge … Deshalb hatte sie so einen dicken Bauch. Ich dachte, eine alte Frau mästet sie.«

»Lass uns noch ein wenig weitermachen.«

»Weitermachen? Das meinst du doch nicht im Ernst. Wie soll ich mich denn jetzt noch konzentrieren?«

»Jetzt weißt du, weshalb ich es dir nicht schon früher verraten habe.«

Sorgenvoll blickte Mayla zu dem Schrank, doch sogleich wurde sie wieder mit Freude durchflutet. Babykatzen. Wie goldig. »Woher willst du wissen, seit wann …«

»Ich fühle es. Und ich sehe es. Zwischendurch schickt sie mir Bilder. Es geht allen gut. Sie ruft mich, wenn sie uns bei sich haben will. Solange sie das nicht tut, lassen wir sie alleine. Wir müssen ihren Willen respektieren.«

»Natürlich.« Sie trommelte mit den Fingerkuppen auf die Tischplatte, schlug ein Bein über das andere und wippte mit der Fußspitze auf und ab. Wie gerne würde sie zu Kitty gehen und ihr über das Fell streichen, ihre Pfote halten und ihr zeigen, dass sie nicht alleine war. Sie wollte für sie da sein, so wie das treue Tier schon so oft für sie da gewesen war.

Scheinbar gelassen beugte sich Tom über die Texte, doch auch er blickte immer wieder auf und schielte hinüber zum Schrank. Seit Minuten hatte er in dem Buch nicht mehr weitergeblättert. Er machte sich Sorgen, das war nicht zu übersehen. Hieß das, es gab Komplikationen? Mensch, wie gerne würde sie auch diese Verbindung zu Kitty haben ...

Sehnsüchtig blickte sie zum Schrank, als Tom plötzlich aufsprang und hinübereilte. Sie fragte nicht, was er gesehen oder gefühlt hatte und welche Bilder Kitty ihm geschickt hatte, sondern hetzte direkt hinter ihm her. Auf einen Wink mit seiner Hand öffnete sich die Schranktür, noch bevor er dort angelangte. Und das Bild, das sich ihnen bot, ließ ihr Herz höherschlagen.

Ganz unten im Schrank, auf dem untersten Regalbrett, lag ein Katzenkorb, ausgelegt mit Decken und Kissen, der gestern noch nicht da gewesen war. Hatte Tom ihn heute Morgen gehext? Auf der nassen Decke lag Kitty. Halb unter ihrem Bauch verbarg sich ein winzig kleines Kätzchen, das hoch fiepte und das Kitty unablässig leckte.

»Wie süß«, hauchte Mayla und hockte sich neben Tom zu der frischgebackenen Katzenmama.

Das Kleine wand sich und grub seine Nase an den Bauch seiner Mutter. Doch es war noch nicht vorbei. Kittys Bauch bebte, hob und senkte sich und das treue Tier miaute unablässig.

»Oje, sie hat Schmerzen. Können wir nicht irgendetwas tun?«

»Nein, lass sie gehen. Sie sagt mir, wenn ich ihr helfen soll.« Liebevoll blickte er Kitty an und schien ihr über seine Gedanken etwas mitzuteilen. Der Moment war so persönlich, so innig, dass sich Mayla ein wenig störend vorkam. Doch sie wurde abgelenkt, als urplötzlich ein Bild auf sie einprasselte, das sie nur in ihren Gedanken sah.

Das Bild war unklar, alles war verschwommen. Rosa Farbtöne spielten ineinander, kaum eine Kontur ließ sich ausmachen, als es schon wieder verschwand. Mayla klappte die Kinnlade runter. Dieses Bild hatte ihr jemand geschickt. Es war nicht von ihr gekommen, sondern von außen. War es Kitty gewesen? Aber das ging doch gar nicht!

Kitty wand sich und maunzte, sie drehte sich hin und her, bis Tom ganz vorsichtig seine Hand auf ihr Köpfchen legte und sie anlächelte. Wieder schienen die beiden über ihre Gedanken miteinander zu kommunizieren. Endlich kam Kitty wieder zur Ruhe und leckte dem neugeborenen Kätzchen über den Rücken. Das fiepte und kuschelte sich unter seine Mutter, die Augen fest zusammengepresst.

Maylas Herz klopfte schneller, als sich der Bauch der Katze wieder stoßweise hob und senkte. Erneut maunzte sie und Mayla durchflutete ein Gefühl von Wärme und Liebe, das nicht von ihr kam.

In dem Moment rutschte endlich das zweite Katzenjunge heraus. Kitty beugte sich sofort hin und leckte das nasse Tier ab. Erneut prasselte ein tiefes, aufrichtiges Gefühl der Liebe durch Mayla hindurch, das sie zu überwältigen drohte. Sie fasste sich ans Herz und Tränen schossen in ihre Augen, als sie endlich begriff.

Nicht Kitty hatte das rosafarbene Bild mit ihr geteilt und ihr diese innigen Emotionen geschenkt, sondern das Katzenbaby, das als zweites geboren worden war. Ein Glücksgefühl ergriff Maylas Herz und die Tränen rannen nur so über ihre Wangen, während sie zaghaft ihre Finger nach dem winzig kleinen Kätzchen ausstreckte. Als sie es berührte, durchfluteten sie erneut warme Gefühle. Ihr Herz war ergriffen wie noch niemals zuvor und mit aller Vorsicht strich sie dem Kleinen über das feuchte Köpfchen. Das reagierte durch ein leises Fiepen, beinahe meinte Mayla, es drücke sein Köpfchen gegen ihre Hand, doch dann kuschelte es sich wieder an seine Mama. Kitty beugte sich über es, zog es mit dem Mund neben sein Geschwisterchen an ihre Zitzen und leckte die beiden sauber.

Tom legte Mayla die Hand auf den Unterarm. »Komm, wir lassen sie ein wenig ausruhen.«

Die Berührung riss sie aus ihren Gedanken und benommen blinzelte sie mehrmals. »Tom, weißt du, was eben geschehen ist?«

Er lächelte. Er lächelte wirklich, aufrichtig und voller Herzenswärme. Zärtlich strich er ihr über den Arm. »Ja, ich weiß es.«

»Ich meine, das zweite Katzenbaby … es ist … ich glaube … doch, bestimmt, ich bin mir sicher …«

Tom lachte leise. »Ja, du hast recht. Das zweite Katzenjunge ist dein Seelentier.«

Tränen fluteten Maylas Gesicht, als wären alle Dämme gebrochen. »Aber woher weißt du das?«

»Karla, ach, du nennst sie ja Kitty. Ihr gefällt der Name übrigens.« Er schmunzelte. »Sie hat es mir von Anfang an gesagt. Deshalb ist sie dir gefolgt. Sie hat die Aufgabe ihres

Kindes übernommen, bis es soweit ist und es an deiner Seite leben kann.«

»Das hat sie? Aber woher wusste sie, dass sie … mein Seelentier gebären würde?«

»Sie trug es in sich, als du zur Hexe wurdest. Normalerweise werden Seelentiere beinahe gleichzeitig mit ihren Seelenhexen geboren. Aber bei dir läuft es offenbar anders.«

»Sag bloß, sie hat gespürt, dass das eine ihrer kleinen Jungen mich …«

»Genau, sie hat gespürt, dass es dich beschützen will. Sie hat es gefühlt, von Anfang an. Deshalb war sie so oft bei dir und hat dich getröstet.«

»Ach, Kitty, du wundervolle Katzenmama. Du wirst für immer einen besonderen Platz in meinem Herzen haben.« Hingebungsvoll strich sie dem Tier über die Stirn und Kitty maunzte leise. Dann streichelte sie ein letztes Mal vorsichtig über den Rücken ihres Seelentieres, das leise fiepte, bevor sie sich schweren Herzens von den dreien löste und sich mit Tom zurückzog.

Kapitel 10

Nach der Geburt der Katzenbabys kehrte Tom nicht wieder an den Tisch in der Sonne zurück, um weiterzurecherchieren. Er war blass und die Schatten um seine Augen traten deutlicher hervor.

»Ich hau mich für eine Stunde aufs Ohr.« Ohne ihre Antwort abzuwarten, schleppte er sich in sein Bett und schlief binnen Sekunden ein.

Mayla war nicht überrascht. Ausgehend von seiner gestrigen Verfassung hätte sie gedacht, er müsse den ganzen Tag viel erschöpfter sein und mehrere Nickerchen zwischendurch machen. Jetzt war es bereits weit nach Mittag und es war das erste Mal, dass er sich ausruhte. Wahrscheinlich hatte die Katzengeburt ihn unruhig gemacht und er hatte Kräfte mobilisiert, um Kitty beizustehen, die ihm noch nicht zur Verfügung standen. Bestimmt schlief er mehrere Stunden tief und fest. Sie grinste. Es war die Gelegenheit, dem einzigen Hinweis nachzugehen, den ihre Oma ihr geliefert hatte. Ihre Suche nach dem Erben der Luftgründerfamilie konnte beginnen.

Auf Zehenspitzen schlich sie nach draußen und schloss die Tür hinter sich. Die Sonne hatte ihren Zenit überschritten und es wurde heißer und heißer. Sie krempelte sich die Ärmel ihrer Bluse hoch und holte den Amulettschlüssel aus ihrem Ausschnitt hervor. Während sie ihn umfasste, dachte sie: »Perduce me ad Familiam Aguileram in Pyrenaeo«, und das Grün der Berge und das Blau des Himmels um sie herum verschwammen zu einem verworrenen Brei. Sie schloss die Augen, bis sie wieder festen Boden unter den Füßen hatte, und fand sich wieder vor einem umzäunten kleinen Haus, in dem höchstens vier Personen wohnen konnten und dessen weißer Putz stellenweise von der Wand fiel. Niemand war zu sehen, niemand zu hören.

Neugierig blickte sie über die Schulter und betrachtete die Gegend, in die sie gesprungen war. Sie war derjenigen, aus der sie sich gerade weggehext hatte, nicht unähnlich, nur dass sich die Berge in nördlicher Richtung auftürmten und sich das Haus am Fuße der gewaltigen Gebirgskette befand. Weit und breit war kein anderes Gebäude zu sehen. Kein Bauernhof, kein Auto, kein Hexenbesen. Dafür mehrere Hektar Weinberge, die sich die Pyrenäen hinauf erstreckten.

Die Schultern straffend richtete sie ihr Augenmerk auf das kleine Haus mit dem Spitzdach und den schief hängenden Fensterläden. Mit dem nächsten stärkeren Wind würden die auf dem mit trockenen Grashalmen bewachsenen Erdboden landen – so viel stand fest.

Langsam lief sie auf das Tor zu und als sie es öffnete, quietschte es leise. Gleichzeitig huschte etwas hinter dem Fenster herum. Ruhig Blut, ruhig Blut. Zur Not hexte sie ruck zuck den Schildzauber und sprang zurück zu Toms Hütte. Sie konnte das, sie war in der Lage dazu und ihr Auftrag war von großer Wichtigkeit.

Entschieden marschierte sie auf die Haustür zu und pochte mit dem Fingerknöchel an. Nichts regte sich. Aber hinter dem Fenster hatte sie vor nicht einmal einer Minute einen Schatten gesehen – folglich musste sich jemand in dem Gebäude befinden!

Sie klopfte erneut, fester, fordernder, bis eine männliche Stimme ertönte und Mayla innerlich zusammenzuckte.

»Wer bist du und was willst du hier?«

»Hallo?« Sie suchte nach einem Guckloch an der Tür, um den Hausbewohner ausfindig zu machen, doch sie fand keine Möglichkeit, auf die andere Seite der Tür zu sehen.

»Erkläre dich oder verschwinde! Das ist Privatbesitz.«

Mein Gott, waren die gastfreundlich hier.

»Mein Name ist Mayla …« Fieberhaft dachte sie nach. Wie konnte sie diesen übermisstrauischen Mann überzeugen, sie reinzulassen?

»Woher weißt du von dieser Falte?«

»Meine Oma hat mich hergeschickt.«

»Deine Oma? Wer soll das sein?«

»Melinda von Flammenstein.«

Stille.

»Melinda von Flammenstein hat keine Erben. Ihre Tochter sowie ihr Ehemann wurden vor über dreißig Jahren kinderlos getötet.«

»Das ließ meine Oma alle glauben, damit ich in Sicherheit war vor Vincent von Eisenfels.« Sie lehnte sich zur Seite, um durch das Fenster zu schauen, hinter dem sie den Schatten gesehen hatte, doch dort regte sich nichts mehr.

»Woher soll ich wissen, dass du die Wahrheit sagst?«

»Woher soll ich wissen, ob Sie mich nicht gleich töten, weil ich die letzte Nachfahrin der von Flammenstein bin?«

»Warum sollte ich das tun?«

»Wieso sollte ich Sie anlügen?«

»Woher hast du den Hexspruch, um in diese Falte zu gelangen?«

Mein Gott, das war ja wie verbales Pingpong!

»Meine Oma hat mir einen Brief hinterlassen, in dem sie mir von diesem Ort und von Ihnen erzählt hat.«

»Und wieso hat sie das getan? Was willst du hier?«

Prüfend blickte sie über ihre Schulter. Scheinbar waren sie alleine, dennoch wollte sie die Botschaft ihrer Oma nicht in die Welt hinausbrüllen. »Es wäre mir sehr recht, wenn wir das in Ruhe klären könnten, ohne dass es die ganze Nachbarschaft erfährt – sofern es überhaupt Häuser in der Nähe gibt.«

Sie hörte ein Brummen. Kurz darauf ging die Tür schneller auf, als Mayla es erwartet hatte. Vor ihr stand ein Mann, vermutlich um die sechzig, der gerade mal so groß war wie sie. Sein Haar war dunkelbraun, nur an den Schläfen linsten ein paar graue Strähnen hervor. Doch um seine Augen und auf der breiten Stirn tanzten durch seine lebhafte Mimik zahlreiche tiefe Falten umher. Sein weißes Hemd wies mehrere rote Flecken auf – hoffentlich war das kein Blut! Mit der Rechten hielt er seinen Zauberstab umklammert und richtete ihn mürrisch auf sie, gleichzeitig streckte er seinen dicken Bauch hinaus, als wäre der sein Verteidigungsschild.

Die dunklen Augen skeptisch verengt, musterte er sie von Kopf bis Fuß, blieb für einen Moment an ihrer Halskette mit dem goldenen Herzen hängen, bis er ihr in die Augen sah und langsam zu nicken begann. »Du bist Melindas Enkelin?«

Lächelnd zuckte sie mit den Achseln. »Offenbar. Ich habe davon auch erst vor wenigen Wochen erfahren. Mein Name ist Mayla.« Rote Flecken hin oder her, sie war aus einem bestimmten Grund hier. Beherzt streckte sie ihm die Rechte entgegen.

Er schüttelte ihre Hand, ohne sie aus den Augen zu lassen. Offenbar gefiel ihm, was er sah, denn sein grimmiger

Gesichtsausdruck verschwand. »Ich erkenne die Ähnlichkeit. Also schön.« Er senkte den Zauberstab und trat beiseite. »Komm herein. Entschuldige meine barsche Begrüßung. Ich musste sichergehen, dass ich dir vertrauen kann. Mein Name ist Cesaro Aguilera. Darf ich dir etwas zu trinken anbieten, Mayla? Vielleicht ein Gläschen Somontano?«

»Somontano? Klingt gut. Ist der aus der Gegend?«

»Ich baue ihn selbst an.«

Stammten die roten Sprenkeln auf seinem Hemd daher? Er folgte ihrem Blick und schmunzelnd strich er mit dem Zauberstab über die Flecken, worauf sie verschwanden. Einladend wies er mit der Hand in sein Heim.

»Bitte, tritt ein.«

Er führte sie in das Haus, das gemütlich und gepflegt war – ganz im Gegensatz zu der klapprigen und baufälligen äußeren Erscheinung. Durch eine kleine Diele gelangten sie in das Wohnzimmer, das mit dünnen Teppichen ausgelegt war.

»Bitte, setz dich hierher.« Er wies auf eine Korbstuhlsitzgruppe, die gegenüber einer breiten Fensterfront aufgestellt war. Von dort aus hatte man einen herrlichen Blick über die unberührte Graslandschaft hinter dem Haus, die sich weit bis zu einer Stadt erstreckte, deren Umrisse sie nur schemenhaft erkennen konnte.

Sie setzte sich und erwartete, er würde sich zu ihr gesellen, doch er verschwand sogleich durch einen bogenförmigen Durchgang in einen angrenzenden Raum. Den klappernden und klimpernden Geräuschen nach zu urteilen, befand sich dort die Küche.

»Ich bin gleich wieder bei dir. Hab einen Augenblick Geduld, bitte. Deine Großmutter ist mich lange nicht mehr besuchen gekommen. Doch wie ich gehört habe, ist sie seit

Wochen spurlos verschwunden. Deshalb bin ich misstrau-
ischer geworden, wenn Fremde an die Tür klopfen. Gibt es
irgendwelche Hinweise, wo sie sich aufhält?«

»Leider noch nicht, aber wir suchen unter Hochdruck
nach ihr.« Sie ließ ihren Blick durch das Zimmer gleiten,
betrachtete die unzähligen Weingläser, die in einer hohen
Vitrine aufbewahrt wurden, und die gerahmten Urkunden
an den Wänden, die sie aufgrund ihrer mangelnden Spa-
nischkenntnisse leider nicht lesen konnte. Die Trauben- und
Rebenzeichnungen sprachen jedoch für sich – mit Sicherheit
handelte es sich um Auszeichnungen für seine Weine.

»Ist das nicht eine hinreißende Aussicht, die ich jeden Tag
genießen kann?« Unbemerkt war er von hinten an sie heran-
getreten. In den Händen balancierte er ein Tablett, auf dem
sich zwei Gläser, eine Karaffe Wein sowie ein Teller mit Käse,
Schinken und Oliven befanden. Bei dem Anblick lief ihr sogleich das Wasser im Mund zusammen.

»Die Aussicht ist wirklich fantastisch. Welche Stadt liegt
dort vorne?«

»Barbastro. Wenn du etwas Zeit mitgebracht hast, wäre es
mir eine Freude, dir eine Führung anzubieten. Besonders die
Altstadt und die Kathedrale sind malerisch.« Er hielt ihr ein
Glas Wein hin und setzte sich neben sie. »Bitte, greif zu.«

»Danke. Sieht das lecker aus!« Sie nahm von dem Käse
und weitete entzückt die Augen. »Wie cremig und zart.«

»Und jetzt koste einen Schluck Wein.«

Freudig nippte sie an dem Glas und hätte am liebsten
gleich den kompletten Inhalt hinuntergekippt, so frisch und
beerig schmeckte er. Sie war keine Önologin, aber sie hatte
genügend Weine gekostet, um zu wissen, dass der hier
verdammt gut war.

»Schmeckt der lecker. Darf ich bei Ihnen eine Lehre machen?«

Er lachte ausgelassen und wurde ihr dadurch noch sympathischer.

»Ich freue mich über jede Hilfe. Aber bitte, sage Du zu mir, sonst fühle ich mich steinalt. In Spanien mögen wir das gar nicht, gesiezt zu werden. Was führt dich zu mir?«

»Meine Oma – ich habe sie leider noch nicht persönlich kennenlernen dürfen. Sie hat mir einen Brief hinterlassen. Sie …« Zögernd musterte sie den freundlichen Spanier, der so arglos dreinblickte, dass sie kurz davor war, ihm all ihre Geheimnisse anzuvertrauen. War er derjenige, der den Erben des Luftzirkels damals bei sich aufgenommen hatte? Oder wohnte er nur zufällig in demselben Haus, als Nachfolger sozusagen? Ohne einen Vertrauensvorschuss würden sie nicht weiterkommen. Einer musste den Anfang machen.

»Meine Oma hat mir einen besonderen Auftrag erteilt. Ich soll den Erben des Luftzirkels finden, den letzten lebenden Montgomery. Ich kenne leider nicht einmal seinen Vornamen.«

Cesaro nickte gemächlich und schwenkte sein Weinglas, bevor er einen Schluck nahm. Offenbar hatte er nicht die Absicht, ihr einen Schritt entgegenzukommen.

»Meine Oma hat mir diesen Ort als Anhaltspunkt genannt, um die Spur zu finden. Kannst du mir vielleicht weiterhelfen?«

Er blickte sie versonnen an. »Wie kommst du darauf, dass ich das könnte?«

»Der letzte lebende Montgomery konnte dem Mordversuch von Vincent von Eisenfels entkommen und wurde versteckt. Wenn ich meine Oma richtig verstanden habe, bist …

du ein Mitglied der Familie, die ihm einen sicheren Unterschlupf gewährt hat. Oder irre ich mich?«

Er sah sie lange an. Dann wandte er den Blick ab und schaute aus den großen Fenstern. »Der Schutz dieses letzten Nachkommen hat oberste Priorität.« Er schwenkte erneut das Glas und nahm einen tiefen Schluck.

»Der Meinung bin ich auch. Aber so wie ich das sehe, ist dieser letzte Nachkomme, so wie ich auch, kein Kind mehr. Es wird Zeit, dass er die Verantwortung übernimmt, die ihm als Oberhaupt des Luftzirkels obliegt.«

»Der Rat unseres Zirkels hat die Macht übernommen. Schon seit vielen, vielen Jahren – wie bei dem Erdzirkel auch. Und seit dem Verschwinden deiner Oma, soweit ich weiß, auch beim Feuerzirkel. Ich denke nicht, dass es einen Unterschied macht, ob nun der Erbe oder der Rat den Zirkel führt.«

Dass er ein Lufthexer war, stand nach seinen Worten außer Frage. Mayla linste auf seine Hand, doch sie konnte keinen Siegelring entdecken. Hieß das, er war gegen das … System? Wahrscheinlich hatte er ihn damals abgelegt, als er den Lufterben versteckt hatte, um von niemandem gefunden zu werden.

»Es geht nicht nur um die Führung des Zirkels. Herrgott, ich bin doch selbst in der gleichen Situation. Es geht darum, Vincent von Eisenfels daran zu hindern, aus der Falte zu entkommen, in die meine Oma ihn eingesperrt hat. Mittlerweile gehen wir davon aus, dass sie verschleppt wurde – noch immer fehlt jede Spur von ihr. Wahrscheinlich diente die Entführung dazu, ihre Magie zu schwächen. Die Anhänger oder die Familie von Eisenfels selbst sind mit Sicherheit die Drahtzieher hinter der ganzen Sache. Sie wollen, dass Vincent wieder aus der Weltenfalte freikommt. Und nur der Erbe der Luftgründerfamilie und ich können es gemeinsam schaffen, den Schutz um diese Falte zu stabilisieren.«

»Ich glaube viel mehr, die Entführung deiner Oma ist ein Trick, um dich und auch den Erben der Luftgründerfamilie aus der Deckung zu locken. Wäre Melinda nicht entführt worden, wärst du nicht in Erscheinung getreten. Sehe ich das richtig?«

Nachdenklich legte sie den Kopf schief. »Ich denke schon, dass meine Oma meine Magie bald freigesetzt hätte, wenn … na, ich bin mir doch auch nicht sicher. Alles, was ich weiß, ist, dass meine Oma mir diesen Brief hinterlassen hat. Und darin stand der Hexspruch, der mich hergeführt hat, und dass ich unbedingt den Erben der Familie Montgomery finden muss, um mit ihm gemeinsam von Eisenfels an der Flucht zu hindern. Es ist sehr wichtig – das weißt du doch!«

Cesaro nippte an seinem Wein und aß ein Stück Schinken. Er schien alle Zeit der Welt zu haben. Während er nachdachte, schnappte sie sich eine Olive. Was für ein Festessen nach all dem Haferschleim. Doch auch nach fünf Minuten schwieg er noch immer still.

»Weißt du, wo sich der Erbe aufhält?«, hakte sie nach.

Unverwandt sah er sie an. Weder nickte er noch schüttelte er den Kopf.

Nur nicht aufgeben! »Unter allen Umständen müssen wir verhindern, dass von Eisenfels wieder auf freiem Fuß ist – der Meinung bist du doch sicher auch, oder?«

»Selbstverständlich!«

»Und liegt es nicht gerade in meinem und auch in dem Interesse des letzten Montgomery, dass der Mörder unserer Eltern seine Gräueltaten nicht fortführen kann?«

»Hast du Rhetorik studiert, Mayla?«

»Lenk nicht vom Thema ab. Verrate mir lieber, wo ich den letzten Montgomery finden kann.«

Tief ein- und wieder ausatmend stellte er sein Weinglas ab. »Wenn ich das nur wüsste …«

Aufgeregt rückte sie auf dem Korbstuhl vor, bis sie nur noch auf der Kante saß. Was gäbe sie jetzt für ein paar Pralinen. »Was meinst du damit?«

»Ich habe ihn seit ungefähr zwanzig Jahren nicht mehr gesehen.«

»Wie bitte? Aber ich dachte, du bist mit seinem Schutz betraut.«

Er seufzte. »Das war ich, ja. Und zehn Jahre habe ich mich um den verschüchterten Jungen gekümmert, gemeinsam mit meiner Frau. Es war eine schöne Zeit, vor allem als er auftaute und Vertrauen zu uns fasste.« Cesaro lächelte selig, dann sackten seine Mundwinkel nach unten. »Bis … das Unglück geschah und er fortgegangen ist. Seither habe ich ihn nicht ein einziges Mal zu Gesicht bekommen und kein Sterbenswörtchen von ihm gehört.«

Sie schluckte.

»Welches Unglück?«

Cesaro seufzte tief und lehnte sich in seinem Korbsessel zurück. »Es ist schon so lange her … Ich glaube nicht, dass es gut ist, vergessene Dinge wieder aufzuwärmen.«

»Aber wenn es mir helfen könnte, ihn zu finden …«

Er schüttelte den Kopf. »Das würde es nicht. Es ist ohne Belang.«

Sogleich setzte sie ihre Unschuldsmiene auf, doch er ließ sich davon nicht überzeugen. »Kannst du mir andere Hinweise liefern? Seinen Namen? Sein Aussehen? Freunde oder

Bekannte, zu denen er möglicherweise gegangen ist … Wirklich alles könnte nützlich sein.«

»Sein Geburtsname lautet Andrew Steven Montgomery. Doch ich bin mir sicher, er hat seinen Namen geändert, als er fortgegangen ist.«

»Wie alt war er da?«

»Es war kurz vor seinem fünfzehnten Geburtstag.«

»Hast du vielleicht ein Foto für mich, damit ich ihn leichter erkennen kann?«

Er verneinte. »Fotografien und Aufzeichnungen waren tabu. Keinerlei greifbare Spuren durfte es zu ihm geben.«

»Dann beschreib mir, wie er damals ausgesehen hat. Vielleicht hilft das etwas.«

»Er hatte dunkles Haar und leuchtend grüne Augen – das Erkennungszeichen der Familie.«

»Dunkles Haar und grüne Augen?« Dunkles Haar und grüne Augen? Konnte es etwa sein, dass … »Und war er besonders groß?«

»Für einen Bengel in seinem Alter … ich denke schon. Aber wir hatten keine anderen Kinder, deshalb kann ich es nicht so genau beantworten. Größer als ich war er auf jeden Fall, als er ging.«

Das war wohl nicht sonderlich schwer …

Der Luftzirkel-Erbe war erst fünfzehn, als er von Cesaro fortgegangen war. Er konnte also seither noch um ein ordentliches Stück gewachsen sein. Ein Gesicht drängte sich ihr auf, und ein Name. Tom. Tom Carlos nannte er sich jetzt. Aber konnte das sein? War es … so … naheliegend?

»Wohin ist er damals gegangen?«

»Das weiß ich nicht. Er ist nachts fort. Als ich morgens wach wurde, war er verschwunden.«

»Ohne ein Wort des Abschieds?« Das musste Tom sein! Situationen drängten sich in ihr Bewusstsein wie die vorhin, als er auf den Schrank zugerannt war und ihn aufgehext hatte, ohne einen Zauberstab in der Nähe gehabt zu haben. Tom, der Erbe der Montgomerys ...

»Ja, ohne ein Wort.« Seine Schultern sackten zusammen und er sah so traurig aus, dass sie ihn zaghaft in den Arm nahm.

∞

Eine Stunde später verließ sie Cesaro Aguilera, nicht ohne ihm vorher versprochen zu haben, ihn bald wieder besuchen zu kommen. Seine Trauer hatte ihr das Herz zusammengeschnürt und ein Bild hatte sich ihr aufgedrängt, das ihr seither zu schaffen machte.

Ihre Eltern – saßen sie auch seit Wochen derart bekümmert auf der Couch und fragten sich, was aus ihr geworden war? Mayla war auch einfach so von heute auf morgen verschwunden. Seit über fünf Wochen hatte sie ihre Eltern weder gesehen noch sich bei ihnen gemeldet. Was, wenn sie sie trotz dem Brechen des Banns nicht vergessen hatten? Wenn sie sich noch an sie erinnern konnten? Machten sie sich Sorgen? Ließen sie nach ihr suchen? Oder hatte Georg irgendeine Vorkehrung getroffen wie bei ihrer Chefin Conny und sie ... abgemeldet?

Tief durchatmend fasste sie einen Entschluss. Sie musste sich ihrer Angst stellen. Sie musste endlich bei ihren Eltern vorbeigehen, um zu testen, ob die sich an sie erinnern konnten.

Sie sah den trauernden Cesaro vor sich und stellte sich vor, wie sich ihre Eltern sorgten, wie sie weinten und beteten, dass sie zurückkäme. So egoistisch durfte sie nicht sein – auch wenn die Erkenntnis, dass die Liebe ihrer Eltern nur herbeigehext war und sie sich nun, da der Bann gebrochen war, nicht mehr an sie erinnern konnten, ihr Herz brechen würde.

Kapitel 11

Suchend kramte sie in ihrer Handtasche. Da. Tatsächlich. Ihre Autoschlüssel. Was für ein Glück! Da sie nicht wusste, welche Weltenfalte sich nahe dem Haus ihrer Eltern befand, sprang sie direkt von Cesaros Haus inkognito mit Sonnenbrille auf der Nase in die Weltenfalte in die Nähe von Berthas Hotel. Von dort aus lief sie schleunigst zu ihrer Wohnung.

Ihr begegnete niemand, den sie kannte, und sie spürte auch keinen lauernden Blick im Nacken. Doch als sie an dem Polizeirevier vorbeimarschierte, drängte sich ihr erneut die Frage nach Georg auf. Wo zum Teufel steckte er? Wieso war er nicht bei ihrem Treffpunkt aufgetaucht? Vielleicht sollte sie nachher noch mal auf die rheinischen Klippen springen. Möglicherweise war er zwischendurch dort gewesen und hatte ihr eine Nachricht hinterlassen.

Ohne Zwischenfälle gelangte sie zu ihrer Wohnung, vor der sie einen Parkplatz gemietet hatte und wo ihr treuer Mini auf sie wartete. Sie warf einen sehnsüchtigen Blick hinauf zu den Fenstern ihrer Wohnung. Sollte sie schnell vorbeisehen? Eine kurze Dusche nehmen? Träumerisch seufzte sie auf.

Nein, sie durfte nicht leichtsinnig werden – sofern man diese ganze Aktion nicht bereits als Paradebeispiel für Leichtsinn anführen konnte. Aber der Gedanke, dass es ihren Eltern ebenso erging wie Cesaro Aguilera, spukte durch ihren Kopf und sie würde ihn erst wieder loswerden, wenn sie bei ihren Eltern vorbeigefahren war und sich vom Gegenteil überzeugt hatte.

Sie setzte sich hinters Lenkrad und fuhr los. Ohne Zwischenfälle gelangte sie auf die Friedberger Landstraße und fuhr gen Norden. Es tat gut Auto zu fahren. Nicht nur weil sie es liebte, mit offenem Dachfenster und Musik zum Mitsingen herumzudüsen, sondern auch weil sie das Gefühl hatte, die Kontrolle über ihr Leben zu haben. Sie hatte das Lenkrad in der Hand, sie entschied über Gas oder Bremse. Zu keinem anderen Zeitpunkt fühlte sie sich so frei und selbstbestimmt wie hinter dem Steuer.

Um sich von ihrer Aufregung abzulenken, schaltete sie das Radio an und summte die neusten Lieder mit. Keine halbe Stunde später passierte sie das Ortsschild von Nieder-Erlenbach und bog in die Straße Schönblick ein. Die Gebäude, größtenteils Einfamilienhäuser mit eingewachsenen Gärten, sahen unverändert aus.

Langsam fuhr sie durch die Straße, bis sie ihr Ziel erreicht hatte. Mit klopfendem Herzen parkte sie am Straßenrand und wollte wie gewohnt auf das Haus ihrer Eltern zustürmen, als sie die beiden im Vorgarten entdeckte. Sie unterhielten sich miteinander, ihre Mutter lachte und ihr Vater legte den Arm um sie. Von Trauer keine Spur.

Ach, wie gut tat es, sie zu sehen. Sie hätte schon viel früher herkommen sollen! Strahlend lief sie zu ihnen, voller Vorfreude darauf, mit ihnen zu reden und ihre Mutter an sich zu drücken.

Mitten im Lauf hielt sie inne und erstarrte. Wieso waren sie so ausgelassen und fröhlich? Entweder war ihnen ihre lange Abwesenheit gar nicht aufgefallen oder … oder sie erinnerten sich nicht mehr an sie …

Noch vor dem Gartentor mitten auf dem Bürgersteig stand Mayla still und blickte wartend zu Anneliese und Peter Falk. Gleich würden sie die Köpfe in ihre Richtung drehen und sie ansehen. Gleich war es soweit. Noch zwei Sekunden, eine … Bestimmt erinnerten sie sich an sie. Bestimmt!

Der Blick ihrer Mutter traf den ihren und blieb einen Moment an ihr haften. Erleichtert lächelte Mayla und wollte hinübereilen, als ihre Mutter flüchtig nickte und ihre Augen von ihr abschweiften, als wäre sie eine Unbekannte. Ihr Vater sah sie prüfend an, kein Lächeln, kein Nicken, ganz der misstrauische Skeptiker, der er war, bis Mayla einen Schritt tat und zu einem Hallo ansetzte.

»Wir kaufen nichts!«, rief Peter Falk.

Ihr Herz sackte zu Boden, ihre Glieder wurden schwer und mit offen stehendem Mund starrte sie ihre Eltern an. Dann zwang sie sich zu einem Nicken, senkte den Blick und lief weiter. Jeder Schritt bereitete ihr körperliche Schmerzen, jeder Tritt auf den Asphalt entfernte sie mehr von ihrer Geschichte, ihrem Leben, ihrem behüteten Heim. Ihre Eltern hatten sie vergessen. All die Liebe war nur ein Zauber gewesen. Sie kannten sie nicht mehr. Mayla Falk … sie existierte nicht mehr …

Sie schleppte sich an dem Haus ihrer Kindheit vorbei, als wäre sie nie darin gewesen, als hätte sie nicht die meiste Zeit ihres Lebens dort gewohnt und als hätten nicht bis vor kurzem zig Fotos in allen Räumen verteilt ihren Werdegang dokumentiert. Ein dicker Kloß bildete sich in ihrem Hals und wehmütig schielte sie noch einmal hinüber, bis ihr Vater ihr einen weiteren argwöhnischen Blick zuwarf. Kam sie ihm doch bekannt vor? Kehrte etwas von seiner Erinnerung zurück? Doch er wandte den Blick ab und geleitete ihre

Mutter an dem alten Apfelbaum vorbei, an dem bis vor kurzem noch ihre Schaukel gehangen und auf der sie selbst als Erwachsene noch gerne gesessen hatte. Hatten sie sie abgehangen? Oder hatte sie in ihrer Welt niemals existiert? Was war mit all ihren Sachen geschehen?

»Mayla?«, rief eine vertraute Frauenstimme von der anderen Straßenseite.

Ein Schreck fuhr ihr durch die Glieder. Langsam drehte sie sich um, und sah … Heike. Ihre Freundin hetzte über die Straße, das Gesicht hochrot, und winkte ihr zu.

»Heike! Wie schön, dich zu sehen.« Inniglich schloss sie ihre Freundin in die Arme. »Wie geht's dir? Gut siehst du aus. Was machen die Katzen?«

»Was die Katzen machen? Du bist seit Wochen nicht zu erreichen, haust ab oder machst nicht auf, wenn wir verabredet sind und ich rufend vor deiner Wohnungstür stehe, meldest dich nicht und jetzt fragst du mich ernsthaft nach meinen Katzen?« Sie stemmte die Hände in die fülligen Hüften und sah sie streng an. »Ich habe mir schreckliche Sorgen um dich gemacht.«

»Das habe ich nicht gewollt. Bei mir war einfach … verdammt viel los in letzter Zeit.«

»Verdammt viel los? Was denn? Und hast du jetzt gekündigt oder was? Conny weiß von nichts und ist völlig desinteressiert, wenn ich sie nach dir frage. Beinahe kommt es mir so vor, als wüsste sie gar nicht mehr, wer du bist! Du bist seit fünf Wochen verschwunden!«

»Entschuldige, ich hätte anrufen sollen, aber es war wirklich …«

»Ja?«

»… verdammt viel los.«

»Ist das jetzt die Standardantwort?«

Schief lächelnd legte sie die Hände auf die Oberarme ihrer Freundin. »Es tut mir leid, Heike. Ich wollte nicht, dass du dir Sorgen machst.«

»Lass uns drinnen weiterreden. Ich brauche dringend eine Erfrischung.« Sie zog an dem orangefarbenen Shirt, das an ihrem Rücken klebte.

»Drinnen?« Stirnrunzelnd sah Mayla ihre Freundin an. Dann fiel ihr ein, was sie meinte. Himmelherrgott noch mal, sie sprach von ihrem Elternhaus – das gar nicht mehr das ihre war!

Heike hob bereits den Arm, um ihren Eltern euphorisch zuzuwinken, die noch immer im Vorgarten waren, um die Rosen zu gießen. Ihr Vater blickte stutzig zu ihnen herüber. Mist, Heike durfte nicht merken, dass die beiden Mayla nicht mehr kannten. Hastig zog sie ihre Freundin am Arm ein Stück vom Gartenzaun weg.

»Bitte, lass uns einfach zusammen spazieren gehen. Meine Eltern haben mir auch gerade den Kopf gewaschen, weil ich mich so lange Zeit nicht mehr gemeldet habe. Noch mehr Vorwürfe ertrage ich heute nicht.«

Heike missdeutete die zusammengezogenen Augenbrauen ihres Vaters und stimmte schnaufend zu. »Also schön. Aber langsam, sonst höre ich mit dem Schwitzen nicht mehr auf und alle denken, ich wäre gerade mit Kleidern in einem Schwimmbad gewesen.« Sie winkte erneut ihrem Vater und ihrer Mutter, die die Stirn runzelnd hinter ihnen her blickten. »Oje, das sieht wirklich nach dicker Luft aus. Aber dass sie nicht mal mir Hallo sagen …«

»Nimm es ihnen nicht übel. Sie beruhigen sich wieder und dann tut es ihnen leid. Das nächste Mal lädt dich meine

Mutter zu ihrer berühmten Himbeersahnetorte ein –du wirst schon sehen.«

»Okay, aber hör auf so zu rennen, Mayla, sonst bekomme ich einen Herzkasper.«

Mayla drehte sich zum Grundstück ihrer Eltern um. Sie konnte die beiden nicht mehr sehen. Puh. Das war verdammt knapp gewesen.

»Was tust du überhaupt hier?«, fragte Mayla.

»Na, da du mich seit Wochen ignorierst …«

»Hast du meinen Brief nicht bekommen?«

»Den Brief? Natürlich. Aber hast du auf meine Antwort reagiert? Nein! Ich war hier, um mich bei deinen Eltern zu erkundigen, was mit dir los ist.«

Ach du meine Güte, das war ja gerade noch mal gut-gegangen.

»Jetzt sag mir die Wahrheit.« Streng sah Heike sie an. »Was geht hier vor sich?«

Nachdenken, nachdenken!

»Du kannst es dir nicht vorstellen, Heike, aber ich habe …«, wenn es jemand glauben würde, dass sie plötzlich hexen konnte, so war es ihre Freundin, aber sie durfte sie nicht in Gefahr bringen, »… ich habe jemanden kennengelernt.«

Heikes Augen wurden kugelrund. »Wen? Wie sieht er aus? Wo hast du ihn kennengelernt?«

»Bei … einem Waldspaziergang.«

Heike sah sie skeptisch an. »Einem Waldspaziergang? Mayla, erzähl keinen Blödsinn. Seit wann gehst du im Wald spazieren?«

Sie lachte. Wie hatte sie Heike vermisst! »Ich war wirklich ganz verzweifelt wegen Henning und Conny und da dachte ich mir, ich muss mein Leben ändern und dann bin ich …«

»… im Wald spazieren gegangen? Okay, das hätte ich dir vermutlich nicht geraten, aber gut. Was ist dann passiert? Hat dich ein Bär angefallen und er hat dich gerettet?«

»Nein, ich … bin spazieren gegangen und … gestolpert und da stand er plötzlich neben mir und hat mir aufgeholfen.«

Begeistert klatschte Heike die Hände ineinander. »Wie im Film.«

»Genau.«

»Und wie heißt er? Wo ist er jetzt? Und wieso hält er dich von der Arbeit und deiner Familie und deinen Freunden fern? Er ist doch wohl nicht Mitglied in einer Sekte?«

Ganz falsch lag ihre Freundin mit ihrer Vermutung nicht. »Nein, er ist nicht in einer Sekte, aber … na ja … ich habe mich überreden lassen, mit ihm … herumzureisen.«

»Herumzureisen? Wo seid ihr gewesen?«

»Wir waren am Bodensee und auf einer Burg, deren Namen ich vergessen habe, und … an der Nordsee und im Schwarzwald.«

»Im Ernst? Er muss ein absoluter Gentleman sein.«

»Na ja, so in etwa.«

»Und jetzt seid ihr zurück? Kommst du am Montag wieder auf die Arbeit? Ich denke, das solltest du tun, Mayla. Manchmal habe ich fast den Eindruck, Conny und die anderen im Büro können sich gar nicht mehr an dich erinnern.« Sie lachte ungläubig auf.

»Ich gehe nächste Woche noch nicht wieder in die Agentur. Ich bin mir nicht sicher, ob ich überhaupt zurückkomme.« Bevor sie den Satz ausgesprochen hatte, wäre ihr das niemals in den Sinn gekommen. Aber nun, wo es einmal draußen war, fragte sie sich, ob die Entscheidung nicht längst gefallen war. Ihr Leben hatte sich grundlegend verändert. Unvorhersehbare Dinge lagen vor ihr, Gefahren, Bedrohungen und eine völlig neue Welt. Ein Job in einer Werbeagentur hörte sich nicht mehr sonderlich verlockend an angesichts der Magie, die Teil ihres Alltags geworden war.

»Du kommst nicht wieder zurück?« Heikes Mundwinkel wanderten mit ihren Schultern nach unten.

»Aber das wirkt sich überhaupt nicht auf unsere Freundschaft aus!«

Ein schiefes Lächeln zog sich über Heikes Gesicht. »Versteh mich nicht falsch. Ich freue mich für dich. Es ist nur so, dass das Büro nicht mehr dasselbe ist ohne dich.«

»So würde es mir bestimmt auch ergehen, wenn du nicht mehr da wärst.« Rührselig fielen sie sich in die Arme.

»Ach, Mayla, es tut so gut, dich zu sehen. Und siehst du, meine Tarotkartenlegerin hatte recht.«

Nur mit Mühe unterdrückte Mayla ein Schmunzeln. »Was hat sie denn geweissagt?«

»Dass starke Mächte auf dich einwirken und dich dazu zwingen, unbekannte Wege zu gehen.«

Mayla wurde blass.

»Ich würde das jetzt so interpretieren«, ergänzte Heike vergnügt und war wieder ganz die alte, »die stärkste Macht auf Erden ist die Liebe. Du hast dich verliebt und bist auf euren Reisen unbekannte Wege gegangen.« Sie lachte begeistert und Mayla fiel halbherzig mit ein. »Leider muss ich jetzt gehen.« Sie zog sich die Brille von der Nase und säuberte sie mit einem Taschentuch. »Kasimir geht es noch nicht besser.«

»Oje, der arme. Warst du noch mal bei der Tierärztin?«

»Ja, aber sie kann nichts feststellen. So eine Stümperin. Wirft mir vor, ich hätte es zu kalt in der Wohnung. So ein

Blödsinn. Du wirst es nicht glauben. Sie hat behauptet, wir müssten ihn einschläfern.«

»O Heike.« Mitfühlend strich sie ihr über den Arm.

»Aber so leicht gebe ich nicht auf. Es geht hier immerhin um Kasimir! Ich habe gleich einen neuen Termin bei einem anderen Tierarzt. Der kostet mich zwar beinahe ein halbes Monatsgehalt, aber wenn er meinem kleinen Liebling helfen kann, ist es mir das mehr als wert.«

»Das kann ich mir vorstellen. Ich drücke dir die Daumen. Und kuschle Kasimir von mir.«

»Das mache ich. Und versprich mir, dich regelmäßig bei mir zu melden. Hast du verstanden?«

»Versprochen.« Sie umarmten sich herzlich und Mayla begleitete ihre Freundin zu ihrem roten Opel, der unweit des Hauses ihrer Eltern parkte. Die beiden waren nicht zu sehen, und so konnten sie sich ungestört verabschieden.

Mayla blickte ihrer Freundin hinterher, als diese gemächlich davonfuhr, und schlenderte zu ihrem Auto auf der gegenüberliegenden Straßenseite. Ihr Blick streifte den Vorgarten ihres Elternhauses und mit einer Heftigkeit schossen die Emotionen in ihr wieder hoch. Mit einem leisen Gefühl von Verlorenheit blieb sie stehen, versank im Anblick ihres Zuhauses, ihrem Heim, und stand für ein paar Minuten still.

Das laute Krächzen einer Krähe holte sie aus ihrer Betrachtung zurück und sie schleppte sich zurück zu ihrem Auto. Sie ließ sich auf den Fahrersitz fallen, startete den Motor und fuhr etwas schneller, als es erlaubt war, davon – fort von Mayla Falk und allem, was sie ausgemacht hatte …

Blindlings lenkte sie durch die Straßen, ließ Nieder-Erlenbach hinter sich und fuhr über die Landstraße ohne ein Ziel vor Augen. Überfordert hämmerte sie auf den Radioschalter, um das lästige Gedudel nicht länger ertragen zu müssen, und krallte sich am Lenkrad fest.

Sie hatten sie vergessen. Ihre Eltern konnten sich nicht mehr an sie erinnern. Was war mit all den Dingen geschehen, die davon zeugten, dass Mayla ein Teil ihres Lebens gewesen war? Die Fotos, die gemalten Bilder, die gebastelten Muttertagskarten? Ihr Zimmer, in dem noch immer ihr Bett aus Teenagerzeiten stand? Was war jetzt in dem Raum? Wo waren all die Dinge hin? Sie mussten fort sein, sonst hätten ihre Eltern sie doch erkennen müssen, als sie vor ihnen gestanden hatte. Hätten sie als die verlorene Tochter erkannt. Aber das hatten sie nicht.

Tränen schossen in ihre Augen und verschleierten ihren Blick. Eine Leere drängte sich in ihr Bewusstsein, eine Verlorenheit, die sie bis ins Mark schmerzte. Wer blieb ihr? Ihre Zieheltern kannten sie nicht mehr, ihre wahren Eltern waren tot, ihre Oma entführt. Georg war verschwunden und Tom … Nun, was mit Tom war, das wüsste sie verdammt noch mal sehr gerne!

Wie gut es getan hatte, Heike zu sehen! Zum Glück konnte ihre Freundin sich noch an sie erinnern. Offenbar waren nur ihre Eltern betroffen. Nur die beiden hatte ihre Oma damals verhext, um Mayla unterzubringen. Alle anderen Menschen waren ohne magisches Zutun Teil ihres Lebens geworden und konnten sich wahrscheinlich daher noch an sie erinnern. Heike hatte zwar erzählt, dass ihre Chefin so tat, als wüsste sie nicht mehr, wer Mayla war, aber wahrscheinlich lag das an Georgs Zauber.

Irgendwie musste Mayla einen Weg finden, trotz ihres neuen, optimistisch gesagt aufregenden Lebens mit Heike in Kontakt zu bleiben. Eine so gute Freundin hatte man selten.

140

Ein Bild von einem samtig schwarzen Fell schoss in ihren Kopf, das nicht zu ihr gehörte, und ein Gefühl von aufrichtiger Liebe drängte sich vor bis zu ihrem Herzen. Was war das? Woher kam die Liebe, dieses tiefe, aufrichtige Gefühl?

Als ihr klar wurde, wer ihr diese Bilder und Emotionen schickte, schossen ihr Tränen in Strömen über die Wangen. Es war das kleine Katzenbaby, das heute das Licht der Welt erblickt hatte und ihr Seelentier war. Ein Sehnen ergriff sie und tiefe Dankbarkeit legte sich wie eine schützende Hand über ihre aufgewühlten Gedanken. Sie wollte zu ihm. Er rief sie – und dass es ein kleiner Kater war, wusste Mayla nun auch, genauso wie seinen Namen: Karl. Er rief nach ihr, er vermisste sie, obwohl er noch so klein war, dass er ohne seine Mutter nicht sein konnte.

Wie wundervoll war es, dass sie endlich ein Seelentier hatte. Sie würde nie wieder alleine sein.

Sie vermisste den kleinen Karl und sie sollte schleunigst mal wieder nach Tom sehen. Hoffentlich war er nicht längst wach und hatte ihre Abwesenheit bemerkt. Mit dem Handrücken wischte sie die Tränen von den Wangen und machte sich auf den Rückweg.

Kapitel 12

Suchend fuhr sie durch die Straßen. Musste sie bis Frankfurt zurück oder gab es auch in der Nähe eine Weltenfalte? Sie drosselte das Tempo und betrachtete aufmerksam die Landschaft, die ihr aus Kindheitstagen vertraut war. Jede Ecke, jeden Baum, jeden Grashalm kannte sie. Wie viele Wanderungen hatte sie mit ihren Eltern unternommen, Fahrradtouren, Picknicke? Bevor die Erinnerungen sie zu erdrücken drohten, verdrängte sie den Gedanken und konzentrierte sich auf die Umgebung.

Es dauerte eine Weile, bis sie einen Wald entdeckte, der unmöglich zur normalen Menschenwelt gehören konnte. Er befand sich mitten auf einem großen Feld, das mit einem kunterbunten Werbeschild bestückt war, auf dem zu lesen stand »Frische Erdbeeren – selber pflücken«. Einzelne Leute, darunter auch Kinder, wuselten über das Feld, bückten sich, schleppten ihre gesammelten Körbe und lachten. Doch niemand sah den Wald, niemand betrachtete die Bäume mit ihren mächtigen Kronen und ein Kind lief einfach darauf zu und verschwand. Keine Frage, dort war eine Weltenfalte.

Sie parkte ihren Mini am Straßenrand und eilte hinüber. Sogleich kam eine junge Frau, vermutlich eine Studentin, auf sie zu und hielt ihr ein Körbchen entgegen.

»Herzlich Willkommen auf unserer Erdbeerfarm. Sie zahlen nach dem Sammeln, und alles, was im Mund landet, bekommen sie gratis.«

»Danke, aber mein Freund ist schon längst da. Ich sehe ihn da drüben, wir brauchen nicht noch einen Korb.« Sie lächelte die langbeinige Zwanzigjährige an und hielt auf einen Mann zu, der sich jedoch als Vater entpuppte und seinen zweijährigen Sohn auf den Arm nahm. Unauffällig bückte sich Mayla wenige Schritte vor ihm nach einer Erdbeere und pflückte sie. Als sie anschließend über die Schulter schielte, begrüßte die Studentin bereits eine junge Familie, sodass Mayla unbemerkt weitergehen konnte. Sie steckte sich die Erdbeere in den Mund. Es fehlte noch ein bisschen Sonne, doch das Aroma war bereits vorhanden. Sie bückte sich nach einer weiteren, doch mehr wollte sie nicht nehmen, ohne etwas dafür zu bezahlen.

Als sie das Feld verließ und über den belaubten Waldboden lief, hörte sie unzählige Vögel zwitschern. Wie groß diese Weltenfalte wohl war? Wer hatte sie erschaffen und wer wohnte in ihr? Gab es verborgen von den Bäumen ein malerisches Hexendorf wie in dem Wald mitten in Bornheim? Doch ihre Neugierde musste sie ein anderes Mal befriedigen. Sie angelte ihren Amulettschlüssel hervor und dachte: »Perduce me ad Pyrenaeum desertum.«

Einen Wimpernschlag später landete sie vor der Hütte auf der Wiese, und Tom tauchte mit gezücktem Zauberstab direkt vor ihr auf. »Du bist es. Wo bist du gewesen?«

»Ich war bei meinen Eltern.« Das war zwar nur ein Teil der Wahrheit, aber auch keine Lüge.

»So lange?«

»Ich habe gar nicht auf die Uhr gesehen. Wie geht es Kitty? Und den Kleinen?« Sie stürmte an ihm vorbei und nahm seinen Duft nach Wildheit und Wiese wahr. Doch bevor sie sein Geruch erneut aus dem Konzept brachte, strömte das

Herzensgefühl auf sie ein, das sie veranlasst hatte, so schnell zurückzukommen. Zaghaft öffnete sie die Tür des Schranks und hockte sich zu den schlafenden Kätzchen, die Kitty mit ihrem Bauch wärmte. Sanft strich sie der Katzenmama über den Kopf.

»Das hast du toll gemacht, Kitty. Und danke, dass dein kleiner Schatz mein Seelentier sein darf.«

Kitty maunzte leise und Mayla kraulte sie hinter den Ohren, worauf die Katze zu schnurren begann. Sogleich begann Karl zu fiepen – es war für Mayla ein leichtes, das Maunzen der beiden Katzenbabys auseinanderzuhalten. Optisch war das ohnehin kein Problem, da Karl ein schwarzes Fell wuchs und dem anderen Kätzchen ein karamellbraunes.

Sie spürte Karl, er rief nach ihr und ein emotionales Band knüpfte sich bereits zwischen ihnen, auf das Mayla nie wieder verzichten wollte. Sachte strich sie ihm über die Stirn und er drückte sein Köpfchen gegen ihren Finger.

»Süßer Karli, ich bin ja da.« Behutsam streichelte sie über seinen Rücken. »Schlaf weiter, kleiner Karli.« Sie lehnte die Tür zum Schrank an, damit die Katzen genug Ruhe hatten, und schlenderte nach draußen zu Tom.

Er saß an dem Tisch und brütete über den Büchern auf der Suche nach Hinweisen, wo ihre Oma versteckt sein könnte. Sie beobachtete ihn, die schwarzen Strähnen, die ihm in die Stirn fielen, und die grünen Augen, die beim Lesen unablässig hin- und hersprangen. War er derjenige, nachdem sie suchen sollte? Der letzte lebende Montgomery? Der letzte Nachfahre der Luftgründerfamilie?

In dem Moment sah er auf. »Was ist los?«

»Nichts!« Möglichst beiläufig ließ sie sich ihm gegenüber an dem Tisch nieder und trank begierig ein Glas Wasser.

Fragend sah er sie an. »Und?«

»Was und?«

»Haben sie sich an dich erinnert?«

Die Frage kam so unvermittelt – sie hatte nicht damit gerechnet und wie eine unerwartete Riesenwelle schlug die Erinnerung auf sie ein und mit ihr die Erkenntnis, dass ihre Eltern sie vergessen hatten. Ein Kloß bildete sich in ihrem Hals. Sie brachte kein Wort heraus, stattdessen schüttelte sie lediglich den Kopf.

Tom streckte seine Hand nach ihr aus – er würde sie sowieso wieder zurückziehen. Doch entgegen ihrer Erwartung legte er seine Linke auf ihre und strich ihr mit dem Daumen über den Handrücken. Tränen sammelten sich in ihren Augen, die sich nicht mehr hinunterschlucken ließen. Unvermittelt stand er auf und setzte sich neben sie. Er legte seine Arme um sie und zog sie sachte an sich. Ein Schluchzen entfuhr ihrer Kehle und noch eins, und dankbar lehnte sie sich an ihn. Hunderte Tränen tropften von ihrer Wange auf sein Shirt, doch er hielt sie fest, drückte sie nicht fort, stand nicht auf und ging, nein, dieses Mal blieb er bei ihr. Endlich …

Nach einer Weile verebbten ihre Schluchzer und er strich ihr übers Haar. »Es ist schon gut. Ich weiß, es ist nicht leicht, wenn man … ohne Familie dasteht. Aber man gewöhnt sich daran.«

Mayla sah auf und strich sich mit dem Handrücken über die Augen. Himmel, wie ihre Schminke zerlaufen war, wollte sie sich lieber nicht vorstellen. Rasch fuhr sie mit dem Fingerknöchel unter den Lidrändern entlang, um den Großteil der schwarzen Pfützen zu entfernen. »Du … bist auch ohne Familie?«

Er nickte.

Es war der perfekte Moment, ihn nach seiner Verwandtschaft zu fragen. »Wo ist deine Familie? Sind deine leiblichen Eltern auch … tot?«

Den Blick senkend stand er so rasch vom Tisch auf, dass die Bank wackelte. »Lass uns das Thema wechseln.«

Okay, direkt auf seine Herkunft ansprechen war also keine gute Idee. Dabei war es die optimale Gelegenheit gewesen – sie hatte den Augenblick ausnutzen müssen! Dennoch hatte sie die Nähe zerstört, die er das erste Mal zwischen ihnen zugelassen hatte. Sie seufzte auf und holte ihren Klappspiegel aus der Handtasche hervor. Mithilfe eines Wattestäbchens befreite sie sich von den lästigen Pandaaugen.

Tom tippte auf den dicken Wälzer, der aufgeschlagen auf dem Tisch lag und in dem er gelesen hatte, bevor Mayla zurückgekommen war. »Ich habe in diesem Buch etwas entdeckt. Es geht darin um die Suche nach verborgenen Weltenfalten. Schau mal, deine Oma hat bei diesem Abschnitt Anmerkungen gemacht.«

Sie steckte rasch den Spiegel weg und widmete sich dem Text, auf den Tom zeigte. »Ich sehe keine Notizen.«

»Natürlich hat sie nicht reingeschrieben – sie wollte ja das Buch nicht verschandeln. In der Hinsicht ist deine Oma wirklich sehr gewissenhaft. Aber schau, mit einem Spruch kann ich ihre Aufzeichnungen sichtbar werden lassen.« Er langte nach dem Zauberstab und richtete die Spitze auf das Buch – dabei hatte er doch gestern unbedacht ohne ihn gehext. Vor ihren Augen! »Aperi!«

Neben den gedruckten Buchstaben erschienen handschriftliche Notizen in einer geschwungenen Handschrift. Mayla neigte den Kopf, um die Anmerkungen lesen zu können und Tom drehte ihr das Buch hin.

In dem Kapitel ging es um eine Engländerin namens Wendy Shepherd, die an der britischen Südküste geforscht hatte, da sie glaubte, auf eine verborgene Weltenfalte gestoßen zu sein.

»Was ist mit verborgenen Weltenfalten gemeint?«

»Es geht um die Falten, die vor dem Großteil der Hexen und Hexer geheim gehalten werden. Manche Journalisten oder Wissenschaftler suchen nach diesen geheimen Falten – aus den unterschiedlichsten Gründen.«

»Zum Beispiel?«

»Einige Kartografen wollen die ersten sein, die Landkarten zur Verfügung stellen, auf denen wirklich jede einzelne Weltenfalte eingezeichnet ist. Sie bezahlen Forscher oder gehen selbst auf Erkundungstour. Sie können natürlich nicht die ganze Welt absuchen, aber es gibt Hinweise in der Geschichte, die auf solche verborgenen Weltenfalten hindeuten.«

»Wie diese Wendy Shepherd, um die es in diesem Kapitel geht?«

Nickend zeigte er auf ein Schwarz-Weiß-Foto, das eine adrette Frau in den Vierzigern zeigte, die zuversichtlich in die Kamera strahlte.

»Sie war eine dieser Forscherinnen aus jüngerer Zeit. Laut dem Text ist sie vor fünfzehn Jahren einer senkrechten Lichtspur in der Luft nachgegangen, die ein Hinweis auf eine verborgene Weltenfalte sein könnte. Doch noch während sie versuchte, die Falte zu öffnen, wurde sie binnen Sekunden von ihrer eigenen Halskette erdrosselt.

Da die ermittelnden Kommissare vor Ort keinerlei Spuren gefunden haben, geht man offenbar davon aus, dass Magie im Spiel war.«

Gänsehaut breitete sich auf Maylas nackten Armen aus und sie fasste sich an ihre eigene Kette. »Wie konnte das denn passieren?«

»Lies die Notiz, die deine Oma an den Rand geschrieben hat.«

Mayla beugte sich etwas näher über das Buch.

Von Metall erwürgt – könnte auf Sitz der von Eisenfels hindeuten.

»Was meint sie damit?«

»Deine Oma glaubte offenbar, Wendy Shepherd habe eine Weltenfalte gefunden, die die von Eisenfels erschaffen haben und in der sie sich versteckt halten.«

»Aber was hat das Metall damit zu tun?«

»So wie die Gründerfamilien und ihre Zirkelmitglieder alle ein bestimmtes Element beherrschen, wie du beispielsweise Feuer, so kann die Familie von Eisenfels Metalle ohne große Mühe ihrem Willen unterwerfen.«

»Woher will meine Oma wissen, aus welchem Material die Kette war? Es gibt auch Lederbänder, die Frauen um den Hals tragen, oder geknüpfte Ketten oder …«

Mit der Spitze seines Zauberstabs deutete er auf das Foto. Im nächsten Moment war es, als halte er eine Lupe auf den Hals der Frau.

»Wie hast du das gemacht?«

»Der Zauberspruch heißt ›amplifica!‹, aber schau doch mal genauer hin.«

Mayla beugte sich über das Buch und jetzt konnte sie mühelos jedes einzelne in der Sonne golden schimmernde Glied der Kette erkennen. »Das heißt, weil die Kette dieser Forscherin aus Gold war, könnte ein Mitglied der von Eisenfels sie getötet haben?«

»Deine Oma scheint davon ausgegangen zu sein. Und der vermeintliche Mord geschah zu einem Zeitpunkt, als Vincent von Eisenfels bereits in der Weltenfalte eingesperrt war.«

»Okay. Und was hat das mit mei…« Ihre Augen wurden rund. »Glaubst du, meine Oma ist dort hingesprungen und wurde von einem Mitglied der Familie von Eisenfels gefangen genommen? Deshalb gibt es keine Spuren einer Entführung oder eines Kampfes in ihrem Versteck! Weil niemand dort war. Sie ist fortgegangen … und nicht wieder zurückgekehrt.«

»Das glaube ich auch.«

Maylas Hirn raste. »Sie ist zu dieser verborgenen Weltenfalte gesprungen und hat sie sich näher angesehen. Und da sie nicht wieder zurückgekommen ist, muss sie dabei von jemandem erwischt worden sein, der gar nicht damit einverstanden war, dass sie dort nachforschte. Hat Vincent noch lebende Verwandte?«

»Davon ist auszugehen. Er ist Anfang Fünfzig. Seine Eltern könnten also durchaus noch am Leben sein.«

»Mhm … es ist nicht sehr viel von der Familie bekannt. Alle Aufzeichnungen wurden vernichtet, habe ich das richtig in Erinnerung?«

»Leider, ja.«

»Also wissen wir nicht, ob er Geschwister hat. Und auch nicht, mit wie vielen wir rechnen müssen.«

»Es wäre auch denkbar, dass sich die Jäger in der Falte aufhalten. Er hat damals, bevor er deine Eltern und die anderen Mitglieder der Gründerfamilien ermordet hat, bereits Anhänger um sich geschart.«

»Können die Jäger etwa auch Metall leichter verzaubern als wir anderen Hexen?«

»Nur wenn Vincent entgegen der Erlaubnis der vier Oberhexen einen eigenen Zirkel gegründet hat und die Jäger mit
einer entsprechenden Zeremonie aufgenommen wurden.«

»Einen eigenen Zirkel?« War ihre Oma in der Gewalt dieses Metallzirkels? Was taten sie ihr an, um Vincent zu befrei-
en? Entschlossen sprang sie auf. »Wenn meine Oma dort gefangen gehalten wird, dann müssen wir sofort hin und sie
befreien! Können wir das schaffen, obwohl wir nur zu zweit
sind? Oder sollten wir besser nach Unterstützung suchen?
Wir könnten Angelika und Artus davon erzählen und dem
Inneren Kreis. Selbst wenn wir alleine gehen, ist es wichtig,
dass sie von der Spur erfahren, falls uns etwas geschieht.«

»Vergiss nicht, dass es Verräter gibt. Marianna Lauber war
nicht die einzige auf Burg Donnersberg.«

Mayla ballte die Hände zu Fäusten. »Verdammt. Und wo
ist nur Georg? Jetzt könnte er uns mal beweisen, dass ein
Großteil der Polizei in Ordnung ist und auf der richtigen Seite steht.«

Tom verbiss sich einen Kommentar. »Lass uns zum
Abendessen auf die Burg gehen und in einem günstigen Augenblick mit Artus reden. Er ist der einzige, dem wir diesbezüglich vertrauen sollten.«

»Aber Georg …«

»Überleg doch mal, was in dem Haus deiner Oma geschehen ist.« Er blickte sie unverwandt an. »Mayla, sieh es ein.
Wir müssen davon ausgehen, dass er uns verraten hat.«

»Das glaube ich nicht.«

»Wieso hat er uns dann nicht gewarnt? Er muss es doch
gehört haben, als die Polizisten hinter die Vorhänge gesprungen sind – wenn sie nicht die ganze Zeit schon vor Ort waren!«

»Aber sie haben nicht auf ihn gehört, als er Stopp gerufen hat. Vielleicht … Weißt du, ich vertraue meinem Instinkt, und der sagt mir, dass Georg uns keine Falle gestellt hat.«

»Okay, aber wieso hat er sie nicht ankommen hören?«

»Ich habe sie auch nicht gehört. Die Eule hat so laut geschrien – sie muss das Geräusch überdeckt haben. Ich werde noch mal zu unserem Treffpunkt springen. Vielleicht war er mittlerweile dort und hat mir eine Nachricht hinterlassen.«

»Wenn du darauf bestehst. Aber ich komme mit.«

»Kannst du überhaupt schon wieder springen?«

Tom betrachtete seine Hände. »Es muss gehen.«

»Vielleicht wäre es vernünftiger, wenn ich dich mit meinem Amulettschlüssel mitnehme. Dann kannst du dich noch etwas schonen.«

»Mach mich nicht schwächer, als ich bin.«

»Das ist bestimmt nicht meine Absicht, aber ich habe keine Lust, dass du mir unterwegs zusammenklappst oder wegen mangelnder Konzentration nach Timbuktu springst – und anstelle meiner Oma muss ich dann dich in sämtlichen Weltenfalten suchen gehen!«

Er lachte leise. »Wenn Ihr darauf besteht, Frau von Flammenstein.«

Sein Lachen machte sie glücklich. »Nimm meine Hand.«

Ohne die Augen von ihr abzuwenden, trat er an sie heran und legte seine Hand auf ihre. »So?«

Unter seinem Blick fuhr ihr Magen wilde Kreise und ihre Wangen wurden heiß. »Etwas fester muss es schon sein.«

Mit einem Schritt überwand er die letzte Distanz zwischen ihnen, stellte sich ganz dicht zu ihr und legte seinen Arm um sie. Ganz langsam beugte er seinen Kopf und kurz vor ihren Lippen hielt er inne. »So?«

Ihr Körper pulsierte. Den Blick auf seine Lippen geheftet, hob sie das Kinn und wartete. Dieser letzte Schritt, würde er ihn gehen?

Als wäre die Zeit angehalten, beugte er den Kopf, legte seine Hand an ihre Wange und seine Lippen berührten ihre. Das Gefühl war wilder, als sie es erwartet hatte. Der Kuss entfachte ein Feuer in ihr, das heftig aufloderte und in ihrer Brust brannte. Sie presste ihren Körper an seinen und er reagierte sofort, schlang seine Arme um sie und küsste sie leidenschaftlicher, fordernder. Es war so viel besser, als damals mit Henning. Es war echt, es war real und endlich wusste Mayla, Tom wollte sie. Er wollte sie genauso, wie sie ihn wollte.

Als er von ihr abließ, war es nicht weniger abrupt als sonst, wenn er sie von sich gestoßen oder alleine stehen gelassen hatte. Dennoch hinterließ dieser Kuss ein Versprechen, eine Vorahnung, eine Gewissheit, die auf ihren Lippen bitzelte. Und das reichte ihr. Vorerst. Etwas beschäftigte Tom, irgendetwas machte ihm zu schaffen, weshalb er sie von sich fernhielt. Aber mit ihr persönlich hatte das offenbar nichts zu tun.

Er hob den Blick, sodass er mühelos über sie hinübersehen konnte, und drehte den Kopf, als überprüfe er, ob sie alles hatten, was sie brauchten. Auf einen Wink seiner Hand schwebten die Bücher in die Hütte, verwandelte sich das Sonnensegel wieder in ein altes Tuch, und der Tisch und die Bänke in Holzscheite, die gemächlich neben die Hütte flogen. »Gewitter sind hier oben beinahe an der Tagesordnung. Wir sollten nichts draußen liegen lassen.« Er war durcheinander und hexte vor ihr ohne seinen Zauberstab – und er bemerkte es nicht einmal.

Maylas Herz klopfte schneller, während die Gewissheit über ihre Entdeckung in ihr einen Freudentaumel auslöste. Sie hatte ihn gefunden. Er war der Erbe. Aus Andrew Steven Montgomery war Tom Carlos geworden. Von Anfang an hatte sie das Gefühl gehabt, dass der Name zu klein für ihn war, zu kurz, zu unbedeutend. Endlich kannte sie die Wahrheit.

»Gut zu wissen.« Sie wartete, bis er sie wieder ansah. Und bevor er noch etwas sagen konnte, das eine Mauer baute zwischen ihnen beiden, zwischen diesem wunderbaren Kuss und dem Hier und Jetzt, hielt sie ihm erneut ihre Hand hin. «Komm, lass uns aufbrechen.«

In scheinbarer Gelassenheit nahm er ihre Linke, doch sie spürte seine Aufregung. Er war aufgewühlt, mindestens so sehr wie sie. Lag es nur an dem Kuss oder ging ihm gerade auf, dass er soeben vor ihr ohne seinen Zauberstab gehext hatte, während er ihn vom Tisch aufhob und übertrieben gelassen in die Innentasche seiner Lederjacke steckte? Sie wusste es nicht. Doch nach dem Augenblick eben war sie sich absolut sicher. Irgendwann würde er ihr von seinem Geheimnis erzählen. Eines Tages war er soweit und sie war bereit zu warten. Ein paar Tage zumindest. Dann würde sie erfahren, was er damals getan hatte, weshalb er von der Familie Aguilera fortgegangen war – und was wahrscheinlich auch der Grund dafür war, dass er sie auf Distanz hielt. Aber bis dahin genoss sie die Zuversicht, die sich in ihrem Herzen ausbreitete, und die Gewissheit, dass er dasselbe für sie empfand wie sie für ihn.

Kapitel 13

Als sie auf den Klippen im Rheinland landeten, fegte ein eisiger Wind über die Felsen und trieb Mayla die Tränen in die Augen. Sie blinzelte sie fort und sah sich um. Tom lehnte sich mit verschränkten Armen an einen Stamm und wartete, während sie durch den Wald wanderte.

»Zur Not verstecke ich mich zwischen den Kiefern«, hatte Georg vorgestern noch im Scherz zur ihr gesagt, doch egal wie gründlich sie auch suchte, nirgends entdeckte sie eine Spur von ihm.

»Das gibt es doch nicht. Vielleicht ist ihm etwas passiert?«

»Was soll dem Bullen denn passiert sein? Er hat uns verraten und jetzt traut er sich nicht her.«

»Das glaube ich nicht!«

»Hast du einen Zettel von ihm gefunden oder eine andere Botschaft?«

Betrübt schüttelte sie den Kopf.

Er drückte sich vom Stamm ab und kam auf sie zu. »Dann lass uns keine Zeit verschwenden. Wir stellen eine viel zu leichte Zielscheibe dar. Bestimmt hat er seinen Kollegen von unserem geheimen Unterschlupf erzählt. Wir sind hier nicht mehr sicher. Komm, lass uns auf der Burg nach dem Rechten sehen.«

Notgedrungen willigte sie ein, auch wenn sie felsenfest davon überzeugt war, dass Georg sie nicht verraten hatte! Es durfte einfach nicht sein. Aber ihr fiel beim besten Willen kein Ort ein, an dem er ihr sonst eine Nachricht hinterlassen haben könnte. Es gab jetzt Wichtigeres zu tun, als hier zu warten und sich den Kopf zu zerbrechen.

Auffordernd hielt Tom ihr die Hand hin und beinahe hatte es etwas von Händchenhalten, wie sie sich aneinander festhielten. Doch er senkte nur kurz den Blick auf sie und schaute dann über sie hinweg, als fürchte er sich davor, erneut schwach zu werden. Während sie den Amulettschlüssel umfasste, dachte sie: »Perduce nos in arcem.«

Einen Wimpernschlag später landeten sie in der Empfangshalle der altehrwürdigen Burg. Es fühlte sich ein wenig wie heimkehren an. Sogleich hörten sie feste Schritte, die sich von dem Saal her näherten. Hoffentlich war es Violett Piers. Wie wunderbar würde es sein, die rothaarige Hexe mit den vielen klimpernden Armreifen endlich mal wieder zu treffen. Schmunzelnd dachte sie an die vielen Unterrichtsstunden, die die Freundin ihr gegeben hatte.

Doch es war nicht die impulsive Violett, die durch den bogenförmigen Durchgang trat, sondern Artus von Donnersberg höchstpersönlich.

»Tom? Mayla? Wo kommt ihr zwei denn her? Ich dachte, du bist lebensbedrohlich verletzt, Tom, und kannst dich nicht von der Stelle rühren. Hat meine Frau etwa grenzenlos übertrieben?«

Mayla schmunzelte. »Nein, hat sie nicht.«

Tom machte eine wegwerfende Handbewegung. »So schlimm war es gar nicht.«

Sie verzichtete darauf, ihn zu erinnern, dass er nur mit ihrer Hilfe von Weltenfalte zu Weltenfalte springen konnte. Mittlerweile kannte sie ihn gut genug, sodass sie wusste, er mochte es gar nicht, wenn Dinge über ihn preisgegeben wurden. Niemand durfte wissen, dass er nicht im Vollbesitz seiner Kräfte war. Bestimmt war es eine Vorsichtsmaßnahme, die er als letzter lebender Montgomery schon frühzeitig hatte praktizieren müssen. Erst recht, seit er mit fünfzehn von den Aguileras fortgelaufen war. Wann er ihr wohl endlich seine Geschichte anvertraute? Wieso war er davongegangen und nie wieder zurückgekehrt?

»Kommt, erzählt mir, was vorgefallen ist.« Von Donnersberg führte sie in den Burgsaal, der trotz der frühabendlichen Stunde wie ausgestorben vor ihnen lag. Die runde Tafel war klein, höchstens sechs Personen konnten daran Platz nehmen. Niemand hatte sich auf den Sesseln vor dem Kamin und am Fenster niedergelassen und keine Stimme durchbrach die Ruhe des alten Gemäuers.

Verblüfft blickte sich Mayla um. »Wo sind die alle hin?«

»Hier hat sich einiges verändert.« Der Burgherr lief auf die Tafel zu, ließ sich auf seinem prächtigen Sitzplatz nieder und zeigte einladend auf die anderen Stühle. »Bitte, setzt euch doch.« Noch während er das sagte, wuchs die Tafel ein wenig an.

Mayla nahm neben Tom Platz, ließ ihre Handtasche auf die Fliesen gleiten und schlug ein Bein über das andere. »Wo sind die Mitglieder des Inneren Kreises? Wieso ist es hier so leer?«

Von Donnersberg wandte sich stirnrunzelnd an Tom. »Hast du es ihr nicht erzählt?«

Sie blickte die beiden Männer fragend an. »Was erzählt?«

Von Donnersberg wies auf seine Halle. »Seit ihr Marianna Lauber als die gesuchte Spionin entlarven konntet, haben meine Frau und ich beschlossen, unsere Burg nicht länger als

Daueraufenthaltsort für sämtliche Mitglieder der Opposition freizugeben. Es könnte noch mehr Verräter geben. Wenn sich in diesem Saal immer jeder aufhalten darf, kann auch nahezu jeder sämtliche Gespräch belauschen und es ist kaum möglich herauszufinden, wer uns ausspioniert.«

Mayla nickte verstehend. »Marianna hat kaum ein Wort gesprochen. Da aber immer alle hier waren, auch zur Freizeitbeschäftigung, konnte sie lesend alle Unterhaltungen mitverfolgen, ohne dass ihre Anwesenheit aufgefallen wäre.«

Von Donnersberg nickte.

»Er hat sogar meine Köchinnen entlassen.«

Mayla blickte über ihre Schulter und sah Angelika von Donnersberg den großen Saal betreten und ihrem Mann einen vorwurfsvollen Blick zuwerfen. Wie immer war sie sorgfältig gekleidet, der Saum ihres Gewandes berührte geradeso nicht den Steinboden und ihr Haar war zu einem eleganten Knoten im Nacken gebunden.

Anmutig wie eine Königin schritt sie zu ihnen und ließ sich neben Mayla an der Tafel nieder. »Ich freue mich, dass ihr hier seid. Wie geht es dir?« Prüfend sah sie Tom an und ihr durchdringender Blick offenbarte sogleich, dass sie wusste, er war noch nicht fit genug, um durch die Weltgeschichte zu springen.

Doch Tom ließ sich von ihrem mütterlich strengen Scharfblick nicht beeindrucken. »Alles in Ordnung. Wie ich höre, hast du Mayla beim Zubereiten des Heiltranks geholfen. Ich danke dir.«

Sie nickte lediglich und eine tiefe Senkrechtfalte bildete sich auf ihrer Nasenwurzel. »Ihr seht dünn aus. Gut, dass ich ordentlich gekocht habe.«

Mayla zog die Brauen hoch. »Du hast gekocht?«

»Mir bleibt nichts anderes übrig, nachdem mein Mann das gesamte Personal entlassen hat. Als wären meine fleißigen Küchendamen Verräterinnen.« Offensichtlich betrachtete sie es als persönliche Beleidigung, dass ihr Mann ihr Personal in Verdacht hatte, die Gespräche zu belauschen.

Zugleich winkte Angelika mit dem Zauberstab, worauf eine große Auflaufform Lasagne und eine Glasschüssel voller Salat auf dem Tisch erschienen. Daneben hexte sie vier Teller und Besteck.

Nach einem weiteren Schlenker ihres Zauberstabes schnitt sich die Lasagne von selbst. Jeweils ein Stück schwebte auf einen der Teller, von denen je einer vor ihnen auf dem Tisch landete. Es waren große Portionen, die kaum zu schaffen waren. Und darüber hinaus zauberte sie jedem noch eine kleine Schüssel, die von den Servierlöffeln bis zum Rand mit knackigem Salat gefüllt wurden.

Von Donnersberg blickte zu seiner Frau, die ihren Zauberstab in ihren Ärmel gleiten ließ, die Serviette aufschüttelte und auf ihrem Schoß drapierte. »Wir dürfen in diesen Zeiten kein Risiko eingehen.«

Angriffslustig sah sie ihn an, doch sie vermied es, vor ihnen einen Streit vom Zaun zu brechen. Ihren Blicken nach zu urteilen war das letzte Wort jedoch noch lange nicht gesprochen.

Mayla hielt die Augen auf das Essen gerichtet, das verführerisch nach Schafskäse und Tomaten roch. Was für ein Festessen nach all dem schnöden Haferschleim!

Tom ließ sich von der angespannten Stimmung nicht beeindrucken. Er schaute über seine Schulter und ließ seinen Blick erneut durch den Saal gleiten. »Wir sind unter uns, habe ich das richtig verstanden?«

Von Donnersberg legte seine Serviette zurecht. »Ja, niemand außer uns vier befindet sich hier. Und sobald jemand herspringt, sehe ich das. Ich habe einen Schutzzauber über die Burg gelegt. Du kannst frei sprechen.«

Tom stützte die Unterarme neben seinem Teller auf den Tisch. »Wir haben etwas herausgefunden, das Melindas Verschwinden erklären könnte.«

Angelikas Mund klappte auf und sie ließ Messer und Gabel sinken. »Na endlich! Erzähl.«

»Wir haben in einem ihrer Bücher eine Notiz entdeckt. Melinda war auf der Suche nach den von Eisenfels.«

Von Donnersberg pikte ein Stück Käse auf seine Gabel. »Das wussten wir. Erzähl weiter.«

Abwechselnd sah Mayla die beiden an. »Sie hat anscheinend eine Weltenfalte entdeckt, in der sich die Familie versteckt hält – oder zumindest ihre Anhänger.«

Angelika wurde blass um die Nase. »Wo?«

Tom schaute erneut über die Schulter, doch außer ihnen befand sich niemand in dem Saal. »In Südengland. In dem Buch ging es um eine Forscherin, Wendy Shepherd, die vor rund fünfzehn Jahren auf der Suche nach verborgenen Weltenfalten dort unterwegs war. Offenbar wurde sie durch eine blitzartige Erscheinung auf die Gegend aufmerksam. Doch als sie versuchte, die Weltenfalte zu öffnen, wurde sie von ihrer eigenen Halskette erdrosselt.«

Scheinbar gelassen tat sich von Donnersberg eine mundgerechte Portion Lasagne auf die Gabel. »Das könnte ein Hinweis auf die Familie von Eisenfels sein. Immerhin beherrschen sie Metall wie wir das Feuer, weshalb sie seit Jahrhunderten einen fünften Zirkel, den Metallzirkel, gründen wollten.«

»Dasselbe hat meine Oma auch an den Rand geschrieben.«

Angelika hielt ihre Hand vor den Mund. »Du liebe Güte. Das bedeutet wohl, Vincent hat noch lebende Verwandte.«

»Entweder das oder es halten sich Jäger in der Falte auf, die meine Oma erwischt haben.«

»Ihr glaubt, sie ist dort hingesprungen, um dieser möglichen Falte auf den Grund zu gehen?«, fragte Artus.

Mayla nickte.

»Aber weshalb glaubt ihr, dass die Jäger dort sind? Der Mord der Forscherin spricht doch vielmehr für Mitglieder der Familie von Eisenfels – wegen des Metalls.«

Tom beugte sich vor, als befürchtete er noch immer, andere könnten sie belauschen. »Oder Vincent hat bereits vor Jahren einen eigenen Zirkel gegründet und seine Macht über Metall an seine Mitglieder weitergegeben.«

Angelika sog erschrocken die Luft ein und war nicht mehr in der Lage, auch nur noch einen Bissen zu tun, während ihr Mann in unendlicher Langsamkeit seine Lasagne zurechtschnitt. »Das würde ihre Geschlossenheit und ihre Stärke erklären. Aber viele der Jäger tragen noch ihre Siegelringe, die sie als Mitglieder anderer Zirkel ausweisen.«

Tom nickte. »Das habe ich mir auch schon überlegt. Vielleicht haben sie sich mit einem anderen Symbol zusammengeschlossen, sodass sie zum Schein immer noch Mitglieder ihrer Zirkel sind und die anderen belauschen können.«

Mayla angelte nach der Pralinenpackung, die ihr Tom vor wenigen Tagen geschenkt hatte, und hielt sie Angelika unter die blasse Nase. Doch die Burgherrin schüttelte dankend den Kopf. Mayla wählte einen Vanilletrüffel, legte ihn sich auf dem Teller als Nachtisch bereit und verschlang begeistert das Abendessen, während Tom und von Donnersberg über die Wahrscheinlichkeit diskutierten, dass es einen fünften verbotenen Zirkel geben könnte.

»Du glaubst, Vincent hat noch vor seiner Gefangennahme durch Melinda diesen Zirkel gegründet, Tom?«

»Es würde so einiges erklären.«

»Aber wie soll ihm das gelungen sein? Das Wissen wird nur innerhalb der Gründerfamilien weitergegeben, um einen solchen Affront zu verhindern.«

»Vielleicht ist er auf alte Aufzeichnungen gestoßen. Irgendjemand hat möglicherweise etwas niedergeschrieben – ein Mitglied der Gründerfamilien oder sogar einer seiner Vorfahren selbst. Es gab schon immer Schwierigkeiten mit der Familie. Wer weiß, ob sie es nicht schon öfters versucht haben und erst jetzt ist es ihnen gelungen.«

Von Donnersberg nahm einen Bissen und kaute lange, bevor er ihn hinunterschluckte. »Es wäre eine plausible Erklärung – auch wenn es unsere Position nicht gerade stärkt.«

»Ein eigener Zirkel …« Angelika blickte ihren Mann an und auf einmal erschien sie gealtert zu sein. »Wenn Melinda in ihrer Gewalt ist …«

»Ich weiß. Wir müssen sie unbedingt dort herausholen.«

»Aber so schnell es geht, sonst … Sie ist meine beste Freundin!«

»Angelika, wir schaffen das schon. Schritt für Schritt. Bitte iss jetzt etwas.«

Seine Frau seufzte auf und stocherte gedankenverloren in ihrem Salat.

Mayla war längst mit ihrer Portion fertig und widmete sich der Praline. »Wenn meine Oma vor Ort war, um die

Falte zu untersuchen, vielleicht wurde sie gar nicht vor der Falte erwischt.«

Tom fuhr zu ihr herum. Er hatte noch keinen Bissen gegessen. »Was meinst du damit?«

»Wenn meine Oma so mächtig ist, wie ihr es immer sagt, dann hat sie die Falte bestimmt öffnen können. Sie hat sich alles genau angesehen und wurde … in der Falte überrascht oder sogar in einen Hinterhalt gelockt.«

»Das halte ich auch für wahrscheinlicher«, bemerkte von Donnersberg.

»Wenn wir nur eine Ahnung hätten, wie groß diese Falte ist. Und wie viele Jäger sich dort verbergen.« Mayla blickte in die Runde. »Gibt es eine Möglichkeit, das herauszufinden?«

Von Donnersberg tupfte sich mit der Serviette über die Lippen. »Es gibt Wissenschaftler, die sich auf die Berechnung verborgener Weltenfalten spezialisiert haben.«

»Man kann so etwas berechnen?«

Von Donnersberg zeigte auf einen alten Globus, der in einem hölzernen Gestell neben dem Fenster stand. »Es gibt noch ein paar wenige Karten, die die Erde zeigen, wie sie vor rund dreitausend Jahren aussah. Sie war damals wesentlich größer, da es noch nicht so viele Weltenfalten gab. Wenn du diese alten Landkarten mit den heutigen Karten der Menschen vergleichst, kannst du berechnen, wie groß der Raum ist, den eine Weltenfalte einnimmt.«

Sogleich begann sich ihr der Kopf zu drehen. Flächenberechnung … »Können Sie das auch für Mathelaien erklären?«

Angelika legte ihren Löffel und ihre Gabel ein Stück weit auseinander vor ihren Teller. »Schau, Mayla, der Löffel ist Frankfurt und die Gabel soll Wiesbaden sein. Auf alten

Weltkarten beträgt die Distanz zwischen den beiden Städten rund siebzig Kilometer. Auf den heutigen Karten der normalsterblichen Menschen sind es gerade einmal dreißig. Ergo müssen eine oder mehrere Weltenfalten dazwischenliegen, die zusammen vierzig Kilometer breit sind. Verstanden?«

»Ich denke schon. Haben wir solche alten Karten für Südengland?«

»Wir nicht«, entgegnete von Donnersberg. »Aber ich kenne jemanden, der sie sammelt und sich auf die Berechnung verborgener Weltenfalten spezialisiert hat.«

Angelika legte ihre Hand auf die ihres Mannes. »Wir müssen ihm absolut vertrauen können, Artus.«

Nickend fuhr sich von Donnersberg durch den weißen Backenbart. »Arnold Binder.«

Mayla fuhr auf. »Der Bibliothekar?«

Die Burgherren sahen sie skeptisch an. »Du kennst ihn?«

»Ja.«

Beiläufig fuhr Tom ihr über das Bein, und sie stockte. Er lächelte sie ungezwungen an, doch sein Blick ermahnte sie, den beiden nicht zu viel zu verraten. Vielleicht hatte er nicht Unrecht. Sie wollte den beiden ungern erklären, weshalb sie niemandem von dem Inhalt des Briefes ihrer Oma erzählen durfte. Am besten, sie wechselte das Thema. »Wann können wir Herrn Binder bitten, seine Berechnungen anzustellen?«

»Heute ist es zu spät. Ich werde ihn morgen aufsuchen.«

»Ich komme mit«, meldete sich Angelika zu Wort. »Ich habe noch ein paar Bücher, die ich zurückbringen sollte, und ich will das neue Werk von Antonia Mancini ausleihen. Ihr Gespür für die Arrangements der verschiedenen Rosenarten ist erstaunlich. Ich möchte das Beet in der Ecke am Turm neu anlegen und dafür brauche ich Inspiration.«

Das Thema Pflanzen – weder wie man sie hübsch anrichtete noch welche Heilkräfte sie bargen – interessierte Mayla nicht sonderlich. Ihr reichte das Wissen aus dem Standardwerk ihrer Oma. Alleine diese ganzen Zauber auswendig zu lernen und die Kräuter noch dazu, würde sie wahrscheinlich Jahre kosten – wie das so war mit Dingen, für die man sich nicht interessierte. »Und wenn wir die ungefähre Größe der verborgenen Falte haben, wie hilft uns das weiter?«

Endlich begann auch Tom zu essen. »Umso mehr wir wissen, bevor wir in feindliches Territorium eindringen, desto besser.«

Genüsslich ließ Mayla den Vanilletrüffel auf ihrer Zunge zergehen und er schenkte ihr Kraft und Zuversicht. Entschlossen blickte sie in die Runde. »Das heißt, wir werden morgen dort hinspringen und in die Falte eindringen.«

Von Donnersberg sah sie kopfschüttelnd an. »Morgen noch nicht. Wir müssen erst so viel wie möglich über die Falte erfahren. Und wir sollten die Jäger beobachten. Vielleicht bekommen wir heraus, ob es sich bei ihnen wirklich um einen geheimen fünften Zirkel handelt. Je mehr Informationen wir haben, desto eher gelingt uns die Befreiung deiner Großmutter.«

Mayla wollte dagegen argumentieren. Die Sorge um ihre Oma drängte sie zur Eile. Melinda von Flammenstein war seit Wochen gefangen – vielleicht wurde sie gefoltert. Womöglich hing ihr Leben an einem seidenen Faden. Sie mussten sich beeilen! Doch Angelika kam ihr mit einer Frage zuvor, die sie gänzlich aus der Bahn warf.

»Wie ärgerlich, dass dein Polizist nicht mehr an eurer Seite ist. Er hätte sehr nützlich sein können. Hast du schon etwas von ihm gehört?«

»Von Georg? Nein, nicht seit …«

»Nicht seit er uns verraten hat«, ging Tom dazwischen. Seinem Tonfall war sein Ärger deutlich anzuhören.

»Euch verraten?« Angelika lachte unfroh. »Danach sieht es eigentlich nicht aus.«

Hellhörig beugte sich Mayla näher zu ihr. »Was meinst du damit?«

»Habt ihr es noch nicht gehört?«

»Was gehört?«

»Er sitzt im Gefängnis.«

»Was?« Mayla sprang von ihrem Stuhl auf, der laut scheppernd auf den Steinboden knallte. Sie winkte mit der Hand und dachte einen Zauber, worauf er sich wieder aufstellte. »Wieso das?«

»Von Wickert hat erkannt, dass Georg auf eurer Seite gewesen ist. Also auf … deiner Seite, Tom.«

»Das hätte ich gewusst«, brummte der.

Mayla fuhr sich mit den Händen an den Kopf. »Er hat uns nicht verraten. Ich wusste es! Deshalb ist er nicht an dem verabredeten Treffpunkt aufgetaucht. Er wurde festgenommen. Wir müssen ihn befreien!«

Tom schüttelte den Kopf. »Ihn befreien? Das ist nur ein Trick, um uns zu schnappen. Glaub mir, Mayla, keinem Polizisten darfst du trauen, nicht einmal ihm.«

Von Donnersberg schluckte einen Bissen Salat hinunter. »Wenn du dich da mal nicht täuschst, Tom. Wenn es ein Trick wäre, um euch zu ködern, dann hätte es in allen Zeitungen gestanden und die Eulen würden es von den Tannen rufen. Aber dem ist nicht so. Wir haben nur durch unseren Kontakt bei der Polizei davon erfahren. Anscheinend will von Wickert verhindern, dass jemand von der Festnahme erfährt.«

Mayla schlug mit der flachen Hand auf den Tisch. »Da hast du es. Tom, wir müssen ihn da rausholen. Er hat uns geholfen, war die letzten Wochen an unserer Seite und ich glaube, er beginnt zu begreifen, dass die Welt nicht so schwarz und weiß ist, wie er es die letzten Jahre geglaubt hat.«

Angelika sah sie streng an. »Das ist sehr gefährlich.«

»Meine Oma würde nicht wollen, dass ich mich hier verstecke und einen Unschuldigen im Gefängnis verrotten lasse. Ich bin die letzte Nachfahrin der von Flammenstein. Es wird Zeit, dass ich meine Kräfte für etwas Gutes einsetze.«

»Aber dir könnte …«, begann Angelika erneut, als von Donnersberg seiner Frau die Hand auf den Arm legte.

»Lass sie, Angelika. Sie hat doch recht.«

Tom verschränkte die Arme vor der Brust. »In welchem Gefängnis steckt er?«

Mayla hob begeistert die Hände, worauf ihre leere Salatschüssel zu Boden flog und in hunderte Stücke zersprang. Sie dachte rasch »refice« und wies mit der Hand auf das zerbrochene Glas, worauf sich die Scherben wieder zusammensetzten. Sie spürte den erstaunten Blick von Angelika. Ja, sie hatte Fortschritte gemacht. Doch sie ignorierte die unausgesprochene Frage und wandte sich an Tom. »Du bist wirklich dabei?«

»Ich kann dich ja schlecht alleine gehen lassen.«

»Tom, ich danke dir, ich …« Impulsiv beugte sie sich zu ihm und küsste ihn auf den Mund. Dann drehte sie sich um und sah Artus und Angelika von Donnersberg euphorisch an, die ihrerseits einen erstaunten Blick auf Tom und Mayla warfen. »Also, wo wird Georg gefangen gehalten?«

Kapitel 14

Ganz so schnell, wie Mayla sich das erhofft hatte, konnte sie Georg nicht zu Hilfe eilen. Am liebsten wäre sie direkt am selben Abend losgestürmt, nachdem sie von seiner Festnahme erfahren hatte. Doch Tom war noch nicht fit genug und ihnen fehlten Informationen.

»Erzählen Sie uns alles, was Sie über seine Festnahme und den Ort, an dem er eingesperrt ist, wissen!«, hatte sie Artus von Donnersberg aufgefordert. In aller Gründlichkeit hatten er und Angelika ihnen dargelegt, welche Auskünfte sie von ihrem Informanten bei der Polizei erhalten hatten.

Anschließend hatten sie sich für den übernächsten Nachmittag verabredet. Bis dahin sollte von Donnersberg herausfinden, wie groß die verborgene Weltenfalte in Südengland war, während Tom und Mayla einen Weg finden wollten, um Georg aus dem Gefängnis zu befreien.

Nach dem Essen waren Tom und Mayla zurück zu der Hütte in den Pyrenäen gesprungen. Nachdem sie Kitty, Karl und seine kleine Schwester begrüßt hatten, waren sie nach draußen gegangen. Die Temperaturen waren mild. Unter Toms Anleitung hatte Mayla zwei Sofas auf die Wiese gezaubert, auf denen sie es sich unter dem Sternenhimmel gemütlich machten. Die Sonne war schon vor einer Weile hinter der hohen Felsspitze im Westen untergegangen und nur noch ein blasser heller Schimmer zog sich am Horizont entlang. Über ihnen funkelten bereits tausende Sterne, doch Mayla hatte

167

keinen Blick für sie. »Ich wünschte, wir könnten ihn sofort befreien.«

Tom unterdrückte das Grummeln, das ihm ins Gesicht geschrieben stand. Stumm trank er eine Tasse von dem Heiltrank, der seine Genesung beschleunigen würde, und warf ihr immer wieder kurze Blicke zu. Zwischen ihnen befand sich ein kleiner Beistelltisch, auf dem Mayla die Pralinenpackung bereitstehen hatte. Vor lauter Aufregung war sie im Begriff die ganze Schachtel aufzufuttern. Als es ihr auffiel, stockte sie und legte unter größten Kraftanstrengungen die letzte Zartbitterpraline zurück. »Die ist für dich.«

Tom lachte leise. »Iss sie. Morgen springen wir zusammen nach Ulmenstadt und kaufen neue.«

Begeistert strahlte sie ihn an. »Eine fantastische Idee.« Diese fürsorgliche Seite an ihm war neu, aber fabelhaft. Feierlich nahm sie die Praline und roch daran. Während der Schokoladenduft ihre Sinne umschmeichelte, dachte sie nach. »Wann werden wir Georg befreien?«

»Ein paar Tage wirst du dich gedulden müssen.«

»Ein paar Tage? Wer weiß, was die in der Zwischenzeit mit ihm anstellen!«

»Morgen nehmen wir Kontakt zu Tauber auf.«

»Dem Detektiv?«

»Genau. Er soll die Polizeiwache auskundschaften, in der Georg gearbeitet hat.«

»Können wir ihn nicht noch heute Abend …?«

»Heute Abend ist er unterwegs.«

»Na schön. Also, Tauber soll die Wache auskundschaften. Gibt es dort überhaupt ein Gefängnis?«

»Nur eine Arrestzelle. Die normalen Gefängnisse befinden sich in extra dafür erschaffenen Weltenfalten. Aber nach dem, was uns Artus erzählt hat, wird Georg in keiner dieser offiziellen Haftanstalten festgehalten.«

Ein kühler Wind kam auf. Fröstelnd zog sie die Schultern hoch und winkelte die Beine an. Tom zog seinen Zauberstab unter seiner Lederjacke hervor und auf einen Schlenker landete eine kuschelige Decke auf ihr, die sie sich bis unters Kinn zog. Wohlig streckte sie die Beine wieder aus.

»Danke. Hast du eine Idee, wo sie Georg anstelle eines offiziellen Gefängnisses hingebracht haben könnten?«

»Laut Artus erst auf die Wache. Aber dort wird er nicht mehr sein. Ich habe eine Vermutung. Am besten, Tauber beschattet auch von Wickert.«

»Aber das dauert viel zu lange. Wir können uns doch im Wald verstecken und die Polizeistation im Auge behalten. Und Tauber soll dem widerlichen von Wickert folgen.«

Tom zog die dunklen Brauen hoch. »Widerlich?«

»Ich werde es ihm nie vergessen, wie er mich wie einen Luftballon hinter sich hergezogen hat, noch bevor ich wusste, dass ich eine Hexe bin. Du bist ja damals ohne mich abgehauen.«

Er lachte leise. »Ich hatte keine Wahl. Außerdem hast du darauf gebrannt, nähere Bekanntschaft mit der Polizei zu machen.«

Zu gut erinnerte sie sich noch an jenen Tag, an dem Tom sie vor den Jägern gerettet hatte und an die ernüchternde Begegnung mit den Polizisten im Wald. »Dieser abscheuliche Kerl. Wie konnte er Georg festnehmen, anstatt ihn anzuhören? Bestimmt ist er ein Verbündeter der von Eisenfels und ihrem neuen Zirkel.«

»Ich halte ihn eher für einen verbitterten alten Polizisten, der sich wegen irgendwelcher Nichtigkeit ungerecht von den

Menschen behandelt fühlt und seine Position ausnutzt, um es der Welt heimzuzahlen.«

»Ich glaube, er ist ein Verräter. Aber so oder so hat er Georg in seiner Gewalt. Hoffentlich erfahren wir morgen, wo er gefangen gehalten wird. Wir können ihn gut gebrauchen, um meine Oma zu befreien.«

»Ich glaube zwar, wir kämen auch gut ohne ihn aus …«

Mahnend sah sie ihn an, worauf er schmunzelte.

»… aber ich werde mein Möglichstes tun, um ihn aus dem Gefängnis zu befreien. Aber eine Sache musst du mir versprechen, Mayla.«

»Mhm?«

»Wenn ich sage ›raus hier‹, dann meine ich das. Verstanden?«

»Ja, Papa.«

Er lachte leise. »Und zur Sicherheit üben wir noch ein paar Angriffszauber. Es wird Zeit, dass du sie lernst.«

»Ich bin mehr als bereit!« Sie faltete die Hände ineinander und dehnte sie. »Fangen wir sofort an?«

»Heute Abend nicht mehr. Ich muss sie dir vorführen und das würde mich unnötig … in meiner Genesung zurückwerfen. Aber morgen früh haben wir ein oder zwei Stunden Zeit. Tauber ist niemals vor zehn Uhr in seinem Büro anzutreffen.«

Enttäuscht ließ sie die Hände sinken. Am liebsten hätte sie alles sofort gemacht: Angriffszauber gelernt, Georg befreit und Melinda ebenso. Jetzt war nicht nur ihre Oma in Gefahr, sondern auch noch ihr bester Freund. Hoffentlich tat ihm von Wickert nichts an, um von ihm etwas über Tom und die Verstoßenen zu erfahren. Hoffentlich ließ er ihn in Frieden. Hoffentlich ging es Georg gut.

Sie seufzte auf und sah hinüber zu Tom. Er hatte sie beobachtet und unter seinem Blick spürte sie die Hitze auf ihren Wangen emporschießen. Ein Kribbeln wanderte ihren Nacken hinab und kitzelte sie zwischen den Schulterblättern. Vor ungefähr einer Stunde hatten sie diesen impulsiven Kuss hier vor der Hütte … getauscht. Automatisch fiel ihr Blick auf seine Lippen, die sich zu einem kaum sichtbaren Lächeln ausbreiteten.

Ein Donnern krachte durch die Nacht und im selben Moment, in dem sie sie hörten, prasselten dicke Regentropfen auf sie nieder. Ein Blitz schoss in nicht allzu großer Entfernung durch die Nacht und erhellte die Gebirgswelt.

»Ein Gewitter!« Lachend sprang Mayla auf und rannte in die Hütte, Tom hinter ihr her. Sie verwandelte die Sofas in Tücher und ließ sie zu sich fliegen. Der Tisch würde den Regen überleben. Ihre nassen Haare hingen in ihr Gesicht und grinsend wischte sie sie beiseite. Von den wenigen Sekunden war sie klatschnass, die Bluse durchnässt und selbst die Hose klebte wie eine Leggins an ihren Beinen. Ein Frösteln wanderte über ihre Arme.

»Willst du uns nicht den Kamin anmachen, bevor du in deinen Sachen erfrierst?«

Sein Kommentar ließ sie aufblicken. Mühelos blies sie die Holzscheite an, die im Kamin lagen, und der flackernde Schein des Feuers erhellte die Hütte. Dann sah sie zu Tom, der keine zwei Schritte von ihr entfernt wartete. Das Grün seiner Augen leuchtete und sein Blick traf sie bis ins Mark.

Ihr Herz klopfte schneller, während er einen Schritt auf sie zukam und seine Hände nach ihr ausstreckte. Bevor er sie wieder zurückziehen konnte, ergriff sie sie und überwand die letzte Distanz, die noch zwischen ihnen lag.

Wie gebannt schaute sie ihn an, beobachtete, wie er unendlich langsam seinen Kopf neigte und wenige Millimeter vor ihren Lippen stockte. Bevor er es sich wieder anders überlegen konnte, stellte sie sich auf die Zehenspitzen, legte ihre Arme um seinen Hals und drückte ihre Lippen auf seine. Sie spürte seine Hände auf ihrem Rücken. Er zog sie näher an sich und küsste sie mit einer Leidenschaft, die Gänsehaut über ihre Arme und Beine schießen ließ, während sie in dem Kuss versank. Zärtlich legte er eine Hand in ihren Nacken. Es kitzelte. Er löste seine Lippen von ihren und blickte sie an. Dann lächelte er. Er lächelte so echt und frei, wie Mayla es an ihm noch nie gesehen hatte. Und dieses Lächeln machte sie beinahe noch glücklicher als der Kuss zuvor. Toms Fassade brach, die Mauer war am Einstürzen und er begann sich ihr zu öffnen.

Ohne noch einen Moment zu zögern, drängte er sich an sie und küsste sie mit einer Leidenschaft, die ihr die Hitze durch den Körper schießen ließ. Es war wie Magie, als wären ihre Lippen einzig dafür gemacht worden einander zu küssen.

Ohne sich voneinander zu lösen, liefen sie zum Bett. Tom löste ihre Klammer und strich ihr über das nasse Haar. Langsam knöpfte er ihre Bluse auf und jedes Mal, wenn seine Fingerspitzen ihre nackte Haut berührten, schossen elektrisierende Ströme durch sie hindurch.

Er ließ die Bluse über ihre Schultern zu Boden gleiten und mit dem Zeigefinger wanderte er zärtlich über ihre Haut. Er legte seine Lederjacke ab und Mayla schob sogleich sein Shirt hoch, worauf er es sich über den Kopf zog.

Mit nacktem Oberkörper sahen sie einander an. Dann küsste er sie erneut, presste sie an sich, als wären sie eins und

als hätte er endlich begriffen, dass sie beide zusammen-
gehörten.

∞

Am nächsten Morgen weckte Mayla ein hohes Piepsen. Sie
streckte sich und sah sich um. Sie lag im Bett, den Kopf auf
Toms Brust gebettet. Wann waren sie eingeschlafen? Sie
konnte sich gar nicht mehr erinnern. Zärtlich betrachtete sie
ihn. Er schlief fest und sah entspannt und glücklich aus. Lag
das an dieser wundervollen Nacht? Daran, dass sie endlich
zueinander gefunden hatten?

»Fiep. Fiep.«

Sie lachte. »Ich komme, Karli.«

Leise und behutsam, um Tom nicht aufzuwecken, stand
sie auf und zog sich ihre Hose und ihre Bluse an, die vor dem
Kamin getrocknet waren. Auf Zehenspitzen schlich sie zum
Schrank, in dem Karli in den höchsten Tönen piepste.

»Guten Morgen, kleiner Schatz. Hast du gut geschlafen?«
Sachte strich sie ihm über das winzige Köpfchen. Ein warmes
Gefühl durchströmte sie, wallte durch ihre Brust und machte
sie noch glücklicher. Sie schloss die Augen und konzentrierte
sich auf die Liebe, die sie für den kleinen Kater empfand.
Dann versuchte sie es ihm per Gedanken zu übermitteln.
Funktionierte das so? Er fiepte erneut und drückte seine Stirn
gegen ihren Zeigefinger. »Hast du es gesehen, mein Schatz?
Ich hab dich so lieb. Willkommen auf der Welt, süßer Karli.«
Dann strich sie Kitty über den Kopf, die ganz erledigt aussah.

»Na, haben dich die zwei heute Nacht schlafen lassen?«

»So gut wie wir hat sie nicht geschlafen.«

Grinsend drehte sie sich um und sah Tom vom Bett aufstehen. Er streckte sich und gähnte. Mit dem Blick wanderte

sie seinen sehnigen Körper ab und dachte glücklich an die vergangene Nacht.

»Hunger?«

»Jedenfalls nicht auf Haferschleim.«

Er streifte sich seine Hose über und in seinem Gesicht stand ein Lächeln, das sie unendlich glücklich machte.

»Ich befürchte, ich sollte meine Vorräte aufstocken, um deinem Gusto gerecht zu werden.«

Sie ging zu ihm und küsste ihn. Hingebungsvoll legte er die Hände an ihr Gesicht und erwiderte ihren Kuss. Zärtlich strich sie ihm über die Brust, bevor er sich sein Shirt überzog.

»Wenn wir die Pralinen einkaufen gehen, besorgen wir auch gleich noch etwas Anderes. Ich bin zwar nicht die geborene Köchin, aber leckerer als Haferschleim wird es bestimmt werden. Theoretisch könnten wir frühstücken gehen und anschließend einkaufen.«

»Wir dürfen nicht unvorsichtig werden. Ich bin ein gesuchter Verstoßener, was in den Augen vieler einem Massenmörder gleichkommt. Und du stehst seit der Aktion im Haus deiner Oma ebenfalls ganz oben auf den Fahndungsblättern. Außerdem wollten wir heute Morgen die Angriffszauber üben. Wir haben noch etwas Haferschleim von gestern übrig. Den können wir einfach aufwärmen.« Er winkte mit seinem Zauberstab, worauf der Topf zu ihnen geflogen kam.

Dass er den Zauberstab noch immer vor ihr benutzte, anstatt mit seinen Händen zu hexen, enttäuschte sie. Er war noch immer nicht dazu bereit, über seine wahre Herkunft zu sprechen.

Ihre Oma hatte sie eindringlich dazu aufgefordert, sobald sie den Erben gefunden hatte, ihn dazu zu bringen, in aller Öffentlichkeit zu seinem Erbe zu stehen. Aber sie wollte ihm noch etwas Zeit geben und diesen wundervollen Morgen nicht zerstören.

Sie holte Schüssel und Löffel aus dem Schrank, verabschiedete sich von Karli und ging zu Tom hinaus.

»Bist du so nett?« Auffordernd hielt er ihr den Topf mit dem Haferbrei unter die Nase.

Pathetisch seufzte sie auf. »Nur fürs Protokoll: Ich protestiere ausdrücklich. Das ist das letzte Mal, dass ich das esse.« Doch das Lächeln konnte sie nicht aus ihrem Gesicht verbannen, während sie auf den Brei blies, der wenig später zu dampfen begann. Mit dem Kochlöffel klatschte Tom ihr eine viel zu große Portion in ihre Schüssel und aß selbst direkt aus dem Topf. Nachdem sie alles vertilgt hatten, hexte Mayla mithilfe des Te-Ablue-Zaubers das Geschirr und die Löffel sauber und ließ sie zurück in den Schrank fliegen.

Bevor sie loslegten, machten sie sich frisch. Anschließend lief Mayla nach draußen und schüttelte ihr gewaschenes Haar aus. Mit den Fingern kämmte sie es notdürftig glatt, bevor sie es sich erneut am Hinterkopf mit der großen Klammer hochsteckte.

»So, jetzt geht es los. Ich bin bereit. Welche Angriffszauber gibt es außer dem Dirumpe-Zauber, mit dem ich etwas explodieren lassen kann?« Breitbeinig stellte sie sich vor der Hütte auf, neigte den Kopf nach links, nach rechts und wieder nach links und sah Tom erwartungsvoll an.

»Wie bei jedem Zauber geht es auch bei den Angriffshexereien in erster Linie um deine Konzentration und die damit einhergehende Vorstellungskraft. Ein nützlicher Spruch ist der Entwaffnungszauber. Es ist ganz einfach. Du stellst dir vor, wie deinem Gegner der Zauberstab aus der Hand fliegt, und rufst oder denkst: ›dearmo!‹ Verstanden?«

Sie nickte. Tom umfasste seinen Zauberstab fester, während sie sich konzentrierte. Laut rief sie: »Dearmo!« Sogleich flog er Tom aus der Hand.

»Sehr gut. Noch mal!« Er drehte sich nach seinem Zauberstab um, der über fünf Meter hinter ihm auf der Wiese lag. Würde er ihn vor ihren Augen mit der Hand zu sich hexen? Als Tom losjoggte, um ihn zu Fuß zu holen, seufzte sie innerlich auf. Wann würde er ihr endlich vollkommen vertrauen?

Während er zurückgerannt kam, grinste er. »Siehst du? Ich bin machtlos, wenn du den Entwaffnungszauber angewendet hast.«

Von wegen. Aber sie wollte die gute Stimmung nicht zerstören, indem sie hier und jetzt auf der Wahrheit pochte.

»Bereit?«

Er nickte.

Sie fixierte den Zauberstab mit den Augen und dachte »Dearmo!«, doch dieses Mal blieb der Stab in seiner Hand. »Wieso funktioniert es nicht?«

»Weil ich es dir schwerer mache. Dein Gegner rechnet damit, dass du die Formel anwendest. So leicht wie eben hast du es höchstens bei einem Anfänger.«

»Oder einer alten Frau.«

Tom schüttelte den Kopf. »Alte Hexen darfst du niemals unterschätzen. Sie sind weitaus mächtiger, als du es dir vorstellen kannst. Oder hast du dich etwa noch niemals gewundert, dass die Oberhäupter der Zirkel Hexen und nicht Hexer sind?«

»Das heißt, Frauen sind beim Hexen stärker als Männer?«

»Im direkten Vergleich schon.«

»Wie kommt das, wo die Magie doch wie ein Muskel funktioniert?«

»Sie wirkt zwar wie ein Muskel, aber die Hexenenergie ist etwas Urweibliches. Genaueres darüber kann dir bestimmt Angelika erzählen. Lass uns weiterüben.«

Es dauerte eine Weile, doch es gelang ihr immer besser, ihn selbst gegen seinen Widerstand zu entwaffnen. Als Tom mit ihrem Fortschritt zufrieden war, schlug er als nächstes einen Ablenkungszauber vor. »Wenn du es schaffst, deinen Widersacher glauben zu machen, du wärst mit Verstärkung da, kann das nur zu deinem Vorteil sein. Entweder er ist so abgelenkt, dass du flüchten kannst, oder er zieht sich zurück, weil er eine Niederlage befürchtet.«

»Wunderbar. Ein Ablenkungszauber. Was muss ich tun?«

»Der Spruch ist etwas komplizierter. Es reicht nicht nur, den Zauber ›averto!‹ aufzusagen. Du musst dir auch bildlich vorstellen, womit du deinen Kontrahenten ablenken willst. Ein Geräusch wie Schritte, einen Schatten, ein Gefühl, als nähere sich jemand von der Seite – was auch immer dir einfällt, kann …«

Von der Hütte aus waren ein hohes Piepsen und kleine tapsende Schritte zu hören.

»Karli? O nein, ist er aus dem Schrank gefallen?« Voller Sorge rannte sie zur Hütte, um festzustellen, dass der neugeborene Kater im Schrank halb unter dem Bauch seiner Mama lag und schlief. »Wie …?« Sie fasste sich an die Stirn. »Das war die Ablenkung? Ich dachte, er wäre wirklich da.«

Tom grinste. »Umso besser du deinen Gegner kennst, je eher weißt du, womit du ihn in die Irre führen kannst.«

»Verstehe.«

»Bereit?«

Sie dachte nach. Womit sollte sie ihn ablenken, mit dem er nicht rechnete?

»Versuch erst mal etwas Leichtes.«

Sie stellte sich vor, wie sich schwere Schritte im Gras anhörten. Dann dachte sie »averto!« und richtete die Hände auf Tom.

Er reagierte nicht. »Hast du schon angefangen?«

»Nö!« Hochkonzentriert stellte sie sich erneut laute Schritte durchs Gras vor und welches Gefühl einen überkommt, wenn sich von hinten jemand nähert. »Averto«, flüsterte sie, doch wieder drehte Tom sich nicht um.

»Hast du den Spruch vergessen?«

»Nein, verdammt! Es klappt nicht.«

Er lachte leise. »Was hast du dir denn vorgestellt?«

»Schwere Schritte durchs Gras, die sich dir von hinten nähern.«

»Das ist zu komplex für den Anfang. Stell dir nur schwere Schritte vor. Das mit dem Gras und der Richtung, aus der sie kommen, kannst du dazunehmen, wenn du mehr Übung hast.«

Sie übte und übte, doch es funktionierte nicht. »Verflucht! Es klappt nicht. Bring mir etwas Anderes bei.«

»Du darfst nicht so schnell aufgeben!«

»Nicht so schnell aufgeben? Das ist mein tausendster Versuch!«

»Der dreiundsiebzigste, um genau zu sein.«

»Du hast mitgezählt?«

»Klar!«

»Wieso? Um mir vorzukauen, wie langsam ich lerne?«

»Nein, aber wenn es beim hundertsten Mal immer noch nicht klappt, bist du schlechter als Ralf Kautz, der in meinem Abschlussjahrgang an der Hexenschule war und durch sämtliche Prüfungen gefallen ist.«

»Na vielen Dank!« Wütend konzentrierte sie sich, richtete die Hände auf Tom und dachte voller Zorn: »Averto!«

»Super. Ich habe etwas gehört.« Er klatschte in die Hände. »Hab ich doch gewusst, dass das funktioniert.«

Sie runzelte die Stirn. »Das was funktioniert?«

»Wut.«

Irritiert sah sie ihn an, doch er lachte nur laut.

»Von Anfang an hast du deine Kräfte mit Wut besser anzapfen können. Ich hoffe, das ist kein schlechtes Omen, dass du auf die Seite des Bösen wechseln wirst …«

»Na warte.« Sie dachte: »Dearmo«, doch er rechnete damit und hexte rasch einen Schild vor sich. Als sie fluchend die Arme senkte, erlosch der Schutzschild und er richtete die Spitze seines Zauberstabes auf sie. Sie brauchte nicht zu hören, was er hexte, denn im nächsten Moment hob es sie von den Füßen und sie flog durch die Luft. »Lass mich sofort wieder runter, du … du Rüpel!«

Er lachte laut. Einen Moment später landete sie in seinen Armen und er setzte sie behutsam wieder auf ihre Füße. Er beugte sich über sie und tippte mit dem Finger unter ihr Kinn. »Verzeihst du mir?«

Ihre Knie wurden schwach, doch bevor seine Lippen auf ihren landeten, dachte sie »averto« und Tom drehte sich mit gezücktem Zauberstab um.

»Wer…?«

Erst als sie laut zu lachen anfing, begriff er, dass sie gehext hatte. Er grinste. »Gut gemacht. Jetzt kannst du es.«

Mit feurigem Blick sah sie zu ihm auf. »Übungsstunde beendet?«

»Übungsstunde beendet.« Und dann küsste er sie erneut, dass sie alles um sich herum vergaß.

Kapitel 15

Punkt zehn Uhr sprangen Mayla und Tom in die Weltenfalte am Bodensee, wo sie in dem kleinen Strandcafé den Detektiv Rupert Tauber treffen wollten. Wie beim letzten Mal saßen einzelne Gäste beim Frühstück oder einem zweiten Kaffee und genossen die Aussicht auf den riesigen, blau leuchtenden See. Die Wellen brausten auf, schäumten und flossen in rhythmischen Bewegungen auf den Sand, ein kräftiger Wind wehte und die Sonne stand am wolkenfreien Himmel.

Mayla schlenderte neben Tom über die Holzbohlen der Terrasse und blickte sehnsüchtig zu dem frischen Obstsalat und dem duftenden Croissant, die sich eine ältere Dame mit zufriedenem Lächeln gönnte. »Hier hätten wir auch frühstücken sollen!«

»Zu gefährlich. Komm.«

Da war er wieder. Der wortkarge Tom, der vor allem und jedem auf der Flucht war. Sie klemmte sich eine Strähne hinters Ohr und betrat mit ihm das Café. Unauffällig schlichen sie nach hinten, wo sich die Toiletten befanden, und dieses Mal passte Mayla auf. Sie wollte unbedingt wissen, wie man zu dem Detektiv und seinem verborgenen Büro gelangte.

Tom holte seinen Zauberstab hervor und dachte einen Spruch, worauf sich eine dritte Tür neben der Damentoilette materialisierte. Unbedingt musste sie ihn später nach der Formel fragen.

Er öffnete die Tür und ließ ihr den Vortritt. War der Raum noch kleiner geworden als beim letzten Mal? Wieder stand der Qualm regelrecht in den vier Wänden und drang sogleich in ihre Lungen. Hustend versuchte sie durch den Rauch zu blicken.

Zuerst schälte sich ein Hut aus dem dichten Qualm, bis nach und nach der blasse, faltige Detektiv, der den altmodischen Hut auf dem Kopf trug, und der Tisch, auf den er mit seinen dürren Fingern trommelte, zum Vorschein kamen. In einem einfachen gläsernen Aschenbecher steckte eine Zigarre, die unablässig vor sich hin glühte.

»Was wollt ihr?« Seine Stimme war kratzig und sein Blick alles andere als freundlich. Skeptisch beäugte er Mayla, aber lange nicht so misstrauisch wie an dem Tag, als sie sich das erste Mal gesehen hatten. Offenbar wusste er längst, wer sie war. Hatte er sie beschattet? Hatte jemand ihn beauftragt, sie zu beobachten? Ein bedrückendes Gefühl ummantelte ihre Brust, doch sie ließ es sich nicht anmerken. Noch vor Tom ließ sie sich am Tisch nieder und blickte den Detektiv unerschrocken an.

»Unser Freund Georg Stein wurde festgenommen. Er ist Kriminaloberkom…«

»Weiß ich!«, bellte er.

»Dann weißt du sicherlich auch«, ging Tom dazwischen und ließ sich neben ihr auf einen wackeligen Stuhl gleiten, »dass er in keinem normalen Gefängnis eingesperrt wurde.«

Tauber sah zwischen ihnen hin und her. Kein Zucken verriet, wie viel er bereits über Georgs Verhaftung wusste. »Was wollt ihr wissen?«

»Wo er sich befindet«, fuhr Mayla aufgeregt auf, »und wie er bewacht wird!«

»Das kostet aber eine Stange ...«

Klar, der Detektiv musste bezahlt werden. Sie kramte in ihrer Handtasche nach ihrem Portemonnaie. Wie viel kostete eine Observierung in der Hexenwelt? Doch Tom legte ihr nachdrücklich die Hand auf die Ledertasche, um sie daran zu hindern, vor dem Detektiv ihre verbliebenen Scheine zu zählen.

»Hundert Taler dafür, dass du uns sagst, wo er festgehalten und von wie vielen Leuten er bewacht wird! Außerdem will ich, dass du Anton von Wickert observierst. Er hat ihn festgenommen.«

Der Detektiv nahm die Zigarre und zog zweimal kräftig daran, bevor er dicke Rauchkringel in die Luft paffte, die sogleich in all dem anderen Rauch verschwanden. »Ein Polizist, der festgenommen wurde? Und einen anderen Konstabler soll ich beschatten?« Erneut paffte er an seiner Zigarre. »Fünfhundert Taler!«

»Zweihundert!«

»Vierhundertfünfzig!«

»Dreihundert und dafür lieferst du uns die Informationen bis heute Nachmittag!«

Kritisch beäugte sie der Detektiv, bevor er mit der Faust auf den Tisch donnerte. »Abgemacht!«

»Wir sehen uns um siebzehn Uhr!« Tom erhob sich und Mayla folgte ihm.

Ihr Herz klopfte aufgeregt, während sie sich durch die Tische an den Gästen vorbeischlängelten und am Strand entlangliefen. Wo Georg wohl festgehalten wurde? Ob seine Kollegen ihn gut behandelten? Oder gingen sie besonders hart mit ihm um, weil er einer von ihnen gewesen war, und bereiteten ihm unsägliche Schmerzen?

Tom konnte die Sorgen, die sie sich machte, von ihrem Gesicht ablesen. »Er wird ihn ausfindig machen.«

»Hoffentlich geht es ihm gut. Wir müssen ihn so schnell es geht befreien.«

»Das machen wir auch. Wir beobachten jetzt erst mal die Wache. Oder brauchst du vorher Schokolade?«

Endlich erreichten sie die Sanddünen, hinter denen sie sich verbergen konnten. Mayla blieb schnaufend stehen und stemmte eine Hand in die stechende Hüfte. »Bitte vorher! Damit kann ich mich besser konzentrieren.«

»Wie die Dame wünscht. Dann springen wir erst einmal nach Ulmenstadt. Bist du bereit?«

»Klar! Mehr als bereit.«

Endlich würde sie wieder einmal ein bisschen Stadtluft schnuppern – auch wenn in der reinen Hexenstadt bestimmt keine Busse herumfuhren und Autos hupten, so war doch wenigstens ordentlich etwas los.

»Aber vorher will ich den Spruch wissen, mit dem ich zu dem Detektiv komme.«

»Den Spruch?«

»Na, irgendetwas hext du doch, damit die Tür zu Taubers Büro sichtbar wird.«

Er zögerte. Wieso zögerte er?

»Ich muss schließlich wissen, wie ich ohne dich …«, fuhr sie fort, doch er unterbrach sie.

»Du musst versprechen, es nicht dem Bullen zu verraten. Habe ich dein Wort?«

»Ich verspreche es. Also? Benutze ich auch den Aperi-Zauber wie bei der Geheimschrift?«

»Der Spruch alleine reicht nicht. Sein Büro ist zusätzlich geschützt, damit nur diejenigen bei ihm aufkreuzen, die er kennt. Du musst dir die Tür vorstellen und ›Aperi grapheum Taubi‹ denken.«

Mit dem Finger tippte sie an die Schläfe. »Merk ich mir. Springen wir wieder zur Bibliothek nach Ulmenstadt?«

Tom schüttelte den Kopf und sah sie ernst an. »Nein, wenn du keine Aufmerksamkeit erregen willst, darfst du in einer Stadt niemals an dieselbe Stelle springen. Mindestens die Geschäftsleute würden sich dein Gesicht merken und wüssten, dass du einen Amulettschlüssel besitzt. Und das sollte möglichst kaum einer erfahren. Du musst jedes Mal woanders auftauchen, merk dir das. Hast du eine Sonnenbrille dabei?«

»Klar!« Sie holte sie aus ihrer Handtasche hervor und setzte sie auf die Nase.

Tom zog eine große Pilotensonnenbrille aus der Innentasche seiner Lederjacke. »Du musst dich absolut unauffällig verhalten. Rede so wenig wie möglich. Und vermeide jeden unnötigen Blickkontakt.«

»Aber ich habe doch eine blickdichte Sonnenbrille vor den Augen!«

»Hexen spüren es noch intensiver als Menschen, ob sie direkt angesehen werden oder nicht. Und wir wollen beide nicht erkannt werden.«

»Mich erkennt wahrscheinlich ohnehin keiner. Von mir weiß doch niemand!«

»Hast du eine Ahnung.«

»Was soll das heißen?«

»Das soll heißen, seit dem wunderbaren Artikel in der Zeitung wollen alle wissen, wer die verwirrte Hexe ist, die von dem berüchtigten Abtrünnigen Tom Carlos verhext und gegen ihren Willen auf die dunkle Seite gezogen wurde.«

Sie lachte. »Das klingt verrucht.«

»Was ich damit sagen will, es gibt unzählige Zeitungsartikel und sogar Phantomzeichnungen von dir, die nicht nur in den Wachen aufgehängt wurden.«

»Von mir? Wenn die genauso schlecht sind wie die von den normalen Polizisten, brauchen wir nichts zu befürchten.«

»Sie sind besser. Viel besser. Sie gleichen Fotografien.«

Mayla wurde blass um die Nase. Tom legte ihr die Hand auf die Schulter.

»Wir springen zu einer kleinen Schusterei. Die liegt in einer Seitengasse. Von dort aus ist es nicht weit zu einer Confiserie. In weniger als fünfzehn Minuten sind wir fertig und springen direkt in den Wald bei der Polizeiwache in Frankfurt. Verstanden?«

Sie nickte. Ihr Herz klopfte schneller. Würden die Hexen und umherstreifenden Polizisten sie wirklich so leicht erkennen? Verdammt, sie hatte sich auf diesen City-Trip gefreut und jetzt schoss vor Aufregung ihr Puls in die Höhe. Aber sie ließ sich diesen Ausflug nicht vermiesen. Sie drückte das Kreuz durch und sah ihn unverwandt an. »Was heißt Schuster auf Latein?«

»Sutor. Da du noch nicht dort warst, springst du am besten mit mir. Nimm meine Hand.«

Sie nahm sie und ein Kribbeln wanderte ihren Arm hinauf, während er ihre Hand fest drückte. Kurz darauf verlor sie den Boden unter den Füßen. Das Blau des Himmels und des Sees wurden zu Rot von Ziegelsteinhäusern und Hellgelb von Sandsteingebäuden, die von der Vormittagssonne angestrahlt wurden.

Sie landeten auf Kopfsteinpflaster vor einem kleinen Laden, in dessen Auslage sich mehrere glänzende Lederschuhe in verschiedenen Größen befanden und auf dessen Schaufenster in Frakturschrift »Schusterei Kowalski« geschrieben stand. Tom lief auf die schmale Ladentür zu und legte seine Hand auf den eisernen Knauf in Form eines Wanderschuhs. »Ich brauche Fett für schwarzes Glattleder. Warte kurz.«

Von wegen. So leicht ließ sie sich nicht abschütteln. Es war aufregend, Hexen und ihre Läden kennenzulernen. Da wartete sie bestimmt nicht wie ein treuer Dackel vor dem Schaufenster auf der Straße. »Ich komme mit!«

Die Ladenglocke bimmelte, als sie den engen Geschäftsraum betraten, der von einem breiten Verkaufstresen dominiert wurde. An den Wänden standen Regale mit Pflegeprodukten für Schuhe und Ständer mit Schnürsenkeln in allen möglichen Farben. In einem großen Wandregal wurden schicke Pumps, elegante Stiefeletten und robuste Wanderschuhe ausgestellt, daneben gab es Arbeitsstiefel und schicke Herrenschuhe. Der intensive Geruch nach Leder, Gummi und Klebstoff machte die Luft in dem Raum schwer und bescherte Mayla ein dumpfes Kopfschmerzgefühl. Vielleicht hätte sie doch lieber draußen warten sollen.

»Ich bin gleich da«, ertönte eine Frauenstimme aus einem der hinteren Räume, in dem sich den Geräuschen nach zu urteilen die Werkstatt befand. Einen Augenblick später tänzelte eine großgewachsene Frau hinter den Verkaufstresen, eine grüne Schürze um die schlanke Taille gebunden und einen Schusterhammer in der Linken. Ihre Arme waren muskulös von der harten Arbeit.

»Was kann ich für Sie tun?« Sie sprach mit starkem Dialekt, wahrscheinlich Rhöner Platt.

Mayla betrachtete sie neugierig und wurde ihrerseits von der Schusterin mit einem offenen Blick beäugt, worauf Mayla auf Tom deutete und sich nach den handgearbeiteten Stiefeln umsah. Der stand bereits vor einem halbhohen Regal und suchte nach dem richtigen Tiegel.

»Ich brauche Fett für schwarze Glattlederstiefel. Haben Sie welches da?«

Sie trat neben ihn und mit ihr waberte der Geruch nach Leim und Leder an Mayla vorbei. »Das hier empfehle ich Ihnen. Es ist zwar etwas teurer, aber Sie müssen nur mit dem Ungue-Zauber arbeiten und Ihre Schuhe werden glänzen wie neu.«

Ungue-Zauber? In Gedanken ging Mayla die lateinischen Wörter durch, die sie bislang gelernt hatte, bis es ihr einfiel. Es bedeutete einreiben.

Doch Tom hob abwehrend die Hände. »Ich pflege meine Schuhe ohne Hexerei. Ich brauche das klassische Lederfett mit Vaseline.«

Die Schusterin zog die blonden Augenbrauen hoch und beäugte Tom in einer Mischung aus Anerkennung und Ungläubigkeit. »Macht kaum noch einer.« Sie langte an ihm vorbei in das Regal und holte eine silbern glänzende Dose hervor. »Dann empfehle ich Ihnen diese Schuhpomade.«

Tom öffnete den Tiegel, roch an dem Fett und befühlte es, anschließend nickte er. »Ich nehme es.« Nacheinander gingen sie zum Tresen und die Schusterin tippte den Betrag in die altertümliche Kasse, die laut ratterte, als sie auf Bar drückte.

»Es gibt nicht viele, die ihre Schuhe ohne Hexerei pflegen. Sind Sie aus der Branche?«

»Nein.« Toms Mimik war undurchdringlich wie immer. Er zahlte und schnappte sich den Tiegel. »Wiedersehen.«

»Auf Wiedersehen«, rief Mayla der interessiert hinter ihnen her blickenden Schusterin zu, während Tom sie bereits nach draußen schob. »Dass du immer so unfreundlich sein musst.«

»Es ist nur zu unserem Schutz. Es ist besser, wenn sie sich in einer halben Stunde nicht mehr daran erinnert, dass wir im Laden gewesen sind. Und jetzt komm, dort vorne ist die Confiserie.«

»Also an barsche Typen, die mir nur eintönige Antworten auf meine Fragen geben, an die erinnere ich mich noch tagelang! Du solltest deine Taktik überdenken.«

Ohne etwas darauf zu erwidern, schaute er über seine Schulter. Als er sicher war, dass sie niemand beobachtete, schob er sie mit sich die Gasse hinauf.

»Schon gut, du willst nicht darüber reden. Keine Sorge, wir haben noch viel Zeit, um über alles Mögliche zu reden.« Sie lachte und endlich zuckten auch seine Mundwinkel.

Sie spazierten durch die Nebengasse, in die die Strahlen der Vormittagssonne kaum einzudringen vermochten und in der die Kälte von den Steinen der Häuser auf sie überzugreifen schien. Fröstelnd hob Mayla die Schultern. Sie hätte sich ihre kurze Jacke überziehen sollen. Als sie endlich die finstere Gasse hinter sich ließen und auf die betriebsame Hauptverkehrsstraße einbogen, schien ihnen die Sonne ins Gesicht. Tief sog Mayla die frische, warme Luft ein. Von Verkehr, wie sie ihn kannte, konnte jedoch keine Rede sein. Kein Auto und kein Bus oder Fahrrad brauste an ihnen vorbei, dafür Massen an Leuten, die sich durch die Straßen schoben und den Morgen nutzten, um einzukaufen. Ein wenig erinnerte es sie an die Berger Straße an einem Samstagvormittag, nur dass dort Autos fuhren.

Mayla war im Begriff, fröhlich zwischen die Stadtleute zu marschieren, doch Tom hielt sie am Arm zurück.

»Warte.« Er zeigte auf eine Gruppe junger Männer, die sich um einen Brunnen scharten, der zentral auf dem Marktplatz stand. »Ich wette, das sind Jäger.«

»Jäger?« Ihr Puls beschleunigte sich, während sie versuchte möglichst unauffällig zu den fünf hinüberzuschielen. Mitte zwanzig waren sie, aßen belegte Brötchen aus Tüten und lachten laut über einen Witz, den einer von ihnen zum Besten gab. Die Passanten liefen an ihnen vorbei, ohne sie zu beachten. Auf dem Marktplatz in Frankfurt war die Stimmung eine ganz andere gewesen, als die Jäger aufgetaucht waren. Die Leute hatten einen großen Bogen um sie gemacht, viele hatten sogar ihre Einkäufe abgebrochen, um ihnen nicht in die Quere zu kommen.

»Bist du dir sicher, Tom? Sie sehen recht harmlos aus.«

»Ich bin mir sicher. Und jetzt hör mir zu. Du darfst nicht noch einmal zu ihnen hinübersehen.«

Na toll, wenn etwas sie dazu bewog, zu ihnen hinzusehen, war es dieser Kommentar. Aber sie riss sich am Riemen und wandte den Blick ab. »Wieso sind wir nicht einfach nach Frankfurt gegangen und außerhalb einer Falte zu einer Confiserie?«

»Weil wir dann den Jägern sofort auffallen. Sie sehen unsere Magie und wir wären schneller in Bedrängnis, als du es dir vorstellen kannst. Halt den Blick unten, Mayla! Nicht zu ihnen sehen.«

»Aber woher soll ich dann wissen, ob sie uns bemerken und uns folgen?«

»Wenn du sie noch einmal ansiehst, spüren sie deinen Blick. Glaub mir!«

Aufgeregt starrte sie auf ihre Hände. »Wo soll ich denn sonst hinsehen, verdammt?«

»Schau mich an oder auf die Straße. Dort drüben ist die Confiserie. Du kennst den Spruch, mit dem du zu unserer Hütte kommst. Halte das Amulett bereit, dann kann dir nichts geschehen.«

»Zum Teufel mit diesen Jägern. Müssen die auch überall sein?« Möglichst unauffällig marschierte sie hinter Tom her, der in scheinbar lässigen Schritten die Straße entlanglief. Was war das für ein enttäuschender Einkaufsbummel. Von wegen durch die Straßen flanieren und dem Charme einer Hexenstadt erliegen. »Gibt es auch irgendeinen Ort, an dem die nicht herumlungern?«

»Immer weniger. Schau, da vorne ist die Confiserie.«

Vorsichtig hob sie den Blick. Nicht nach links sehen, nicht nach links sehen! Sie folgte Toms Zeigefinger mit den Augen und erblickte einen Laden mit breiter Front. In den beiden Schaufenstern neben der Eingangstür prangten unzählige silbern glänzende Tabletts und weiße Keramikschalen. Ihre Augen wurden groß, als sie die reiche Auswahl an Pralinen entdeckte, und sie beschleunigte ihre Schritte.

»Wie lecker!« Noch vor Tom gelangte sie bei dem Laden an und war kurz davor, Hände und Nase gegen das Schaufenster zu drücken. Kleine Pralinen, große, welche mit heller Schokolade und mit dunkler. Sie entdeckte Pistazienstückchen und Mandelsplitter, Kokosraspeln und Himbeerguss. Wunderbar! Wie viel Geld hatte sie dabei?

Tom lachte leise, was sie aus ihrer Trance riss. Sie stürmte in den Laden und atmete tief ein. Dieser Duft nach Schokolade war unnachahmlich, himmlisch, beschwingend und pulsierend. Mit einem glückseligen Lächeln auf dem Gesicht wanderte ihr Blick über die Auslage von einer Sorte zur nächsten.

Sogleich trat ihnen ein rundlicher Herr in Konditorenmontur entgegen, auf dem Kopf einen schräg sitzenden weißen Hut und in der Hand ein Tablett. »Darf ich Ihnen zum Probieren meine neueste Kreation anbieten? Sahnetrüffel mit einem Haselnusskern ummantelt von weißer Schokolade.«

»Sie dürfen!«

Er schwang seinen Zauberstab, worauf eine der Köstlichkeiten zu ihr schwebte. Begeistert nahm sie die Praline entgegen und hielt sie sich unter die Nase. Genießerisch schloss sie die Augen und atmete tief ein. Sie roch die Haselnuss im Inneren und die weiße Schokolade. Aber da war noch etwas Anderes. »Haben Sie Muskat beigemengt?«

Die Augen des Konditors leuchteten, als erkenne er in ihr eine verwandte Seele. Er legte einen Finger an die Lippen und zwinkerte ihr zu. »Nicht verraten, das ist die Geheimzutat.«

»Meine Lippen sind versiegelt.« Mit der gebotenen Feierlichkeit schob sie sich die Süßigkeit in den Mund und schloss die Augen. Die Schokolade schmolz auf ihrer Zunge und ein Gefühl der Geborgenheit und Sorgenfreiheit wanderte durch ihren Körper. »Wunderbar, eine fantastische Kreation! Davon müssen Sie mir unbedingt welche einpacken. Und haben Sie Rumpralinen?«

An der Seite des Konditors wandelte sie durch die Confiserie und ließ sich vier individuelle Packungen zusammenstellen. Tom schaute immer wieder nach draußen und seine Ungeduld stieg mit jeder weiteren Praline, die Mayla zum Kosten bekam. Doch sie ließ sich nicht drängen. Das war ihre Stunde. Der Moment, den sie seit gestern Abend herbeigesehnt hatte.

»Wir müssen«, drängte er sie zum wiederholten Male.

»Ach, wie schade.« Der Konditor umfasste ihre Hände. »Ich hoffe, Sie beehren uns bald wieder, Frau …«

Mayla holte Luft, um zu antworten, doch Tom ging dazwischen. »Selbstverständlich kommt sie wieder, aber wir haben noch einen wichtigen Termin. Kommst du?«

»Sobald ich Nachschub brauche, sehen wir uns wieder – und das wird nicht erst nächsten Monat sein.« Sie strahlte den rundlichen Konditor an, der errötend an seinem Schnauzer zwirbelte. Feierlich reichte er ihr die vier Schachteln und geleitete sie unter Verbeugungen und schmeichelnden Worten zur Tür.

»Es war mir eine außerordentliche Freude.«

»Die Freude war ganz meinerseits!« Glücklich winkte sie ihm zum Abschied und balancierte die vier Schachteln auf dem Arm nach draußen. Tom wollte sie ihr abnehmen, doch sie lehnte ab. »Die gebe ich so schnell nicht wieder her.«

»Bei einem Angriff der Jäger könnte leicht die ein oder andere Schachtel in die Luft fliegen.«

Der Kommentar wirkte. Sogleich drückte sie ihm zwei Packungen in die Hand und presste die anderen beiden an ihre Brust. Mit leuchtenden Augen dachte sie an ihre Ausbeute und ohne es recht zu bemerken, ließ sie sich von Tom an einem Blumenladen und einem Friseur vorbei in eine Hintergasse ziehen. Sobald sie um die Ecke waren, ergriff er ihre Hand und sie sprangen los.

Kapitel 16

An Toms Hand sprang Mayla in den Wald, der sich nahe dem Polizeirevier befand, in dem Georg arbeitete – gearbeitet hatte, denn ob er nach seiner Befreiung wieder seinen Beruf ausübte, blieb fraglich. Sobald sie ihn aus dem Gefängnis herausgeholt hatten, befand er sich wie Tom auf der Flucht.

»Vielleicht ist es ihm gar nicht recht, wenn wir ihn gegen Recht und Gesetz aus den Klauen seiner Kollegen befreien. Herr Oberkorrekt und Superakkurat wird niemals ein Leben auf der Flucht gutheißen.«

Entschieden schüttelte sie den Kopf. »Er ist unrechtmäßig im Gefängnis. Natürlich will er ausbrechen!«

»Und warum bist du dir da so sicher?«

»Ich kenne ihn.«

»Kann es nicht viel mehr sein, dass du ihn unbedingt an deiner Seite haben willst und gar nicht darüber nachdenkst, was sein Wunsch sein könnte?«

»Tom, ich bin mir absolut sicher, dass Georg uns nicht verraten hat. Ergo hatten ihn die Polizisten vorher schon in Verdacht, auf unserer Seite zu stehen, sonst wären sie gar nicht in dem Versteck meiner Oma aufgetaucht. Wir können ihn nicht einfach den Wölfen überlassen. Er würde dasselbe für uns tun. Und jetzt Ruhe, sonst entdecken sie uns noch.«

Hinter einem Strauch bezogen sie Stellung. Tom deutete mit dem Zauberstab auf das Geäst, das nur spärlich mit

Blättern behangen war. »Cresce!« Im nächsten Moment wuchsen neue Triebe aus den Zweigen, die sich in große Blätter formten, sodass der Strauch zu einem blickdichten Versteck wurde.

Mayla widmete sich der ersten Schachtel Pralinen, während sie den Eingang zur Wache im Auge behielten. Es war später Vormittag, weshalb die meisten Polizisten längst eingetrudelt waren und ihrer Arbeit nachgingen. Kaum jemand betrat oder verließ das Revier.

»Wie lecker! Der Konditor versteht sein Handwerk. Die musst du auch mal kosten.«

»Pst. Hier im Wald gehen viele Kräuter sammeln. Wir sollten nur das Nötigste reden.«

»Das hättest du wohl gerne.« Sie widmete sich der nächsten Nascherei. In dem Moment kam eine vor sich hin pfeifende Frau aus der Gasse, die zu Berthas Hotel führte, und hielt schnurstracks auf sie zu. Mayla zog den Kopf ein und presste die Pralinenpackungen an ihre Brust. Tom hockte still neben ihr. Doch die Frau kam nicht zu ihnen in den Wald gelaufen, sondern marschierte in die Wache hinein.

»Oh, eine Besucherin. Was die wohl zur Polizei treibt?«

Tom lugte an dem Strauch vorbei und behielt den Haupteingang im Auge. »Mit Georg hat es wohl kaum etwas zu tun.«

»Glaubst du, der Detektiv beschattet schon von Wickert? Weiß er längst, wo Georg versteckt wird?«

»Das werden wir heute Nachmittag erfahren. Schau mal.« Er zeigte auf eine kleine Seitentür, die aus dem Revier heraus direkt in eine kaum einsehbare Gasse führte. Ein kleiner Schatten war zu sehen. Mayla verengte die Augen zu Schlitzen, doch sie konnte nicht erkennen, wer dort entlangschlich.

»War das von Wickert?«

»Von der Größe her könnte er es gewesen sein, aber er wird nicht der einzige kleinwüchsige Polizist sein. Ich habe sein Gesicht nicht erkannt.«

»Wir könnten hinter ihm herlaufen.«

»Nein, Tauber übernimmt von Wickert und wir beobachten die Wache. Jeder muss auf seinem Posten bleiben, sonst funktioniert eine Überwachung nicht.«

Einsichtig steckte sie sich eine Praline mit Mousse au Chocolat-Füllung in den Mund. »Das stimmt. Ich frage mich nur gerade nach dem Nutzen hier zu sein, während uns Käfer und Ameisen über die Schuhe krabbeln.«

»Wir beobachten. Glaube mir, Geduld ist eine Tugend.«

»Das muss erst noch bewiesen werden!«

»Schau, die Frau kommt wieder raus und sie sieht zufrieden aus. Wahrscheinlich hat sie eine Anzeige erstattet oder jemanden angeschwärzt.«

»Wieso denkst du so schlecht von den Menschen?«

»Welchen anderen Grund könnte es geben?«

»Vielleicht wurde jemand als vermisst gemeldet und sie hatte einen Hinweis. Und sie blickt so zufrieden in die Welt, weil sie jemandem helfen konnte.«

»Du bist zu gutgläubig, Mayla. Jedem gegenüber musst du misstrauisch sein.«

»Auch dir, oder was?« Sie lachte, doch Tom sah sie ernst an. Sein Blick verschloss sich und plötzlich war jegliche Vertrautheit aus ihrem Umgang miteinander verschwunden.

»Mir darfst du niemals vertrauen!« Er sagte es mit solch einem Nachdruck, als müsste er sich selbst daran erinnern.

Maylas Herz stolperte.

»Was willst du mir damit sagen?«

»Pst. Da.« Er zeigte auf drei Polizisten, die aus dem Revier traten und schnurstracks auf das Lokal zumarschierten, in dem Georg und sie an dem Abend, als sie erfahren hatte, dass sie eine Hexe war, zusammen zu Abend gegessen hatten. »Mittagspause. Jetzt wird es ruhiger.«

»Dann können wir ja jetzt in Ruhe darüber reden, was du damit gemeint hast.«

»Nein, pass auf. Jetzt wird es interessant.«

»Aber wenn alle zur Pause verschwinden …«

»Dann hat jemand, der nicht entdeckt werden will, leichteres Spiel.«

»Aber gerade passiert nichts. Wieso soll ich dir nicht vertrauen, Tom? Was ist eigentlich los?«

»Pst, wir wollen doch nicht entdeckt werden.« Jede weitere Frage von ihr blockte er ab und sein Blick war so verschlossen – das sagte mehr aus, als es jedes seiner Worte vermochte.

Vielleicht brauchte er einfach nur ein wenig Zeit und Ruhe, um über alles nachzudenken. Die Nähe, die sie gemeinsam erlebt hatten, war wahrscheinlich ungewohnt für ihn und er musste sich etwas sammeln.

Beinahe beobachtete sie ihn mehr als das Revier, bis eine Bewegung in der kleinen Gasse sie aus ihren Gedanken riss. Zwei vermummte Gestalten schlichen durch die enge Straße. Sie blickten immer wieder über die Schultern in alle Richtungen. Als sie sich unbeobachtet fühlten, verschwanden sie durch die Seitentür auf die Wache.

»Wer sind die?«

»Ich verwette deine Schokopralinen, dass es Jäger sind.«

Beschützend presste sie die Schachteln an die Brust. »Aber was wollen sie auf der Polizeistation?«

»Was glaubst du?«

Sie zuckte mit den Schultern. »Durchwühlen sie die Unterlagen?«

»Nein, es bleiben immer ein paar Polizisten zurück.«

»Das heißt, jemand empfängt sie …«

Tom nickte langsam. »Wir müssen davon ausgehen. Die große Frage ist nun, wer diejenigen sind.«

Sie blickten hinüber zu dem Gebäude, doch sie waren viel zu weit weg, um irgendetwas von dem mitzubekommen, was sich innerhalb der Wache abspielte.

»Wir müssen näher ran. Vielleicht reden sie darüber, wo Georg gefangen gehalten wird.«

Tom schüttelte den Kopf. »Zu gefährlich.«

»Na hör mal, eine Rettungsaktion läuft nicht ohne Gefahren ab.«

»Wir warten und mustern jeden, der die Wache ab jetzt betritt und verlässt. Auf diese Weise bekommen wir ein paar Gesichter und können die Verdächtigen eingrenzen. Schon bald finden wir heraus, wer sich mit den Vermummten unterhalten haben könnte und sehr wahrscheinlich auf der Seite der von Eisenfels steht.«

»Aber noch viel nützlicher wäre es doch, wenn wir sie darüber hinaus belauschen. Gibt es keinen Zauber, mit dem wir zuhören können, was in dem Gebäude geredet wird?«

»Natürlich gibt es den, aber jede Polizeistation ist gegen solche Hexensprüche geschützt.«

»Logisch.« Verdammt.

Eine ganze Weile geschah um die Wache herum gar nichts, sodass ihr erneut Toms Worte in den Sinn kamen. Wieso hatte er schon wieder damit angefangen, dass sie ihm nicht vertrauen sollte? Immerhin hatten sie sich geküsst, und dass nicht nur einmal unschuldig auf die Wange, sondern … zum Teufel, das war kein normaler Kuss gewesen!

Und dann noch die letzte Nacht – wenn die nicht bedeutete, dass das Eis zwischen ihnen gebrochen und die Mauer, die er um sich aufgebaut hatte, am Einstürzen war, was dann?

Sie blickte auf seine Hand, die er auf sein Knie stützte. Sie könnte sie einfach nehmen oder unschuldig ihre Hand auf seine legen und schauen, wie er reagierte. Ihr Herz drängte sie dazu, es einfach zu tun. Doch gleichzeitig wusste sie, er würde das nicht wollen. Sie spürte es. Obwohl er neben ihr hockte wie die Stunde zuvor, schwebte plötzlich eine dicke Mauer zwischen ihnen, eine von der Art, die es ihr unmöglich machte, sich ihm zu nähern.

Er war der Erbe des Luftzirkels, das stand fest. Was sollte daran so schlimm sein, dass er sie von sich fernhielt? War es vielleicht verboten, dass verschiedene Zirkelmitglieder zusammen waren? Nein, das konnte nicht sein. Sonst hätte Georg doch kaum so direkt um sie geworben. Aber vielleicht verhielt es sich anders, wenn die Liebenden Mitglieder der Gründerfamilien waren. Vielleicht war es eine Sache wie bei Romeo und Julia, den Carpulets und den Montagues, eine unausgesprochene Fehde zwischen den Oberhexen der Zirkel, ein Machtgerangel.

Was würde geschehen, wenn sie beide … zusammenblieben? Würden der Luft- und der Feuerzirkel zu einem verschmelzen? Und könnten die anderen Feuerhexen dann auch das Element Luft beherrschen und umgekehrt? Würde das Machtgefüge durcheinandergeraten, was zu scharfen Auseinandersetzungen zwischen allen Hexen und Hexern führen würde, wenn sie beide ein Liebespaar waren?

Auseinandersetzungen hin oder her, die Liebe war die stärkste Macht. Wer würde sich zwischen zwei Liebende stellen? Wer würde ihnen ihr Glück missgönnen?

Viele! Alle, deren Machtpositionen sich dadurch veränderten!

Völlig vereinnahmt von ihren aufwühlenden Gedanken betrachtete sie ihre Stiefelettenspitzen, über die ein schwarzer Käfer krabbelte. Mittlerweile verließen die vermummten Gestalten wieder das Revier durch die Seitentür und verschwanden rasch in der Gasse. Wenig später kamen die ersten Polizisten pfeifend zurück zur Wache geschlendert.

»Schau.« Tom zeigte auf einen dunkelhaarigen Beamten, der die Wache soeben verließ. Das einzig Auffällige an ihm waren die deutlich hervortretenden Sommersprossen, die sich über seinen Nasenrücken verteilten. »Er könnte es gewesen sein.«

»Der?« Sie musterte ihn gründlich. Hatte sie ihn nicht an dem Abend auf der Wache gesehen, als sie erfahren hatte, dass sie eine Hexe war, und Georg kennengelernt hatte? Ein paar Wochen war es schon her und so genau konnte sie sich nicht mehr erinnern. Nur Georg und von Wickert waren ihr an jenem Abend aufgefallen, als sie wie eine Straftäterin auf das Revier geschleift, oder vielmehr geflogen worden war.

Drei weitere Polizisten verließen die Wache.

»Die kommen auch infrage«, raunte Tom.

»Moment. Der in der Mitte kommt mir bekannt vor. Ich glaube, er war dabei, als mich von Wickert festgenommen hat.«

Tom musterte den schlaksigen Mann, der ein Gesicht wie hundert andere hatte. Dennoch nickte er langsam. »Das kann gut sein. Kennst du seinen Namen?«

»Nein, aber sobald wir Georg befreit haben, fragen wir ihn. Er wird noch wissen, wer damals dabei war.«

»Für heute haben wir genug gesehen. Lass uns zurück zur Hütte springen und in vier Stunden treffen wir Tauber. Ich bin gespannt, was er herausgefunden hat.«

∞

Den späten Mittag verbrachten sie auf Toms Almhütte in den Bergen. Wie Mayla es befürchtet hatte, hielt sich Tom von ihr fern. Er gab vor, noch einmal die Bücher ihrer Oma durchsehen zu wollen, und zog sich in den hintersten Winkel seiner Hütte zurück, wo er für mehrere Stunden blieb und kein Wort sagte.

Sie hatte keine Lust auf eine Diskussion, wieso er sich zum Teufel von ihr fernhielt. Er würde sowieso nicht mit der Wahrheit herausrücken. Sie ließ ihn in Ruhe und widmete sich voller Hingabe Karli, Kitty und dem zweiten Babykätzchen, die begeistert fiepten und miauten, als sie sie streichelte. Karli presste erneut seine kleine Stirn gegen ihre Finger, als sie sachte darüberstrich.

»Du süßer kleiner Schatz. Ich hoffe, du machst bald die Augen auf und erkundest die Welt.«

Karli schickte ihr ein warmes Gefühl, das sie einhüllte. Behutsam küsste sie ihn auf das Köpfchen und ließ die drei ausruhen.

Draußen war es heiß, doch sie wollte sich Tom nicht aufdrängen. Er brauchte Ruhe und Abstand. Was auch immer in ihm vorging, er wollte es alleine mit sich ausmachen und das würde sie respektieren – vorerst!

Durch die offen stehende Hüttentür schielte sie hinein zu der dunklen Ecke und erkannte in dem Schatten nur seine

Silhouette und seine Hand, mit der er ein Buch so festhielt, wie er eigentlich sie festhalten sollte.

Sie zwang den Blick von ihm weg und holte sich einen Holzscheit. »Converte!« Vor ihren Augen verformte sich das Brennholz in einen Liegestuhl, der sich im Halbschatten der Hütte aufklappte. Seufzend ließ sie sich auf ihn gleiten. Sie streifte die Stiefeletten von den Füßen, krempelte die Ärmel ihrer Bluse hoch und lehnte sich zurück. Sie musste sich ablenken. Am besten, sie naschte erst einmal eine Praline, um ihr traurig schlagendes Herz zu beruhigen.

»Vola!« Ihre Handtasche flog zu ihr und landete auf ihrem Bauch. Als sie eine Packung hervorholte, umfassten ihre Finger ein Stück Papier mit auffällig glatter Oberfläche. Es war das Foto, das sie und ihre Eltern zeigte. Lächelnd zog sie es hervor und betrachtete es. Die beiden waren fort … aber wenigstens war ihr ihre Oma noch geblieben!

Ach, ihre Oma. Hoffentlich hielt sie durch … Hoffentlich kamen Artus von Donnersberg und seine Frau an genügend Informationen, dass sie sie schon bald befreien konnten.

Sie versank förmlich in der Betrachtung der Fotografie, als plötzlich ein großer, langer Schatten über sie glitt. Erschrocken fuhr sie mit der Hand an ihr Herz und hob den Blick. Es war Tom. In seinen frisch geputzten Schuhen stand er vor ihr und sah sie erwartungsvoll an. War er gekommen, um …?

»Wir müssen los. Bist du soweit?« Seine Stimme war rau, abweisend und kalt. Maylas Herz klopfte schnell und unruhig, als wolle es vor der scheinbar unausweichlichen Zurückweisung davonrennen.

Sie räusperte sich, um sicherzugehen, dass ihre Stimme nicht brach. »Ist es siebzehn Uhr?«

»Beinahe.« Er entdeckte das Bild in ihren Händen.

»Was hast du da?«

»Nichts!«

»Keine Sorge, ich werde es dir nicht entreißen. Für wen hältst du mich?« Seine Miene blieb unnahbar und ernsthaft, beinahe ein wenig schwermütig.

Es lag ihr auf der Zunge, ihm endlich zu verraten, dass sie wusste, wer er war. Vielleicht sollte sie es ihm einfach sagen. Womöglich würde es ihm helfen und er würde sich ihr endlich anvertrauen. Sie holte Luft, als Tom ihr über den Mund fuhr, als ahne er, was sie sagen wollte.

»Auf, wir dürfen Tauber nicht verpassen. Hast du alles?«

Aufseufzend steckte sie die Fotografie zurück in ihre Handtasche, zog sich ihre Schuhe an und erhob sich aus dem Liegestuhl. »Hab ich.«

Er senkte den Kopf und starrte auf seine glänzenden Schuhe. Beinahe unsicher wirkte er und sie machte einen Schritt auf ihn zu, doch bevor ihre Hand auf seinem Arm landete, entgegnete er: »Denk dran, hinter die Felsen zu springen, damit uns die Gäste nicht ankommen sehen. Das ist sicherer.« Und im nächsten Moment war er verschwunden.

Mayla atmete tief durch. Tränen schossen ihr in die Augen, doch sie schluckte sie sofort wieder hinunter. Es war kompliziert, aber so schnell wollte sie nicht aufgeben. Die Augen schließend dachte sie an Karli. Sie schickte ihm eine Umarmung und sogleich antwortete er ihr mit einem herzergreifenden Fiepen. »Bis später, kleiner Schatz.« Etwas gefasster griff sie nach ihrem Amulettschlüssel und dachte: »Perduce me ad lacum Brigantinum.«

Kapitel 17

Sie landete in weichem Sand am Fuße der hohen Felsen, die in einigen Schritten Entfernung bis an den Bodensee heranragten. Ein heftiger Wind wehte über den Strand und trieb große Wellen auf den Sand. Er war so kalt, dass Gänsehaut über Maylas Arme schoss. Ihre Haare flatterten aus der Klemme heraus und wedelten um ihren Kopf.

Sogleich stapfte Tom los und balancierte über die Steine, die aus dem Wasser ragten, auf die andere Seite der Klippen und Mayla hinter ihm her. Die Gischt sprühte ihr ins Gesicht und sie kniff die Augen zusammen, als eine hohe Welle gegen ihre Beine schwappte.

»Verdammt, konnten wir nicht hinter die Dünen springen?«

»Hier ist es sicherer. Und jetzt auf.«

Sie umrundeten das Felsmassiv und erreichten den Strandabschnitt, an dem sich das malerische Strandcafé befand, in dem Tauber sein Büro hatte. Die Hose und die Bluse klebten an Maylas Haut, selbst ihr Haar war feucht.

»Kannst du mir bitte die Klamotten trocken hexen, bevor du davonrennst?«

»Der Spruch heißt ›Aresce‹. Besser, du merkst ihn dir!«

Das war zu viel. Wütend stemmte sie die Hände in die Hüften. »Ich weiß nicht, was plötzlich in dich gefahren ist, aber freundlich kannst du trotzdem bleiben!«

Er drehte sich zu ihr um. »So war das nicht …«

»Nein! Du brauchst mir gar nichts vom heilen Weltchen vorzulügen. Irgendetwas ist vorgefallen, was auch immer, und plötzlich bist du wieder Mr. Unnahbar. Aber nicht mit mir!«

»Mayla, so war das nicht gemeint, ich …« Er fuhr sich mit der Hand in den Nacken. »Du hast keine Ahnung, wie riskant es ist, dass du in meiner Nähe bist. Ich …«

»Was, du? Ich weiß, wer du bist. Ich war bei deiner Ziehfamilie. Sie haben mir alles erzählt. Keine Ahnung, was damals vorgefallen ist, aber aus irgendeinem Grund hältst du dich selbst für gefährlich und ziehst deshalb eine Mauer um dich, damit dir niemand zu nahekommt. Aber ich habe eine Info für dich. Ich bin eine taffe Frau und was auch immer das Problem für dich ist, wir können es lösen!«

Tom kniff die Augen zu schmalen Schlitzen zusammen und sah sie lauernd an. »Wann warst du bei …?«

»Als du verletzt warst und geschlafen hast.« Ohne zu blinzeln, sah sie ihn an. »Ich weiß, wer du bist.«

Seine Augen weiteten sich, jedoch nur für den Bruchteil einer Sekunde, bevor er über die Schulter sah, ob sich ihnen jemand näherte oder sie belauschte. »Ich habe dir gesagt, ich helfe dir, Georg und deine Oma zu befreien. Und das tue ich.« Ohne irgendein Wort dazu zu sagen, dass sie erfahren hatte, wer er war, ließ er sie stehen und stapfte weiter den Strand entlang Richtung Strandcafé.

Aufgewühlt spürte sie die Hitze auf ihren Wangen und überall in ihrem Kopf pulsieren. Wie viel Zeit musste noch verstreichen, bis er endlich offen mit ihr redete?

»Aresce!« Ihre Kleidung blähte sich im Wind auf und eine Sekunde später war sie trocken. Der Wind hatte ihre Frisur zerzaust und sie strich sich die losen Haarsträhnen hinter die Ohren, während sie aufgewühlt hinter Tom herstapfte.

Er stürmte die breite Treppe auf die Terrasse des Cafés hinauf, an den wenigen Gästen vorbei und ins Innere des Gebäudes. Ohne den Barkeeper zu grüßen, marschierte er zu den Toiletten. Im nächsten Augenblick erschien eine Tür neben der Damentoilette, durch die er hineinstürmte, ohne vorher anzuklopfen. Machte es ihn wirklich so sauer, dass sie wusste, wer er war? Wieso?

Wie die beiden Male zuvor stand in dem Raum förmlich der Qualm, den der Detektiv mit seinem unermüdlichen Zigarrenrauch produzierte. Mayla ließ sich neben Tom am Tisch nieder und fokussierte ihre Gedanken auf dieses Treffen. Das war jetzt erst mal wichtiger. »Was haben Sie für uns?«

Tauber legte die qualmende Zigarre in den Aschenbecher und tippte auf den Tisch. »Erst die Bezahlung!«

Tom ließ bereits ein klimperndes Säckchen auf den Tisch fallen, in dem sich offenbar die vereinbarten Taler befanden. »Wo ist er?«

Der Detektiv nahm die Taler an sich und zählte sie in aller Seelenruhe durch. »In der Falte an der Frankfurter Hauptwache.«

Maylas Augen weiteten sich. »Da gibt es auch eine?«

Tom lehnte sich vor. »Wo dort?«

»In der Nähe des Blauen Sees steht eine verfallene Hütte. Dort drinnen wird er festgehalten.«

Ein See an der Hauptwache? Und dort steckte Georg in einer Hütte? Wie viele Weltenfalten gab es in Frankfurt?

Tom fixierte Tauber mit den Augen. »Von wie vielen Polizisten wird er bewacht?«

»Vier und sie wechseln alle sechs Stunden. Die nächste Wachablöse ist um achtzehn Uhr fällig.«

»Irgendwelche zusätzlichen Zauber?«

»Obsurdescite- und Motus-Indica-Zauber.«

Bitte was?

Doch Tom fuhr unbeirrt fort. »Und von Wickert?«

»Taucht ständig auf und verhört ihn.«

»Hat er gezwitschert?«

Sie beobachtete Tauber, wie er erneut nach seiner Zigarre griff und zu paffen begann. »Ich denke nicht, sonst würde von Wickert nicht so oft zurückkommen.«

Tom nickte und erhob sich.

Was? Das war schon alles? »Aber wir müssen noch wissen, wie …«

»Den Rest bereden wir draußen, Mayla!«

Sie musste sich am Riemen reißen, um ihm auf seine barsche Art nicht etwas Unüberlegtes an den Kopf zu werfen. Natürlich war er erfahrener und kannte sich besser in der Welt der Hexen aus – trotzdem durfte er sie nicht so mies behandeln!

Gemeinsam mit ihm verließ sie das Büro des Detektivs. Am Strand und außer Hörweite der Gäste des Strandcafés überfiel sie ihn sogleich mit Fragen. »Was ist denn mit dir los? Können wir bitte in Ruhe über alles reden?«

»Dafür ist jetzt keine Zeit. Wir müssen uns beeilen – oder willst du Georg doch nicht mehr befreien?«

»Natürlich will ich das noch, aber du …« Tief atmete sie durch. »Was sind das für zwei Zauber?«

»Der Obsurdescite-Zauber verhindert, dass irgendetwas von dem, was in der Hütte gesprochen wird, nach außen dringt.«

»Wir hören also nicht, ob sich jemand bei ihm aufhält, wenn wir dort hinspringen.«

»Exakt.«

»Und der andere Zauber?«

»Der Motus-Indica-Hexspruch verrät die leiseste und kleinste Bewegung, die in einem festgelegten Umkreis um die Hütte herum passiert.«

»Und wie kommen wir dann unentdeckt zu der Hütte?«

»Wir müssen uns etwas ausdenken.«

»Können wir direkt hineinspringen?«

»Nein, mit großer Wahrscheinlichkeit wird es einen Zauber geben, der auch das verhindert, und wir würden sofort einen Alarm auslösen.«

Fieberhaft überlegte sie. »Wie bei dem Haus meiner Oma. Da hat die Polizei auch so einen Zauber installiert und wir haben nur deshalb keinen Alarm ausgelöst, weil Georg Bescheid gesagt hat, dass wir hinspringen.«

»Genau. Sie werden bei Georg bestimmt nicht darauf verzichtet haben.«

»Wie kommen wir dann hin?«

»Wir springen so nahe wie möglich an die Hütte und hexen sofort einen Schutzzauber um uns. Mit etwas Glück ist deine Magie schon so stark, dass der Tutare-Zauber den Motus-Indica-Zauber überwiegt.«

Maylas Mund klappte auf. »Das kann ich?«

»Wollen wir es hoffen.«

»Aber dann ...«

»Ja?«

Dann kannst du es auch, lag es ihr auf der Zunge zu sagen, aber sie wollte die Büchse des Streits nicht schon wieder aufmachen. »Nichts. Wie sieht unser Plan aus?«

»Du kennst die Weltenfalte noch nicht, richtig?«

Sie schüttelte den Kopf.

»Dann springe ich und nehme dich mit. Sobald ich den Spruch aufgesagt habe und wir vom Boden abheben, bildest du den Tutare-Zauber um uns herum, damit wir direkt geschützt sind, wenn wir in der Falte ankommen. Also nicht nur vor uns, sondern der Schutzschild muss uns komplett einhüllen. Vor Ort musst du die Konzentration aufrechterhalten. Du darfst nicht eine Sekunde an etwas anderes denken als an den bläulich schimmernden Schild um uns herum. Schaffst du das?«

Entschlossen zog sie die Brauen zusammen. »Bestimmt! Und wie geht es dann weiter?«

»Immer, wenn ich dir ein Zeichen gebe, löst du für wenige Sekunden den Schutzzauber auf, damit ich die Wachen ausschalten kann.«

»Ausschalten? Du wirst aber doch nicht …?«

»Ich werde sie bewusstlos hexen.«

»Verrate mir, wie das geht. Ich muss das auch können.«

»Animo linquatur! Aber denk an die Vorstellungskraft. Ohne die funktioniert kein Zauber, egal wie stark deine Kräfte entwickelt sind.«

Animo linquatur, animo linquatur, animo linquatur.

»Okay, also du schaltest die Wachen aus und dann brechen wir in die Hütte ein, befreien Georg und springen – wohin? Zu deinem Zuhause in die Berge?«

»Genau. Sobald wir die Hütte betreten, wird der Alarm auf dem Revier losgehen. Wir haben höchstens zwei Minuten, bis eine Horde Polizisten auftaucht. Wir müssen uns beeilen und dürfen uns nicht ablenken lassen.«

»So schnell wird Verstärkung vor Ort sein?«

»Wir schaffen das schon.« Beinahe zuversichtlich lächelte er sie an, doch noch immer lag diese Reserviertheit in seinen Gesichtszügen, die die Wirkung sogleich wieder verpuffen ließ.

»Wann geht's los?«

Tom zog die Taschenuhr hervor und ließ sie aufklappen.

»Sofort. Wir haben eine halbe Stunde, bis die Wachablöse stattfindet. Die Polizisten, die die Hütte beaufsichtigen, werden schon etwas müde sein und in ihrer Aufmerksamkeit nachlassen.«

»Wäre es nicht klüger, nachts zu handeln?«

»Nein, sobald es dunkel ist, rechnen sie mit so etwas. Außerdem sehen wir dann nicht so gut.«

»Ich dachte, Hexen haben die Fähigkeit, auch im Dunkeln zu sehen.«

»Mit einem Zauber, ja, aber es verkompliziert die Sache unnötig. Wir machen es jetzt gleich. Bist du bereit?«

Sie stopfte die Pralinen in ihre Handtasche, legte den Kopf nach links, nach rechts und wieder nach links und dehnte ihre Hände. O je, was kam hier auf sie zu? »Bereit!«

»Dann lass uns deinen Polizisten befreien.«

Ihren Polizisten? Das hatte er nicht mehr gesagt, seit sie sich zum ersten Mal geküsst hatten …

Keine von Toms Gesten und keines seiner Worte hatten ihr so deutlich gezeigt, dass die Sache mit ihnen vorbei war, bevor sie richtig angefangen hatte, wie dieser eine Satz. Etwas drückte um ihr Herz, das es ihr beinahe unmöglich machte, tief einzuatmen. Sie schloss die Augen, um ihn nicht ansehen zu müssen, als er unvermittelt ihre Hand ergriff.

»Sobald ich den Perduce-Zauber spreche, hext du den Schutzschild. Bist du soweit?«

Ihre Stimme würde brechen, wenn sie ihm antwortete. Nickend hob sie die Arme.

»Los geht's!«

Kapitel 18

Perduce nos ad lacum Caeruleum«, raunte Tom und sogleich stellte sich Mayla einen undurchdringlichen blauen Schutzschild um sie beide herum vor. »Tutare!«, dachte sie mit aller Anstrengung und kniff dabei fest die Augen zusammen, während sie vom Strand abhoben.

Seine Hand umschloss die ihre so fest, dass es ihr weh tat. Drückte er so fest oder war es die Berührung selbst, die ihr diese Schmerzen zufügte? Sie wusste es nicht. Aber das war jetzt egal – musste egal sein. Sie musste sich auf den magischen Schild konzentrieren und durfte sich durch diesen starken Griff nicht ablenken lassen.

Der Boden, auf dem sie landeten, war weich. Es war Gras und sogleich stieg Mayla der Duft nach Jasmin in die Nase.

Nicht ablenken lassen!

Ihre Hände zitterten, während sie den Schutz vor ihrem inneren Auge sah und langsam die Lider öffnete.

Sie standen am Rande einer Lichtung inmitten hoher, uralter Eichen, deren Stämme so dick waren, dass es fünf Männer brauchte, sie zu umfassen. Wenige Schritte entfernt wuchs ein großer Jasminstrauch, dessen sternförmige Blüten im Licht der frühen Abendsonne strahlten, als wäre dies der malerischste Ort der Welt und als könnte hier niemand gewaltsam festgehalten werden.

Sie schlichen zu dem Strauch und verbargen sich dahinter.

Mitten auf der Lichtung stand eine alte verfallene Hütte. Die Tür hing schief in den Angeln, die Fensterläden waren abgebrochen und lagen vergessen auf dem Gras, und die Fenster waren gesprungen. Spinnweben zogen sich über die Scheiben und schaukelten im lauen Wind hin und her. Dort drinnen sollte Georg gefangen sein?

Der Schutzschild flackerte.

»Mayla, konzentrier dich«, raunte Tom. »Ich übernehme die Wachen.«

Als sie einen Schatten hinter der Hütte hervortreten sah, beschleunigte sich ihr Puls. Schnell schloss sie die Augen, um die notwendige Konzentration aufrechtzuerhalten. Als sie den Schild wieder klar vor sich sah, wagte sie einen erneuten Blick. Der Wachmann sah nicht auf, sondern lief um die Hütte herum.

»Sie bemerken uns nicht. Gut, weiter so, Mayla.« Er umfasste ihre Hand fester. »Wir schleichen noch etwas näher an die Hütte. Ich führe dich.«

Na toll, auch das noch. Ihr Herz begann schneller zu schlagen, als sie seinen Arm um ihre Taille spürte und er sie sachte näher zur Hütte lotste. Verdammt, sie durfte nur an den Schutz denken. Wieso nur war er so verschlossen? Weshalb durften sie nicht zusammen sein? Ein Kloß bildete sich in ihrem Hals, den sie entschieden hinunterschluckte. Nicht schwach werden! Sie musste an Georg denken und ihn befreien. Wer wusste schon, was dieser Widerling von Wickert mit ihm anstellte, um ihn zum Reden zu bringen?

»Dort vorne stehen zwei Wachen, keine zwei Meter von uns entfernt.«

O Gott. Ruhig bleiben, sie konnte das! Sie war eine starke Frau und würde jetzt ihren Freund befreien! Vorsichtig linste sie an dem Jasminstrauch vorbei, um die Polizisten zu beobachten, die sie noch immer nicht bemerkt hatten. Gähnend schlurften sie um die Hütte. Offenbar hatte Tom den Zeitpunkt gut gewählt.

»Ich zähle jetzt bis drei. Dann lässt du den Schild für fünf Sekunden fallen.«

Sie nickte.

»Eins, zwei, drei.« Hastig ließ sie die Hände sinken und er schoss einen stillen Ohnmachtszauber auf den ersten der beiden, der zur Seite kippte wie ein gefällter Baum. Sogleich schrillte ein ohrenbetäubender Lärm über die Lichtung und durch den Wald. Der Alarm. Der zweite Polizist sprang zur Seite und entdeckte sie. Er zückte den Zauberstab, doch Mayla reagierte instinktiv.

»Animo linquatur!«, dachte sie und stellte sich vor, wie der Beamte bewusstlos zusammenbrach – was der im nächsten Augenblick auch tat.

Dicke Eisenketten schlangen sich von hinten um sie und Tom. Erschrocken drehten sie sich um und sahen zwei weitere Polizisten auf sie zurennen.

»Wer sind Sie und was tun Sie hier?«, brüllte einer der beiden und hob den Zauberstab zum Angriff.

Die Ketten zurrten sich von alleine fest und Mayla konnte sie nicht abstreifen. Tom reagierte blitzschnell. Durch einen stillen Zauber hexte er sich frei und baute sogleich einen Schutzschild vor ihnen auf, sodass der nächste Fluch der Beamten daran abprallte. »Schnell, befreie dich von den Ketten. Solange wir hinter dem Schild sind, können sie sie nicht fester ziehen.«

Wie sollte sie das machen, verflucht? Längst saßen die viel zu stramm. Sie war eine Hexe, verdammt, es musste eine andere Möglichkeit geben. Nachdenken! Nachdenken! Welcher Spruch konnte ihr nützen? Endlich fiel ihr etwas ein. »Converte!« Die Ketten verwandelten sich in unzählige Löffel, die klappernd aufeinander zu Boden fielen.

»Bei drei schaltest du sie aus.«

O Gott, zwei auf einmal? Ob sie das schaffte? Sie musste. Ihr blieb keine Wahl.

»Du kannst das, Mayla. Der Alarm durch den Motus-Indica-Zauber ist, wie du hören kannst, längst losgegangen. Gleich wimmelt es hier nur so vor Polizisten. Jede Sekunde zählt. Eins, zwei, drei.«

»Animo linquatur!«, dachte sie und aus ihren Fingerspitzen schoss ein Strahl weißgelben Lichts, der die beiden Wachen auf die Brust traf und ohnmächtig zu Boden fallen ließ.

»Schnell, in die Hütte!«

Mayla rannte über die Lichtung zu der klapprigen Tür und wollte sie aufdrücken, doch sie war zu. Wie konnte eine so demolierte, alte Tür nicht beim leisesten Stoß aufspringen?

»Sie ist zu.«

»Lass mich.« Er schob sie zur Seite und zeigte mit der Spitze seines Zauberstabes auf den Knauf. »Aperi!« Doch die Tür ging nicht auf.

Hektisch blickte Mayla über die Schulter. Wackelten die Sträucher da vorne? War hinter dem Jasminstrauch ein Schatten? »Was machen wir jetzt?«

Tom verstellte ihr den Blick auf die Tür, dennoch sah sie, wie er mit seiner rechten Hand auf den Knauf zeigte. Er presste die Augen zusammen und sprach offenbar in Gedanken einen Spruch, denn im nächsten Moment sprang das Schloss endlich auf. Ohne zu zögern, stürzten sie hinein.

Es war düster in der Hütte, als halte ein Zauber das Sonnenlicht fern, und die Luft war feucht. Obwohl der Raum winzig war, konnten sie Georg nicht sehen. Suchend lief sie drei Schritte in die Hütte hinein. »Georg?«

»Mayla?« Eine Silhouette schälte sich aus der Dunkelheit. In der Ecke auf einem Stuhl saß jemand, angekettet. Und er hustete.

»Georg!« Sie stürzte zu ihm. Es war zu dunkel, um ihn genauer mustern zu können, doch er wirkte blass und erschöpft. Sein kariertes Hemd wies am Ärmel einen langen Riss auf und seine blaue Jeans war so staubig, dass sie grau aussah.

»Wir holen dich hier raus.«

»Nein, haut ab. Es ist zu gefährlich.«

»So ein Blödsinn! Tom, die Ketten.«

Tom war längst hinter den Stuhl getreten und deutete mit der Spitze seines Zauberstabes auf die schweren Fesseln.

»Was ist geschehen?«, hörten sie einen Beamten draußen brüllen.

»Wir wurden überfallen.«

»Beeilt euch, mit Sicherheit sind sie wegen des Gefangenen hier!«

Maylas Herz klopfte schneller, als es gesund war. »Beeil dich, Tom!«

»Bin dabei – kümmere du dich solange um den Schutzzauber.«

»Tutare!«, dachte sie und ein Schild baute sich um sie herum auf. Sie drehte Georg und Tom den Rücken zu, um die Tür im Auge zu behalten. Zwischendurch linste sie rasch über die Schulter. »Was dauert da so lange?«

»Es sind magische Fesseln. Aber ich hab's gleich.«

Endlich hörte sie die Ketten rasselnd zu Boden fallen. Georg versuchte sich aufzurichten, doch er schwankte. Tom legte einen Arm stützend um ihn, bis Georg sein Gleichgewicht gefunden hatte. Seit wie vielen Stunden hatte er festgekettet auf diesem Stuhl gesessen?

In dem Moment wurde die Tür aufgestoßen und von Wickert stürmte herein, gefolgt von drei weiteren Polizisten. Sie alle hatten die Zauberstäbe erhoben. Von Wickert erkannte Mayla sofort. »So sieht man sich wieder, du Teufelsbrut!«

»Von wegen Teufels…«

»Nicht ablenken lassen, Mayla.« Tom stellte sich neben sie.

Eine Flut von funkelnden Strahlen schoss auf ihren Schild, der unter den Stößen wackelte. Von Wickert zog die Mundwinkel hinunter, wodurch seine Falten noch tiefer wurden. »Jetzt zeigst du endlich, welche Kräfte in dir lauern. Wusste ich doch, dass du nur eine Show abziehst – genauso wie unser Kriminaloberkommissar! Seit wann steckt ihr unter einer Decke?«

»Ihr haltet mich unrechtmäßig fest!«, betonte Georg. »Kaum einer weiß, dass ich hier bin, hab ich recht?«

»Niemand hat mir geglaubt, als ich gewarnt habe, dass du etwas im Schilde führst und dich mit unseren Gegnern verbrüdert hast! Mir war klar, dass ich dich alleine zum Reden bringen muss. Aber das brauche ich nun nicht mehr. Tom Carlos kommt zu deiner Befreiung – mehr Beweise benötige ich nicht. Gleich kommt Verstärkung. Gebt auf, ihr Verräter! Ihr habt keine Chance.«

Maylas Puls beschleunigte sich bei der Ankündigung. »Mach schon, Tom!« Er holte sein Schutzamulett hervor, doch Georg packte ihn am Handgelenk.

»Das funktioniert hier drinnen nicht – Schutzzauber. Wir müssen raus.«

»Verdammt!« Sie spürte, wie die Beamten mithilfe unzähliger Flüche ihren Schild zurückzudrängen versuchten, doch sie biss die Zähne zusammen. Die Magie entfaltete sich in ihr, eine warme Kraft schoss durch ihren ganzen Körper und sie hielt den Angriffen stand. »Könnt ihr nicht die Wände mit einem Spruch einreißen?«

»Das ist ein polizeigesicherter Verhörraum.« Von Wickert verlagerte das Gewicht von einem Fuß auf den anderen, sodass sein Zauberstab näher an sie heranragte. »Niemand kommt hier mit einem Zauber rein oder raus.«

Mist, was konnten sie nur tun?

»Auf drei, Mayla«, flüsterte Tom ihr so leise ins Ohr, dass sie nicht sicher war, ob er es wirklich gesagt hatte. Sie spürte seinen Finger in ihrem Kreuz. Er tippte einmal, zweimal, dreimal. Sogleich ließ sie die Hände sinken und er schoss über sie hinweg, sodass von Wickert und zwei Beamte von den Füßen gerissen wurden. Mayla schickte den Animolinquatur-Zauber auf den letzten stehenden Polizisten, der wie ein Streichholz zur Seite kippte. Doch ein Zauber schoss von draußen zu ihnen herein von jemandem, den sie nicht sehen konnten. Der Fluch streifte Tom an der Linken. Er zog die Hand zu sich und schüttelte sie, doch er verzog dabei nicht das Gesicht.

»Tutare!«, rief Mayla. »Verdammt. So kommen wir nicht weiter. Georg, wieso hilfst du uns nicht?«

»Sie haben meinen Zauberstab konfisziert.«

»Dann denk dir einen Plan aus, wie wir aus der Hütte rauskommen. Tom und ich halten solange die Polizisten in Schach.«

Ein weiterer Fluch schoss in den Raum, doch er prallte an Maylas Schild ab.

Georg stellte sich vor sie, doch ohne Zauberstab war er hilflos. »Wir müssen aus der Hütte raus.«

»Kommt.« Tom schob Mayla zur Tür, doch ein breiter Schatten, gebildet von mehreren Polizisten, erschien im Ausgang und verstellte ihnen den Weg.

»Halt, im Namen des Hexengesetzes!« Schon stürmten die Konstabler in den Raum.

Tom ließ sich nicht mehr aufhalten. Er zog Mayla mit sich, und sie biss die Zähne zusammen, um den Schutz aufrechtzuerhalten. Georg humpelte hinter ihnen her, und erneut tippte Tom Mayla auf die Schulter. Eins, zwei, drei. Als sie den Schild verblassen ließ, schoss Tom mit erhobener Hand und erhobenem Zauberstab auf die Beamten. Sie schrien auf und fielen auf die Knie. Es war ein anderer Zauber als der Ohnmachtsspruch. Und er war mächtig.

»Schild, Mayla!«

Sie reagierte sofort, und kaum war der Schutz um sie herum intakt, zog Tom sie und Georg an den Beamten vorbei, die zusammengekrümmt auf dem Boden lagen.

Die Schwelle war nur noch zwei Schritte entfernt. Gleich konnten sie mit dem Amulettschlüssel fortspringen und den Polizisten entkommen. Doch von einem Moment zum nächsten konnte Mayla keinen Schritt mehr vorwärtsgehen. Etwas drückte gegen ihren Schild und presste sie zurück in die Hütte. »Was ist das?«

»Das Gebäude ist umstellt!«, erscholl eine energische Frauenstimme wie durch ein Megafon über die Lichtung und in die Hütte hinein. »Legen Sie Ihre Zauberstäbe auf den Boden und nehmen Sie die Hände hoch!«

Der Blick ins Freie bestätigte, was die Beamtin verkündet hatte. Zahlreiche Polizisten standen kreisförmig um den Eingang herum. Sie hielten ihre Zauberstäbe erhoben und hatten einen gemeinsamen Schild aufgebaut, der gegen Maylas drückte.

Ihre Hände begannen zu zittern. Wie lange würde sie den Schutzzauber aufrecht halten können? Schweiß bildete sich auf ihrer Stirn, ihre Schultern und Arme wurden bleischwer, doch sie hielt die Hände erhoben. Sie gehörte einer der mächtigen Gründerfamilien an. Ihre Kraft musste ausreichen! »Gibt es einen Plan B?«

Georg legte seine Hände unter ihre Arme, um sie zu stützen. Die Berührung schenkte ihr Energie, als gebe er über seine Hände einen Teil seiner Kraft an sie ab. »Halte durch. Dräng sie zurück. Du bist eine von Flammenstein – und das wissen sie nicht.«

Mit zusammengebissenen Zähnen spannte sie die Muskeln an, presste all ihre Macht in die Hände und den Schutzzauber, doch der Druck auf sie ließ nicht nach. »Tom …«

Er kam zu ihr und hielt seine Hand und seinen Zauberstab erhoben. Er verengte die Augen zu Schlitzen, als er einen Zauber raunte, der sich mit ihrem Schutzschild vereinte. »Gib alles, Mayla, gemeinsam schaffen wir es.«

Der Druck auf den Schild ließ nach und endlich spürte sie, wie sich der Schutz ausweitete. Die Beamten holten überrascht tief Luft, als sie alleine von Toms und Maylas Hexenkraft zurückgedrängt wurden.

Das war der Moment, den sie für die Flucht gebraucht hatten. Tom trat mit zwei großen Schritten über die Schwelle, Mayla stürmte hinter ihm her, dicht gefolgt von Georg. Kaum hatten sie den Raum hinter sich gelassen, packte Tom sein Schutzamulett, hakte sich bei Mayla unter und fasste Georg am Unterarm.

»Sie haben ein Schutzamulett. Schnell!« Die Polizisten setzten zum nächsten Zauber an, als Mayla den Schild fallen ließ und sie endlich den Boden unter den Füßen wegbrechen fühlte. Das Braun der Hütte und das Grün der Lichtung verschwammen zu einem Strudel, und ein Fluch eines Beamten, der neben dem Jasminstrauch stand, jagte ihnen hinterher. Und erst als Mayla sah, wie dieser Fluch an ihr vorbeisauste und sein Gesicht verschwamm, atmete sie auf. Sie hatten es geschafft.

Kapitel 19

Sie landeten auf der Wiese vor der Hütte in den Pyrenäen. Georg fiel auf die Knie, doch er rappelte sich sogleich wieder auf. Besorgt legte Mayla die Arme um seine Mitte, um ihn zu stützen. »Alles in Ordnung?«

Nickend richtete er sich auf. »Ich bin es nur nicht mehr gewohnt, schwungvoll auf den Füßen zu landen.«

Sie trat einen Schritt zurück, legte den Kopf schief und betrachtete besorgt sein Gesicht. Er war schmaler geworden und sah blass aus. »Hast du überhaupt etwas zu essen bekommen?«

»Bisschen«, brummte er, ohne ihr dabei in die Augen zu sehen.

»Wir können dir hier leider auch nur Knastkost anbieten, aber satt wirst du werden«, nicht zuletzt deshalb, weil sie ihm ihre Portion Haferschleim mit Freuden abtreten würde. »Haben sie dich die ganze Zeit in der dunklen Hütte festgehalten?«

Er zuckte mit den Schultern und lachte, um seinen desolaten Zustand zu überspielen. »Schon. Aber das war nur halb so wild.«

»Nur halb so wild?« Empört stemmte sie die Hände in die Hüften. »Deine eigenen Leute haben dich gefoltert!«

Seine Mundwinkel zuckten. »So schlimm war es nicht, glaub mir. Von Wickert hat versucht mich zum Reden zu bringen.«

Tom lehnte sich an die Hüttenwand, verschränkte die Arme vor der Brust und schlug ein Bein über das andere. »Und was hast du ihm alles verraten?«

Georg drückte die Brust raus und reckte das Kinn. »Du bist also auch noch da.«

»Ich wusste ja, dass ihr Bullen verschrobene Typen seid, aber ob ich das als Danke durchgehen lassen soll …«

Ungeduldig hob Mayla die Arme. »Geht das Gezanke schon wieder los? Ruhe jetzt, alle beide!«

Georg lächelte sie versöhnlich an. »Danke, Mayla. Ich gehe mal davon aus, die Befreiungsaktion ist auf deinem Mist gewachsen.«

Ein Lächeln huschte über ihr Gesicht. »Wir wussten nicht, dass du gefangen genommen wurdest, sonst wären wir viel früher da gewesen. Ich habe auf den rheinischen Felsen nach dir gesucht, aber du bist nicht aufgetaucht. Artus und Angelika von Donnersberg haben uns gestern Abend erzählt, dass dich von Wickert und deine anderen Kollegen festgenommen haben.«

»Hauptsache, ihr habt mich da rausgeholt.« Er fuhr sich mit der Hand durch den roten Bart, der länger als gewöhnlich war. »Von Wickert und die Kollegen haben mir bei der Verhaftung nicht ein Wort geglaubt. Ich habe versucht, ihnen zu erklären, dass die Jäger nicht mit den Verstoßenen zusammenarbeiten, sondern vermutlich auf Vincents Geheiß handeln. Doch sie haben mir Verrat und Spionage vorgeworfen.«

»Wer hat dich verhört? Nur von Wickert oder auch deine anderen Kollegen?«

Georgs Blick verfinsterte sich. »Nur der. Er hat Laukers und Ivanovic, die zwei Polizisten, die bei meiner Verhaftung anwesend waren, massiv unter Druck gesetzt, damit sie niemandem erzählen, wo sie mich gefangen halten.«

»Aber es waren doch immer Beamte vor Ort, um die Hütte zu bewachen.«

»Die kamen nicht rein. Von Wickert hat einen starken Zauber verwendet, um mich komplett abzuschirmen. Ein Wunder, dass ihr durch die Tür brechen konntet. Deine Kräfte müssen ganz schön stark geworden sein, Mayla.«

Sie warf Tom einen Blick zu, der jedoch kaum merklich mit dem Kopf schüttelte. Georg sollte nicht erfahren, dass er die Tür aufgebrochen hatte und nicht sie. Die Worte ihrer Oma kamen ihr in den Sinn, dass der Lufterbe endlich öffentlich zu seiner Herkunft stehen sollte. Aber konnte sie Toms eindeutigen Wunsch, nicht darüber zu reden, einfach ignorieren?

Als wüsste Tom, worüber sie nachdachte, wechselte er sogleich das Thema. »Ob du es glaubst oder nicht, wir haben vermutlich den Ort gefunden, an dem Maylas Oma gefangen gehalten wird.«

»Was? Und das sagt ihr mir erst jetzt?« Georg fuhr zu ihm herum. »Wo?«

»Es gibt eine verborgene Weltenfalte in Südengland. Wir haben eine Notiz meiner Oma in den Leihbüchern gefunden.«

Rasch erzählte sie ihm die Kurzfassung von dem, was sie bislang zusammengetragen hatten.

Erneut fuhr sich Georg mit der Hand durch seinen Bart. »Das würde erklären, wieso wir keine Kampfspuren in ihrem Haus gefunden haben. Sie wurde nicht in ihrem Versteck überfallen, sondern in der Weltenfalte überwältigt. Mein Gott, endlich gibt es eine Spur. Wie geht es jetzt weiter?«

»Morgen treffen wir Artus und Angelika von Donnersberg, die mehr über die Falte und ihre Größe herausfinden wollten. Ich hoffe, du kommst mit.«

»Natürlich. Ich helfe dir, deine Oma zu befreien. Wie du siehst, hat mir von Wickert den Siegelring abgenommen – ich bin also auf gewisse Weise auch ein Verstoßener.« Er hielt ihnen seine schmucklose Hand entgegen. »Aber vorher muss ich mir einen neuen Zauberstab besorgen, sonst kann ich meine Hexenkräfte nicht einsetzen.« Er sah sich in der Gebirgslandschaft um, die nur aus im Wind hin und her wiegendem Gras bestand und die bereits größtenteils im Schatten lag, da die Sonne hinter den hohen Bergspitzen verschwunden war. »Gibt es in der Nähe einen Wald? Oder einzelne Bäume?«

»Du kannst gerne suchen gehen.« Tom machte eine ausladende Handbewegung. »Prinzipiell habe ich allerdings nichts dagegen, dass du unbewaffnet bleibst.«

Mayla rollte mit den Augen. »Du brauchst nicht loszulaufen, um einen Baum zu finden. Morgen früh springe ich mit dir in den Wald an den rheinischen Klippen. Und ich will unbedingt dabei zusehen, wie du dir einen neuen Zauberstab machst. Das klingt spannend.«

Georg schmunzelte. »Danke. Wie geht's dir denn?«

Die Katzen maunzten zur Begrüßung, woraufhin Mayla Georg in die Hütte zog, um ihm ihr Seelentier vorzustellen. »Schau mal, das ist Karli.«

Vorsichtig strich er ihm über den Kopf. »Goldiges Kerlchen. Aber was ist dann mit der Eule, die uns im Haus deiner Oma gewarnt hat?«

Mayla schenkte Karli noch ein Abschiedslächeln, bevor sie sich von den Jungtieren zurückzogen und wieder hinaus in die Abendsonne traten, während Tom an ihnen vorbeilief und sich in der Hütte einen Becher Wasser eingoss. »Das war die Eule meiner Oma. Offensichtlich war weder sie noch die Krähe mein Seelentier.«

Unvermittelt hörte sie den Becher auf den Tisch aufschlagen und Tom tauchte aus dem Schatten der Hütte auf. »Welche Krähe?«

»Die ständig in meiner Nähe herumgekräht hat.«

Unerwartet heftig packte er sie an den Armen. »Wieso hast du mir nichts davon erzählt? Wann ist sie in deiner Nähe aufgetaucht?«

Mayla machte sich frei. »Au! Was ist denn in dich gefahren?«

Mit verschränkten Armen stellte sich Georg zwischen die beiden. »Was soll das, Tom?«

»Wo ist dir die Krähe begegnet?«, wiederholte Tom seine Frage, ohne auf Georg einzugehen.

»An mehreren Orten. Ich weiß nicht, ob es immer dieselbe war. Aber in dem Gasthaus, in dem Georg und ich übernachtet haben, saß eine Krähe vorm Fenster. Im Wald, als ich … den Brief meiner Oma gelesen habe, habe ich sie auch in den Ästen sitzen sehen. Und als ich in dem Buchladen war, noch bevor ich wusste, dass ich eine Hexe bin, da hat auch eine Krähe gekrächzt, irgendwo draußen in der Nacht. Wieso?«

Tom fuhr sich mit der Hand in den Nacken. »Er weiß von dir.«

»Wer weiß von mir?«

»Er beobachtet dich.«

»Wer? Was meinst du damit, Tom?«

Ernst blickte Georg ihn an.

»Wer beobachtet Mayla?«

»Es ist nur eine Vermutung.« Über die Schulter blickte Tom auf die grasbewachsene Gebirgslandschaft, als könnte sie jemand in dieser Einöde belauschen.

»Was? Was für eine Vermutung?« Mayla sah zu ihm hoch, doch er antwortete nicht, sondern warf ihr einen schmerzerfüllten Blick zu. Sie ballte die Hände zu Fäusten und Tränen schossen ihr in die Augen. »Rede mit mir, Tom. Verschließ dich nicht immer so. Was ist nur los?«

Doch Georg brauchte keine Erklärung. »Vincent von Eisenfels.«

Maylas Unterkiefer klappte auf. »Aber der ist …«

»Er ist gefangen, ja, aber sein Seelentier ist es nicht.«

Sofort schaute sich Georg um, als wäre von Eisenfels bereits hier, um sie zu töten.

Tom sah sie noch immer an, konnte die Augen nicht von ihr abwenden. Sein Blick war auf einmal so offen, so klar, dass ihr Gänsehaut über die Arme schoss. Sie las Trauer, Schmerz, Angst und noch etwas, das ihr das Gefühl gab, jemand zerquetsche ihr Herz. Es war Bedauern.

Sie stand ganz still und betrachtete sein Gesicht, unfähig ein Wort zu sagen.

»Ist Vincents Seelentier eine Krähe?«, durchbrach Georg die angespannte Stille.

Tom blinzelte, als hole ihn die Frage zurück in die Gegenwart, und er nickte langsam.

Georg zog die Brauen zusammen, dabei bildete sich eine tiefe Falte auf seiner Stirn. »Woher weißt du das?«

»Ich habe mit Melinda in den vergangenen drei Jahren alles über ihn zusammengetragen, was wir finden konnten. Jede Anekdote, jede noch so kleine Erinnerung, die irgendjemand an ihn hatte. Und eine seiner Schulkameradinnen hat

226

mir schon vor Jahren verraten, dass sein Seelentier eine Krähe ist.«

Mayla fuhr sich mit den Händen über die Arme, auf denen sich die Härchen aufgestellt hatten. »Der Vogel, der mich verfolgt hat, könnte aber auch eine andere Krähe gewesen sein. Vielleicht sogar ein ganz normaler Vogel und gar kein Seelentier. Womöglich war es nicht mal dieselbe, sondern jedes Mal ein anderes Tier. Ich kann die doch nicht auseinanderhalten.«

»Möglich wäre es«, überlegte Georg.

»Aber verdammt unwahrscheinlich.« Wütend kickte Tom einen Stein, der zwischen den Grashalmen lag, über die Wiese, bevor er sich wieder unter Kontrolle hatte. »Wann hast du die Krähe das letzte Mal gesehen? War sie mit auf Burg Donnersberg? Oder hier bei der Hütte?«

Nachdenklich schüttelte sie den Kopf. »Nein, hier bei der Hütte auf keinen Fall! Das letzte Mal war sie im Wald, als wir zusammen gewartet haben und Georg zum Revier gesprungen ist – kurz bevor sie dich festgenommen haben, Georg.«

Tom schloss die Augen.

»Was ist? Was denkst du?«

Er schüttelte den Kopf. »Das ist nicht wichtig. Wir müssen schnell handeln. Am besten, wir werfen den ganzen Plan um. Wir müssen dich irgendwo verstecken.«

»Mich verstecken?«

»War sie wirklich niemals hier in der Nähe?« Tom machte eine ausladende Handbewegung, die die Hütte und die Berglandschaft einschloss. »Überlege ganz genau, Mayla. Ist sie dir je hier oben aufgefallen?«

Langsam schüttelte sie den Kopf. »Nein, ich bin mir ziemlich sicher, dass …«

»Ziemlich sicher reicht nicht. Denk nach!«

»Jetzt beruhig dich mal wieder.« Beschwichtigend hob Georg die Hände. »Wie wahrscheinlich hältst du einen Angriff? Glaubst du etwa, er könnte sofort hier auftauchen?«

Tom lachte. Es klang nicht froh. »Natürlich, jeder Zeit! Du darfst ihn niemals unterschätzen. Seine Möglichkeiten sind … unvorstellbar. Er wird jemanden auf uns hetzen.«

»Moment«, ging Mayla dazwischen. »Er kann doch gar nicht persönlich kommen, solange er noch in der Weltenfalte eingesperrt ist. Und jeder andere, der kommt, ist schwächer als wir. Tom, wir sind beide mächtige Hexen. Wir beide gehören den Gründerfamilien an. Gegen uns müssen sie erst mal ankommen!«

Tom wurde blass, genauso wie Mayla, als ihr bewusst wurde, was ihr herausgerutscht war.

Georgs Blick schnellte zwischen ihnen hin und her. »Moment. Was habe ich verpasst? Wieso bist du plötzlich auch ein Mitglied einer Gründerfamilie?«

Tom schüttelte den Kopf. »Ich bin nicht …«

Jetzt war es raus, unbeabsichtigt, aber ihre Oma hatte sich mit ihrer Bitte klar ausgedrückt. Tom und sie sollten gemeinsam in die Öffentlichkeit treten und gegen die Jäger und von Eisenfels kämpfen. Der Moment war gekommen, die Schonfrist vorbei. Er war kein Kind mehr und musste sich endlich seiner Verantwortung stellen. Dennoch stieg ihr ein wenig Röte in die Wangen. »Ich habe dich mit den Händen hexen sehen. Du musst endlich dein Erbe annehmen und entsprechend handeln. Du bist der letzte lebende Nachfahre der Luftgründerfamilie. Dein wirklicher Name ist Andrew Steven Montgomery.«

Tom sagte kein Wort.

»Was?« Georg schüttelte den Kopf. »Das ist nicht wahr, oder etwa doch?«

»Das ist es«, betonte sie.

Tom fuhr sich mit der Hand durch das dunkle Haar und blickte erneut über die Schulter. »Wie kommst du darauf, Mayla?«

»Der Brief von meiner Oma ... Sie hat mir aufgetragen, den Erben der Luftgründerfamilie zu finden. Als Anhaltspunkt hat sie mir die Familie Aguilera in den Pyrenäen genannt. Und dem Hexspruch zufolge sind wir hier auch in den Pyrenäen. Sehr weit bist du ja nicht fortgegangen von ihnen.«

Tom schüttelte den Kopf. »Ich bin nicht ...«

»Ich war bei Cesaro Aguilera, deinem Ziehvater. Er hat mir erzählt, dass damals etwas Schlimmes geschehen ist und du daraufhin fortgegangen bist, ohne dich auch nur noch einmal bei ihm zu melden. Was ist nur passiert?«

»Wie kommst du darauf, dass ich derjenige bin, von dem er spricht?«

»Die Beschreibung. Dunkle Haare, grüne Augen. Und ich habe dich mit den Händen hexen sehen. Du musst also ein Mitglied einer Gründerfamilie sein.«

Tom schloss die Augen, während Georg mit offenstehendem Mund die Hände sinken ließ. »Du bist der letzte lebende Montgomery? Beweis es.«

»Georg, lass den Unsinn. Er muss gar nichts beweisen.« Tränen schimmerten in ihren Augen, während sie Tom an den Händen fasste.

»Tom, was auch immer damals bei der Familie Aguilera passiert ist, kann nicht so schlimm gewesen sein. Erzähl mir davon. Bitte ...«

Tom atmete kräftig durch die Nase aus, machte sich von ihr frei und trat zwei Schritte von ihnen zurück. Er drückte sein Kreuz durch, sodass er noch größer erschien, und sah verbittert auf sie beide herab. »Ich bin nicht der letzte lebende Montgomery.«

»Hör auf zu lügen.«

»Ich lüge nicht!«

»Wieso kannst du dann mit den Händen hexen?«

Tom blickte Mayla an, ohne einen Ton zu sagen. Doch Georgs Augen wurden augenblicklich kugelrund und er stellte sich schützend vor Mayla.

»Puste uns einen kräftigen Wind um die Nase.«

»Das kann ich nicht.«

Georg breitete die Arme aus, als müsse er Mayla vor Tom abschotten, und lief rückwärts, sodass sie über die Wiese stolperten und beinahe hinfielen. »Ich weiß, wieso du das nicht kannst.«

Tom fixierte ihn mit seinen Augen und blickte ihn herausfordernd an. Er lief ihnen nach, zwei Schritte, drei, dann stellt er sich breitbeinig vor ihnen auf.

»Dann sag es!«

Mayla wollte stehenbleiben, doch Georg drückte sie unablässig von Tom fort, über die Wiese, hin ins Nirgendwo.

»Was soll er sagen? Georg, was geht hier vor? Lass mich zu ihm!«

Das Kinn erhoben blickte Tom abschätzig auf sie herab. »Auf! Erklär es ihr. Mir würde sie es ohnehin nicht glauben.«

»Er ist ein …« Georgs Hände zitterten und er legte sie nach hinten um Mayla. Er krallte sich beinahe an ihrer Hüfte fest. »Er ist ein von Eisenfels!«

Maylas Herzschlag setzte aus.

»Ein von Eisenfels? Aber das kann nicht … Vincent ist seit Jahren in der Falte eingesperrt.«

»Raus mit der Sprache«, brüllte Georg und blieb einige Meter von Tom entfernt stehen. »Sag uns, wer du wirklich bist!«

Tom verschränkte die Arme vor der Brust. Er lief ihnen nicht nach, blieb seelenruhig stehen und eine seltsame Ruhe breitete sich auf seinem Gesicht aus, beinahe als freue es ihn, dass sie endlich die Wahrheit wussten und das Versteckspiel ein Ende fand. »Mein richtiger Name lautet Valerius Vincent von Eisenfels. Ich bin sein Sohn.«

»Nimm den Amulettschlüssel und hexe uns fort, Mayla, schnell!«

Mayla war unfähig, sich zu bewegen. Wie erstarrt stand sie still. Der Sohn des … Tom war der Sohn von …

»Das darf nicht … Das kann nicht …« Sie hob den Blick und trat einen Schritt an Georg vorbei, der sie sofort um die Taille fasste. »Du bist der Sohn des …«

Tom beobachtete sie, und als sie den Satz nicht beendete, tat er es: »…der Sohn des Mörders deiner Eltern.«

»Mayla, jetzt!«, brüllte Georg und nestelte an der Kette, an der der Amulettschlüssel um ihren Hals hing. Er zog das Amulett raus und hielt es ihr entgegen. In unendlicher Langsamkeit griff Mayla danach, konnte aber gleichzeitig den Blick nicht von Tom abwenden.

Er stand vor der Hütte, alleine, verlassen, groß gewachsen und obwohl in seinen Augen so etwas wie Triumph zu erkennen war, so war auch das nur Fassade.

»Perduce nos ad scopulos Rheni!«

Kapitel 20

Sie landeten auf der hohen Klippe, von der sie über das Rheintal blicken konnten und an der sie viel Zeit zu dritt verbracht hatten. Kraftlos sank Mayla in die Knie und sackte zu Boden. Georg umfasste ihre Schultern und versuchte sie zurück auf die Füße zu ziehen.

»Komm, wir können hier nicht bleiben. Er kennt diesen Ort. Er weiß, dass wir …«

»Er wird nicht kommen.«

Georg hockte sich neben sie, einen Arm um sie geschlungen. »Woher willst du das wissen? Er ist immerhin der Sohn von …«

»Er wird nicht kommen.« Unvermittelt begannen ihre Hände heftig zu zittern. Das Schütteln erfasste ihren ganzen Körper und ihr Blick ging ins Leere. Tom hieß in Wahrheit Valerius Vincent von Eisenfels. Er war der Sohn von Vincent von Eisenfels. Wer war seine Mutter? Hatte er noch mehr Geschwister? Besuchte er sie regelmäßig?

»Trotzdem, komm, das ist zu gefährlich. Lass uns wenigstens wieder in das kleine Gasthaus gehen.«

Den Blick hebend kämpfte sie sich aus ihren Gedanken zurück in die Wirklichkeit. Besorgt sah Georg sie aus seinen grauen Augen an, strich ihr eine verirrte Strähne aus dem Gesicht und legte die Hand an ihre Wange.

»Mayla, es wird alles gut. Er wird dir nichts tun. Ich werde dich beschützen.«

Der Versuch eines Lächelns huschte über ihr blasses Gesicht. »Ohne Zauberstab?«

»Einen Zauberstab kann man nur bei Sonnenaufgang machen. Lass uns zu dem Gasthaus gehen. Dort können wir die Nacht verbringen und morgen werde ich mir einen hexen.«

Sie nickte und umfasste erneut den Amulettschlüssel. »Also schön. Aber am liebsten würde ich bei der alten Bertha übernachten.«

Georg lächelte sie zärtlich an, doch er schüttelte den Kopf. »Das ist zu nah am Revier. Und ich bin nun leider auf der Flucht. Außerdem kennt er das Hotel.«

»Na schön. Perduce me ad deversorium silvae silentis.« Sie hoben ab von dem felsigen Untergrund und landeten auf der Wiese vor dem gemütlichen Gasthaus.

Anja, die Wirtin, hatte nur noch ein Doppelzimmer frei, das die beiden für eine Nacht nahmen. Sie bestellten bei der Wirtin etwas zu essen aufs Zimmer, sodass sie ungestört waren. Ihnen beiden war absolut nicht nach Gesellschaft zumute, zumal sie hier ohne lästige Zuhörer miteinander reden konnten.

»Ich kann es immer noch nicht glauben«, fing Mayla sogleich an, als die Tür hinter ihnen ins Schloss fiel. »Hast du gewusst, dass von Eisenfels einen Sohn hat?«

»Nein. Niemand weiß davon. Ich frage mich, wer seine Mutter ist und ob sie möglicherweise dahintersteckt, dass deine Oma verschwunden ist.«

»O Gott, wie sollen wir meine Oma ohne Tom befreien? Nur wir zwei?«

Georg legte ihr die Hand auf den Arm. »Beruhige dich. Wir schaffen das. Wir brauchen einfach nur einen guten Plan. Komm, setz dich hin.«

Sie schüttelte den Kopf. »Erst mal will ich duschen. Ich muss den Dreck der letzten Tage und …«, seinen Geruch von mir abwaschen, weil ich sonst durchdrehe, wollte sie sagen, doch sie stockte.

Georg verstand sie auch so. »Ist gut, ich werde nach dir ins Bad gehen. Vor allem muss ich mir den Bart stutzen – so kann ich doch nicht aussehen, wenn ich den Abend mit einer Lady verbringe.«

Mayla schmunzelte traurig. Was hatte sie ihn und seine nette Art vermisst. »Es ist schön, dass du wieder da bist.« Mit den Worten ließ sie ihn stehen und verschwand im Badezimmer.

∞

Eine halbe Stunde später saß sie in einen flauschigen Bademantel eingehüllt auf dem Bett. Ihre Sachen hingen zum Trocknen im Bad. Endlich hatte sie einmal die Möglichkeit gehabt, sie nach altmodischer Art zu waschen, weshalb sie sie auch regulär trocknen wollte. Irgendwie kam es ihr sauberer vor als jeglicher Hexentrick. Vermutlich war das Gewohnheitssache.

Georg hatte seine Kleidung auch auf unmagische Art ausgewaschen und sie zu Maylas gehängt, und war ebenfalls im Bademantel zu ihr zurück ins Zimmer gekommen. Er fand sie mit hängendem Kopf auf dem Bett sitzen, den Rücken an die Kopfseite des Bettgestells gelehnt.

»Mayla, alles in Ordnung?«

Als sie aufblickte, sah er Tränen auf ihren Wangen glitzern.

»Ich habe Karli bei Tom vergessen.« Sie schluchzte und weinte, ihr Körper bebte. »Hoffentlich tut er ihm nichts. Wie konnte ich nur so egoistisch sein. Karli ist noch so klein. Ich hätte ihn beschützen müssen.«

Georg setzte sich neben sie und strich ihr über die Schulter. »Mach dir keine Gedanken. Seine Mutter ist doch bei ihm.«

»Aber sie ist Toms Seelentier. Wer weiß, was sie …«

»Sie würde ihren Jungen niemals etwas antun.«

»Aber wenn sie doch ein Seelentier der Familie von Eisenfels ist …«

»… so macht sie das noch lange nicht zu einer schlechten Mutter. Mach dir keine Sorgen. Sie wird ihre Kinder vor allem und jedem beschützen – selbst vor ihrem Seelenpartner. Und im übrigen – ich will jetzt wahrlich kein Loblied auf den Betrüger singen – aber ich bin mir sicher, dass er Karli nichts antut.«

Ein schlechtes Gewissen überkam sie. Wie konnte sie Kitty nur so etwas unterstellen? Sie kannte die Katze. Kitty war noch immer dasselbe liebevolle Tier, das oft gekommen war, um ihr das Leben zu retten. Und jedes Mal war kurz darauf Tom erschienen. Wieso nur hatte er ihr so oft aus lebensbedrohlichen Situationen herausgeholfen? Weshalb hatte er sie nicht einfach sterben oder von den Jägern erwischen lassen? Welche Beweggründe hatte er gehabt?

Ein zartes Klopfen an der Tür ließ sie hochfahren. Georg stand auf und öffnete sie. Es war Anja, die zwei Tabletts mit belegten Broten, Tomatensalat und Rührei in das Zimmer schweben ließ. Ohne einen Blick auf Mayla zu werfen, verschwand sie sogleich wieder. Diskretion wurde bei ihr offensichtlich großgeschrieben.

Die Tabletts landeten vor Mayla auf dem Bett, doch entgegen ihrer Art schob sie sie von sich.

»Ich habe keinen Hunger.«

»Ich verstehe, dass du schockiert und traurig bist, aber du musst bei Kräften bleiben. Wir haben so einiges vor. Iss wenigstens ein paar Bissen. Und schau mal.« Er zauberte hinter seinem Rücken ein drittes Tablett hervor, das ihm die Wirtin direkt in die Hand gedrückt hatte. Darauf waren zwei Teller mit je einem großen Stück Schokoladenkuchen.

Noch mehr Tränen rannen über ihr Gesicht, doch sie wischte sie mit dem Handrücken fort. »Du bist wundervoll.«

»Das wollte ich hören.« Georg stellte das Tablett neben ihre ausgestreckten Beine auf die Matratze. »Normalerweise würde ich darauf bestehen, dass du etwas Vernünftiges isst. Aber heute verspreche ich kein Wort zu sagen, wenn du dich ausschließlich unserem Nachtisch widmest.«

Ein Lächeln huschte über ihr gerötetes Gesicht und zufrieden setzte sich Georg in gebührlichem Abstand neben sie aufs Bett. Ausgehungert machte er sich über das leckere Essen her, während sie lustlos an dem Kuchen herumstocherte.

»Aber sollte ich nicht versuchen, Kitty zu überreden, mit Karli und dem anderen Kätzchen zu uns zu kommen?«

»Nein, lass sie ruhen. Karli wird bestimmt in den nächsten Tagen unversehrt zu dir kommen. Seelentiere werden viel schneller entwöhnt, erst recht wenn ihre Hexe sie bereits braucht.«

»Bist du dir sicher?«

»Absolut.«

»Aber wie kann er das? Er weiß nicht, wo ich bin. Und er hat doch keinen Amulettschlüssel.«

»Seelentiere verfügen über eine uralte Form der Magie. Sie funktioniert nicht mithilfe von Gegenständen und Zaubersprüchen. Sie kommt aus dem Herzen. Du wirst sehen, spätestens in einer Woche taucht Karli in deiner Nähe auf. Und bis dahin kannst du über deine Gedanken mit ihm sprechen. Versuch es mal.«

Sie schloss die Augen und dachte an das süße kleine Fellknäuel. Bildlich stellte sie ihn sich vor und wenig später fühlte sie eine Wärme um ihr Herz strömen, die nicht von ihr kam. Sie hüllte sie ein und umsorgte sie, als wäre Karli ein uralter Freund. Wie alt mochte seine Seele sein? Sie öffnete die Augen und lächelte erleichtert. »Es geht ihm gut.«

»Na, siehst du. Und jetzt widme deine Aufmerksamkeit mal deinem Teller. Wenn du mein Kuchenstück auch so zerbröselst wie deins, esse ich es lieber selbst.«

Ungläubig schaute sie auf ihren Nachtisch und schmunzelte. Zaghaft nahm sie ein kleines Stück auf die Gabel, doch noch bevor sie sie in den Mund fahren konnte, stockte sie. »Wieso hat Tom mich so oft gerettet?«

»Darüber können wir nur spekulieren. Ich für meinen Teil bin froh, dass ich bei dir war, als du es erfahren hast, und dass du nicht länger seinem Einfluss ausgesetzt bist. Wahrscheinlich spioniert er für seinen Vater.«

»Wieso war er dann so entsetzt, als er von der Krähe erfahren hat?«

»Wahrscheinlich ist er eingeschnappt, weil sein Vater ihm hinterherspioniert.«

»Das glaube ich nicht. Er war …«

»Mayla, jetzt will ich mal eines klarstellen. Die Familie von Eisenfels ist gemeingefährlich. Du darfst ihm nicht mehr vertrauen!«

»Das hat er bei unserer ersten Begegnung auch gesagt.«

Verständnislos runzelte Georg die Stirn, doch dann schüttelte er den Kopf. »Er hat einen auf geheimnisvoll getan, um dich zu becircen. Er wollte dein Vertrauen gewinnen, und das um jeden Preis. Sei froh, dass du endlich die Wahrheit kennst.«

War sie das? Von Anfang an hatte sie wissen wollen, woher er kam und was seine Geschichte war. Sie hatte jedoch nicht damit gerechnet, dass ihr die Antwort nicht gefallen könnte. Er war der Sohn des Mörders ihrer Eltern. Und er hatte es all die Wochen gewusst – und ihr kein Wort gesagt.

Wie nah sie ihm gewesen war ... Sie hatten sich geküsst und eine Nacht miteinander verbracht. In seinem Arm hatte sie geschlafen. Ihre Herzen hatten sich einander so verbunden angefühlt, als könnten sie von nun an nur noch im Einklang schlagen.

Ein Kloß bildete sich in ihrem Hals und es fühlte sich an, als bilde sich ein Ring um ihre Brust und drücke erbarmungslos zu. War sie die ganze Zeit in Gefahr gewesen? Sie konnte es sich nicht vorstellen – oder wollte sie es nur nicht? Welchen Plan verfolgte er? Wieso hatte er ihr nichts angetan, als sie wehrlos in seinen Armen gelegen hatte?

Georg nahm ihr den Teller aus der Hand. Erst jetzt sah sie, dass sie höchstens zwei kleine Bissen von dem Kuchen gegessen hatte. »Leg dich hin, Mayla. Du siehst sehr erschöpft aus.«

Sie nickte bloß und ließ sich tiefer auf das Bett und unter die Decke gleiten. Georg stellte die Tabletts auf den Ecktisch an der Seite und setzte sich auf einen der Sessel. Als sie es sah, klopfte sie neben sich aufs Bett. »Komm, es ist breit genug.«

Er schüttelte den Kopf. «Nein, Mayla, schlaf du dort. Mir reicht der Sessel.«

»Ich möchte, dass du ... einfach nur bei mir liegst. Bitte.«

Er schmunzelte und setzte sich zu ihr. Erneut wollte er widersprechen, doch sie zog ihn am Arm aufs Bett, drehte sich auf die Seite und lehnte sich mit ihrem Rücken an seine Brust. »Halt mich.« Stumme Tränen rannen erneut über ihr Gesicht, während Georg sie umfasste.

»Schlaf gut, Mayla. Ich bin bei dir.«

Dankbar schloss sie die Augen, ihre Tränen versiegten und sie genoss die Wärme und die Geborgenheit, die er ihr schenkte. Nach wenigen Minuten wurde sein Arm auf ihr schwerer und sie hörte ihn leise schnarchen. Still lauschte sie seinem gleichmäßigen Atem und ihre Gedanken glitten wieder zu Tom, zu ihrer Oma und zu all dem, das sie in den letzten Wochen erfahren und erlebt hatte – bis hin zu Toms Offenbarung.

Sie hatte sich treiben lassen von den Geschehnissen, war wie ein Luftballon den Launen des Windes gefolgt. Sie hatte sich bevormunden lassen von Angelika und Artus von Donnersberg, hatte sich beeinflussen lassen von Tom und auch von Georg, hatte sich jagen lassen von Vincents Anhängern, und hatte nicht ein einziges Mal innegehalten, um zu überlegen. Um sich zu sammeln und sich zu besinnen auf das, was sie wollte. Diese Zeiten waren von nun an vorbei. Sie war Mayla, die letzte lebende Nachfahrin der berühmten Hexe Melinda von Flammenstein. Ihre Macht wuchs mit jedem Tag. Sie spürte es, wenn sie eine Kleinigkeit hexte. Es war nicht nur die Übung, die die Sprüche leichter über ihre Lippen kommen ließ, nein. Sie wurde stärker. Die Magie kribbelte nicht mehr nur in ihren Fingerspitzen, sie brannte regelrecht in ihren Händen, in ihren Armen und in ihrem kompletten Körper. Ihr Innerstes war erfüllt von einer Kraft, die sie nutzen musste. Die sie nutzen wollte, um ihre Oma zu befreien und um endlich ihren rechtmäßigen Platz einzunehmen.

Die Hexen und Hexer, die seit dem Verschwinden ihrer Oma als Rat den Feuerzirkel leiteten, würde sie sich genau ansehen und sie in ihre Schranken verweisen. Sie würde Tom … Fest presste sie die Lippen aufeinander. Sie fürchtete sich nicht vor ihm! Wie sie war er ein Nachfahre der fünf mächtigsten Hexenfamilien, die es je in der Geschichte gegeben hatte. Welchen Plan er auch immer verfolgte, ihre Wege würden sich wieder kreuzen – so viel war gewiss.

Sie musste üben, würde pauken wie eine Besessene, um die Aufgaben zu meistern, die das Leben ihr zugedacht hatte, und um vorbereitet zu sein auf die Begegnung mit Tom und mit dem Mörder ihrer Eltern. Die Zeit der hilflosen Mayla war vorbei!

Vola!, dachte sie, und das Hexen-Einmaleins ihrer Oma glitt aus ihrer Handtasche und schwebte zu ihr. Sie schlug das Lehrwerk vorne auf und begann in aller Gründlichkeit zu lesen.

Kapitel 21

Ein Räuspern weckte Georg am nächsten Morgen und ein unsanftes Geschüttele an seiner Schulter. Er streckte sich und tastete nach Mayla, doch sie lag nicht mehr neben ihm. Die linke Bettseite war leer.

Über die Augen reibend setzte er sich auf und fand sich ihr gegenüber. Ungeduldig stand sie vor dem Bett, fix und fertig angezogen und zurechtgemacht. Er sah sofort, dass etwas anders war. Ihre Augen waren dunkler geschminkt als sonst, aber das war es nicht. Ihr Gesichtsausdruck war härter geworden, entschlossener.

»Hast du gut geschlafen?«

Gähnend nickte er.

»Entschuldige, dass ich dich geweckt habe, aber die Zeit drängt. Du solltest frühstücken und dann brechen wir auf. Du machst dir deinen Zauberstab und dann geht es los.«

Er runzelte die Stirn.

»Was ist los, Mayla?«

»Ich will meine Oma befreien, das ist los. Und jetzt auf.«

Erneut herzhaft gähnend erhob er sich und verschwand im Badezimmer.

Zwanzig Minuten später hatten sie gefrühstückt und bezahlten das Zimmer. Sie verließen das Gasthaus, noch bevor die Sonne aufgegangen war. Mayla hexte eine Flamme auf ihre Fingerspitze und nebeneinander streiften sie durch den dunklen Wald.

»Was für einen Zauberstab willst du? Eiche oder Weide sollen die geeignetsten Hölzer sein, wobei Eberesche auch sehr mächtig ist.«

Er warf ihr einen verwunderten Blick zu. »Woher weißt du das?«

»Violett hat mir davon erzählt und ich habe die Bücher meiner Oma studiert.«

»Wann?«

»Heute Nacht.«

»Hast du überhaupt geschlafen?«

»Ein paar Stunden, ja.«

Georg linste zu ihr hin. Wo war die Mayla hin, die er kannte? In dem Moment stolperte sie über eine hochgewachsene Baumwurzel. Grinsend hielt er sie am Arm, damit sie nicht auf den bemoosten Boden fiel.

»Lach nicht!«

»Das tue ich nicht.«

»Wieso grinst du dann so?«

»Weil ich mich freue.«

»Worüber? Dass ich über meine eigenen Füße stolpere?«

»Ja.«

Sie zog die Brauen zusammen und er grinste noch breiter.

»Ich freue mich, dass ich dir zeigen kann, wie man sich einen Zauberstab selbst macht. Du wirst es zwar nie brauchen, aber vielleicht wird dir das Wissen dennoch irgendwann einmal von Nutzen sein. Mein letzter Zauberstab war von einer Eibe. Das ist das Holz meiner Familie.«

Interessiert blickte sie zu ihm. »Hat jede Hexenfamilie ihr Stammholz?«

»Sozusagen, ja. Aber ich denke, es wird Zeit für eine Veränderung. Um es mit den von Eisenfels aufzunehmen und dem Zirkel, den sie offenbar unrechtmäßig gegründet haben, werde ich mir einen mächtigeren Stab anfertigen. Einen aus Eberesche, habe ich mir überlegt, der Baum passt gut zum Element Wasser. Suchst du eine für mich?«

Ihre Augen weiteten sich vor Freude. »Suchen? Ja, natürlich. Den Spruch habe ich im Buch meiner Oma gesehen. Inveni … Aber was heißt Eberesche?«

»Inveni sorbum! Und am besten, du stellst dir direkt dazu die Eberesche vor, dann geht es noch leichter.«

Mayla dachte an den Baum mit den leuchtend roten Beeren. »Inveni sorbum!« Ein glitzernder Strahl schoss aus ihren Fingerspitzen, erhellte die Düsternis, flog vor ihnen eine Schraube durch die Luft und verschwand zwischen zwei Eichen.

»Schnell, hinterher!« Georg ließ ihr den Vortritt und schnell rannten sie hinter dem Funkeln her, sprangen über Brennnesseln und Springkraut, immer weiter von dem Gasthaus fort und tiefer in den Forst hinein. Ein Schatten flatterte vor ihnen umher, vermutlich ein Schmetterling, aufgescheucht durch ihre stürmische Jagd, und verschwand wieder.

Die Dämmerung brach herein und drang sanft bis zu ihnen vor. Sie verfolgten das Funkeln, bis sie an einen leise plätschernden Bach gelangten. An seinem Ufer wuchs eine Reihe von Ebereschen, in deren mächtigen Kronen leuchtend weiße Blüten prangten und um deren Stämme das Glitzern Kreise zog, bis es schwächer wurde und verglomm.

»Zum Glück haben wir den Spruch verwendet. Ohne die Beeren hätte ich die Bäume gar nicht erkannt. Wie geht es jetzt weiter? Wir müssen doch wohl nicht einen davon fällen, oder?«

»Nein, für meinen Zauberstab brauche ich einen Zweig, an dem dieses Frühjahr ein frischer Trieb gewachsen ist.« Schwungvoll sprang er über den Bach und streckte sich hoch zu einem tiefhängenden Ast. Er wanderte ihn mit den Fingern ab bis zu seinem Ende, wo an ein paar Zweigen grüne Spitzen hervorprangten. Er umfasste einen davon mit beiden Händen und wartete, bis das Licht der Morgensonne am Horizont erschien. »Oro, sorbum forte, donum magicum.« Behutsam brach er den Zweig ab, der weder splitterte noch ausfranste. Als wäre er abgesägt worden, riss er mit einem sauberen Bruch von dem Ast ab. Ein kleiner Funke sprühte dabei aus der Bruchstelle, woraufhin ein neuer Zweig wuchs, der kaum kleiner war als der, den Georg abgebrochen hatte.

Mayla blies die Flamme auf ihrer Fingerspitze aus. Es war hell genug geworden. »Wow, es ist, als hättest du nichts von dem Baum genommen. Was hast du gesagt?«

»Es ist eine uralte Formel. Frei übersetzt heißt es: Starke Eberesche, ich erbitte eine magische Gabe.«

»Und jetzt? War's das schon?«

Schmunzelnd schüttelte er den Kopf. »Schau zu und lerne.« Er lief zu dem Stamm der Eberesche und drückte seine Hand auf die glatte Rinde. Mit der anderen umfasste er den Stock und schloss die Augen. »Fortitudinem, sapientiam, vigorem dona!«

Bedächtig tippte er dreimal mit dem Stock an den Stamm, worauf dessen Spitze zu funkeln begann. Das Funkeln wurde stärker und kräftiger, bis es ein beständiges helles Licht war, das sich über die Spitze des Stabes hinaus auf Georgs Hand und den Stamm der Eberesche ausbreitete.

Mayla wurde geblendet und drehte für einen Moment das Gesicht weg. Dann blickte sie wieder zu Georg und dem

Stock in seiner Hand, um den ein feines Licht schwang wie ein Band, das darum gewickelt wurde.

Eine Eule schrie und hellhörig sah Mayla auf. Vor dem morgenroten Himmel zeichneten sich die breiten Schwingen eines Vogels ab. War es die Eule von dem Haus ihrer Oma? Oder noch ein Unglücksbote?

Georg hob den Arm und der Vogel landete auf ihm. Es war nicht die Eule, die Mayla vor dem Küchenfenster gesehen hatte. Sie war nicht braun, sondern hatte einen weißen Bauch und um ihr Gesicht bildete das Gefieder einen herzförmigen Rahmen. Sie war etwas größer als die Eule ihrer Oma und ihre Augen waren pechschwarz.

Langsam führte Georg den Arm an sein Gesicht, worauf die Eule einen leises »schschscht« von sich gab und ihren Kopf gegen seinen drückte.

»Gratias ago, sorbum forte.« Ein letztes Mal strich er über die glänzende Rinde und wandte sich dann an Mayla. »Darf ich vorstellen? Das ist Creola, mein Seelentier.«

Bedächtig trat sie ein paar Schritte näher. Die Eule legte den Kopf schräg und beobachtete sie aus ihren dunklen Augen. Doch noch bevor Mayla bei ihr angelangte, ertönte ihr Schrei, der sich wie »schriiiii« anhörte, als fordere sie Mayla auf stehenzubleiben. Einen Moment schaute die Eule Georg an, zwinkerte mit den schwarzen Augen, breitete ihre weiten Schwingen aus und flog davon.

»Ein wunderschönes Tier. Ich wusste nicht, dass dein Seelentier eine Eule ist.«

Georg lächelte. »Ja, eine Schleiereule. Sie ist etwas Besonderes.« Er blickte ihr hinterher, wie sie über den Wald davonflog, bis sie nur noch als kleiner Punkt am Morgenhimmel zu sehen war.

»Ist sie wegen des neuen Zauberstabs gekommen?«

Er nickte. »Sie war bereits in der Nähe, als ihr mich befreit habt, und gestern Abend schon kam sie hier an, damit sie mich hätte warnen können, falls Gefahr drohte. Solange ich keinen Zauberstab hatte, wollte sie in meiner Nähe bleiben.«

Neugierig betrachtete sie den Stock in seiner Hand. »Ist dein Zauberstab jetzt fertig?«

»Das müssen wir testen.« Er richtete die Spitze auf eine Gruppe Buschwindröschen, die im Licht der Morgensonne strahlten. »Vola!« Eine Blume brach ab und kam zu ihm geflogen. Er nahm sie in die Hand und steckte sie Mayla hinters Ohr. »Weiße Blüten passen sehr gut zu deinem dunklen Haar.«

»Wow, das heißt, dein Zauberstab funktioniert. Was hast du zu der Eberesche gesagt, als du die Hand an den Stamm gehalten hast?«

»Zuerst habe ich sie darum gebeten, mir, oder besser gesagt dem abgebrochenen Zweig, ihre Stärke, Weisheit und Energie zu schenken. Nachdem sie das getan hat, habe ich mich bei ihr bedankt.«

»Das habe ich verstanden.« Mit schräg gelegtem Kopf betrachtete sie den Zauberstab in seiner Hand, dessen Spitze noch immer glomm. »Musst du jetzt erst noch ein bisschen üben oder bist du gleich voll einsatzfähig?«

»Das ist wie mit einem Auto. Sobald man hinter dem Steuer sitzt, spürt man, was man tun muss.« Er zwinkerte ihr zu.

»Wo ist eigentlich dein Amulettschlüssel hin? Hat ihn dir von Wickert beim Verhör abgenommen?«

»Noch während der Verhaftung haben sie ihn sofort konfisziert. Es war der vom Revier, weshalb mir von Wickert gleich noch Diebstahl unterstellen wollte. Dabei ist es mein Recht als Kriminaloberkommissar, den Schlüssel in Ausnahmesituationen ständig bei mir zu tragen.« Er räusperte sich. »Es war zumindest mein Recht. Aber ich werde mir meinen Job zurückholen, das verspreche ich dir.«

»Das solltest du auch. Du darfst von Wickert nicht das Feld überlassen.«

»Eben. Aber zuerst befreien wir deine Oma. Das hat Priorität.« Mit der Spitze seines Zauberstabes deutete er auf den Riss in seinem Hemd. »Refice!« Der Stoff flickte sich zusammen und sah wieder aus wie neu. Er legte Mayla eine Hand auf die Schulter. »Wann seid Tom und du mit den von Donnersbergs verabredet?«

»Heute Nachmittag. Aber wir sollten jetzt schon hinspringen, um Tom zuvorzukommen – obwohl ich mir kaum vorstellen kann, dass er kommen wird.« Kaum merklich sackten ihre Schultern nach unten, doch sie straffte sie sogleich wieder.

»Na dann mal los.«

Kapitel 22

Noch bevor ihre Füße auf den kalten Steinfliesen in der Eingangshalle von Burg Donnersberg aufschlugen und sie klar sehen konnte, stand bereits der Burgherr mit erhobenem Zauberstab vor ihnen. Von Donnersberg erkannte Mayla und ließ den Stab sinken, doch er musterte Georg misstrauisch.

»Guten Morgen Mayla. Wie ich sehe, hast du den Polizisten befreien können.«

»Richtig, das ist Georg.«

Die Männer gaben sich die Hände, dabei beäugte der Burgherr Georgs Finger. Als er keinen Siegelring daran entdeckte, nickte er zufrieden.

»Georg Stein, angenehm. Eine schöne Burg haben Sie hier.« Er schaute nach oben zur Decke und ließ seinen Blick über das Gewölbe und die glänzenden Ritterrüstungen schweifen.

»Das ist sehr freundlich von Ihnen.« Fragend sah Artus Mayla an. »Wo ist Tom?«

Unschlüssig, wie sie die Sache erklären konnte, wies sie zum Saal. »Wir hatten gestern ein äußerst ... erhellendes Gespräch miteinander. Ich denke, wir sollten besser drinnen weiterreden.«

Von Donnersberg runzelte die Stirn, doch mit einer einladenden Armbewegung forderte er sie auf, in den Saal zu treten. Mayla erwartete, einen leeren, stillen Raum vorzufinden wie vorgestern, als sie mit Tom hier gewesen war, doch um die Tafel saßen die Mitglieder des Inneren Kreises. »Was ist denn hier los?«

Violett Piers sprang sofort von ihrem Stuhl auf und fiel Mayla stürmisch um den Hals, wobei ihre vielen Armreife laut aneinanderklimperten. »Da bist du ja. Was hab ich dich vermisst. Wie läuft die Hexerei?«

Glücklich drückte sie Violett an sich. »Besser. Mittlerweile kannst du mich nicht mehr durch die Gegend fliegen lassen, das kann ich dir sagen.«

Scherzhaft kniff Violett ihr in den Oberarm. »Als würde ich das noch wagen.« Sie hakte sich bei Mayla unter und zog sie zur Tafel. Die übrigen blickten Georg misstrauisch an.

»Ist das nicht ein Bulle?«, fragte Anna Nowak und zog ihre perfekt gezupften Augenbrauen in die Höhe. Sie zückte bereits den Zauberstab, doch Georg kam ihr zuvor. Er hielt ihr die Hand hin und lächelte sie charmant an.

»Mein Name ist Georg. Ich bin ein Bulle auf der Flucht, weil ich die Polizei versucht habe davon zu überzeugen, dass ihr mit den Jägern nicht zusammenarbeitet. Und bei der Gelegenheit wurde ich offenbar auch zum Verstoßenen, denn meinen Siegelring haben sie mir nicht wieder zurückgegeben, wie du sehen kannst.«

Angesichts dieser Vorstellung entfuhr Anna ein Schmunzeln. Violett zwinkerte Mayla zu und zeigte nacheinander auf die Anwesenden. »Nett, dass du das getan hast. Das sind Angelika von Donnersberg, Eduardo de Luca, daneben Manuel von Weißenstein, Susana Sanchez, Nora Andersson, Anna Nowak hast du gerade schon kennengelernt, dort drüben sitzen Pierre Dubois, Thomas Winkler, Markus Reichel, Matthew McGregor, John Stone und ich bin Violett Piers.«

»John Stone?« Grinsend lief Georg zu ihm hin, worauf sich der Engländer erhob. Dabei knisterte seine Trainingshose. »Aber verwandt sind wir nicht, oder?« Feixend schlug er ihm auf die Schulter.

John ergriff die Hand. »Nicht, dass ich wüsste.«

»Was tut er hier?«, wollte Markus Reichel wissen und klappte die politische Streitschrift zu, die er bis vor kurzem studiert hatte.

»Georg wird uns helfen, meine Oma zu befreien«, erklärte Mayla und ließ sich neben Violett nieder.

»Er will mit uns zu dem geheimen fünften Zirkel?«, fragte Anna ungläubig.

Mayla horchte auf. »Also ist es wahr? Vincent von Eisenfels und seine Familie haben im Geheimen einen fünften Hexenzirkel gegründet?«

Violett stützte ihre dünnen Arme auf den Tisch und nickte. »Nachdem du mit Tom hier warst, hat Artus uns sofort zusammengetrommelt, um Informationen zu sammeln. So wie es aussieht, sind die Jäger durch einen Zirkel vereint. Apropos, wo ist Tom?«

»Tom wird nicht mehr kommen.« Der Reihe nach sah Mayla die Anwesenden an. »Er hat … Er ist …«

Ihr fehlten die Worte. Wie konnte sie sagen, was er war, wo sie es doch selbst kaum glauben konnte? Er war der Sohn des Mörders ihrer Eltern. Er war ein von Eisenfels.

Eine leise Stimme in ihrem Inneren sagte ihr, dass ihn das nicht zum Verbrecher machte, aber durfte sie dieser Stimme lauschen?

Georg kam ihr zu Hilfe. »Er hat unter einer falschen Identität gelebt. Sein wahrer Name lautet Valerius Vincent von Eisenfels.«

»Was?«, kreischte Anna und stand so abrupt vom Tisch auf, dass ihr Stuhl wackelte. »Das glaube ich nicht. Ihr lügt. Tom würde niemals … Er ist niemals … Nein, er ist loyal, er ist …«

Diese Tatsache erneut laut ausgesprochen zu hören, tat Mayla weh, als hätte sie jemand mit einem Fluch getroffen. Doch es durfte sie nicht aufhalten, nicht schwächen. Sie musste stark sein. »Er hat es uns selbst gesagt. Und … ich habe ihn mehrfach ohne Zauberstab hexen sehen. Ich dachte zuerst, er wäre der letzte lebende Montgomery – sonst wäre ich schon früher misstrauisch geworden.«

Artus und Angelika warfen sich stumme Blicke zu. »Er hat es euch selbst gesagt? Euch beiden?«, hakte die Burgherrin nach.

»Ja, hat er, direkt nachdem wir Georg befreit haben.«

Pierre Dubois schlug mit der Faust auf den Tisch. »Er ist ein Spion seines Vaters. Er war hier, um uns auszuhorchen. Sacrément! Da haben wir den zweiten Verräter. Jetzt wissen wir auch, wie von Eisenfels damals von dem Versteck erfahren hat.«

»Moment.« Beschwichtigend hob von Donnersberg die Hände. »Damals, als sein Vater eingesperrt wurde, kann er keine fünf Jahre alt gewesen sein. Das ist über dreißig Jahre her. Bei uns ist er erst seit …« Er blickte seine Frau fragend an, die traurig fortfuhr:

»… seit drei Jahren. Melinda hat ihn zu uns gebracht.«

»Meine Oma?«

Eduardo schlug mit den Fäusten auf den Tisch. »Er hat sich natürlich sofort an sie drangehängt! Wahrscheinlich ein Spezialauftrag seines Vaters!«

Von Donnersberg hob erneut die Hände.

»Wir sind nicht hier, um zu rätseln und zu urteilen. Wir sind zusammengekommen, um einen Plan zu entwickeln. Der Schutz um die Weltenfalte, in der Vincent gefangen gehalten wird, ist am Bröckeln. Ich war selbst vor Ort, um mir ein Bild von der Lage zu machen. Schon bald wird es ihm gelingen, sich daraus zu befreien. Außerdem hat Marianna Lauber mitangehört, wo sich die Falte befindet – falls die Jäger es nicht schon wussten, hat spätestens sie ihnen den Standort verraten. Wir müssen davon ausgehen, dass sie alles versuchen werden, ihm bei seinem Ausbruch zu helfen. Ich nehme an, dass sie den kommenden Vollmond nutzen werden.«

»Den nächsten Vollmond?« Mayla zog die dunklen Brauen hoch. »Was hat das damit zu tun?«

»Bei Vollmond sind unsere Kräfte am stärksten«, raunte ihr Violett zu.

»Und wann ist der nächste Vollmond?«

Die rothaarige Hexe sah sie ernst an. »Heute Nacht.«

Mayla blickte fassungslos von einem zum anderen. »Heute Nacht? Dann haben wir nur noch ein paar Stunden …«

»Wir müssen Melinda schnellstmöglich befreien, sonst können wir ihn nicht mehr aufhalten«, betonte von Donnersberg.

Mayla wandte sich an Angelika. »Habt ihr bei dem Bibliothekar, bei Herrn Binder, etwas herausgefunden?«

Angelika nickte. »Ihr hattet recht mit eurer Entdeckung. Im Süden Englands in der Nähe von Exmouth gibt es eine verborgene Weltenfalte. Sie muss weit über fünfhundert Jahre alt sein und hat die ungefähren Ausmaße einer Großstadt. Zum Glück habt ihr Melindas Notiz in dem Buch entdeckt. Sonst hätten wir immer noch keine Spur.«

Plötzlich fiel Mayla etwas ein. Erschrocken sah sie die anderen an. »Tom hat das herausgefunden …«

»Damn, vielleicht ist es eine Falle«, mutmaßte John.

Violett horchte auf. »Hast du die Aufzeichnung deiner Oma gesehen? War es ihre Schrift?«

»Da bin ich mir absolut sicher. Ich habe auch einen Brief von ihr bekommen. Ich kenne ihre Handschrift.«

»Einen Brief?« Von Donnersberg streckte sogleich die Hand aus. »Kann ich ihn sehen?«

»Ich habe ihn nicht mehr.«

Der Burgherr sah sie misstrauisch an, dann wandte er den Blick zu Manuel. »Wenn es ihre Handschrift war, würde ich davon ausgehen, dass sie wirklich dort ist.«

»Sie ist dort.« Angelika holte ein Buch hervor. »Diesen Reiseführer über Südengland hat sie sich vor einiger Zeit ausgeliehen. Darin habe ich weitere Notizen gefunden.«

»Das Buch haben wir nicht entdeckt«, überlegte Mayla laut. »Aber stimmt, wir haben nur die Geschichtsbücher mitgenommen, da sich alle anderen Bücher um Pflanzen gedreht haben. Dazwischen muss der Reiseführer gesteckt haben. Wie konnten wir ihn übersehen?«

Georg schüttelte den Kopf. »Wir haben ihn nicht übersehen. Arnold Binder hat uns das Buch nicht gezeigt.«

Mit offenem Mund sah sie ihn an.

»Bist du dir sicher?«

Er nickte.

Angelika winkte ab. »Es ist schon beinahe ein halbes Jahr her, dass sie es sich ausgeliehen hat. Ihr habt wahrscheinlich nur die Bücher angesehen, die sie sich in den letzten ein oder zwei Monaten mit nach Hause genommen hat. Aber ihre Recherchen ziehen sich bereits über Jahre.«

»Also ist sie nach Südengland zu dieser Weltenfalte gegangen.« Grübelnd trommelte Mayla mit den Nägeln auf den Tisch. »Wir brauchen eine Karte mit Weltenfalten in der Gegend. Dann können wir dorthin springen und noch heute in die verborgene Falte eindringen.«

»Nein.« Von Donnersberg schüttelte den Kopf. »Wir brauchen zuerst jemanden, der die Falte für uns ausspioniert. Jemand sollte sich den Jägern anschließen. Wenn wir blind dort hineinstürzen, werden sie uns sofort entdecken.«

»Ich werde nicht noch ein paar Wochen warten, bevor ich meine Oma dort raushole. Ihr habt selbst gesagt, die Gefängnisfalte von Vincent wird nicht mehr lange standhalten.« Verdammt. Ihre Oma hatte sie darum gebeten, den Erben des Luftzirkels zu finden. Das war ihr nicht gelungen. Mit ihm zusammen hätte sie die Falte schützen können.

»Wir dürfen aber nicht blinden Auges …«

Ein schriller Ton dröhnte durch die Halle und alle hielten sich die Ohren zu. Nur von Donnersberg sprang von jetzt auf gleich auf die Füße und rannte mit gezücktem Zauberstab in die Halle. Das musste sein Alarmzauber sein. Jemand war gekommen. Tom?

Aufgeregt stieß Mayla ihren Stuhl nach hinten und stürmte gemeinsam mit Anna und Georg hinter ihm her. Doch in der Eingangshalle angekommen, verstummte der Alarm und niemand war zu sehen.

»Was war das?« Sie spähte zu den Ecken und den Rüstungen, als verstecke sich dort jemand. Aber kein Schatten war zu erkennen. Seltsam. »Es ist niemand gekommen, oder?«

»Doch, jemand war für einen Augenblick da. Aber bevor ich ihn gesehen habe, ist er wieder verschwunden. Und er hat das hier für uns hinterlassen.« Von Donnersberg bückte sich und hob etwas Braunes, Kleines vom Steinboden auf, das er zwischen Zeigefinger und Daumen in die Höhe hielt. Es war eine Praline.

»Eine Praline?« Anna runzelte die Stirn.

Ungläubig riss Mayla die Augen auf. »Die ist nicht echt. Das rieche ich sofort. Es muss ein Nuntia-Zauber sein. Aber wer …« Mit offen stehendem Mund sah sie von Donnersberg an. »Tom …«, und während sie seinen Namen sagte, krampfte sich ihr Herz zusammen.

Er nickte. »Das glaube ich auch.«

»Wenn es eine Praline ist, ist die Nachricht für mich bestimmt.« Sie hielt ihm auffordernd die Hand entgegen.

Von Donnersberg übergab sie ihr zögerlich. »Wir sollten sie uns gemeinsam mit den anderen ansehen.«

Mit aller Gründlichkeit betrachtete sie die unechte Schokopraline von allen Seiten. Sie sah aus wie die mit der Mousse au Chocolat-Füllung, die sie in der Confiserie in Ulmenstadt gekauft und Tom aufgefordert hatte, sie zu probieren. Wieso schickte er ihr eine Nachricht? Wollte er alles aufklären? Sich rechtfertigen? Ihr sagen, dass er sie liebte und für immer mit ihr zusammen sein wollte – ganz egal wessen Familie er angehörte?

»Komm.« Väterlich legte ihr von Donnersberg die Hand auf den Rücken und schob sie zurück in die Halle. Alle Augen waren erwartungsvoll auf sie gerichtet und Mayla hielt die Praline hoch. Erst als sie die Schokokugel zwischen ihren Fingern hin- und herwackeln sah, bemerkte sie, wie stark sie zitterte.

Violett eilte an ihre Seite. »Du bist kreidebleich. Was ist passiert?«

Wortlos hielt sie ihr die Praline unter die Nase und Violett verzog skeptisch die rötlichen Brauen. Mayla räusperte sich, um sicherzugehen, dass sie ihre Stimme nicht verloren hatte. »Die ist nicht echt. Das ist eine Botschaft von … Sie ist von Tom.«

»Was? Ein Nuntia-Zauber? Woher weißt du das?«

»Ich weiß es.« Sie lief zum runden Tisch und bevor ihre Beine unter ihr nachgeben konnten, ließ sie sich auf den Stuhl fallen. Georg und Violett setzten sich neben sie, doch sie bemerkte es kaum. Letzte Nacht hatte sie in dem Buch ihrer Oma von dem Nuntia-Zauber gelesen. Sie hatte sich nicht nur gemerkt, wie man ihn zauberte, sondern auch, wie man eine solche Botschaft öffnete. Ohne zu zögern, führte sie die Praline an die Lippen und dachte: »Te aperi!«

Die Kugel schwebte aus ihrer Hand in die Höhe, drehte sich über der Tischplatte und wurde größer und größer. Ein Schatten breitete sich in ihrer Mitte aus. Während sie anwuchs, löste sich die falsche Praline auf und in ihrem Inneren erschien eine dunkle Gestalt. Sie wurde größer und größer, schoss in die Höhe – bis Tom zu erkennen war.

Er sah blass aus und mitgenommen. In der vergangenen Nacht hatte er nicht geschlafen – so viel stand fest. Als wäre er es wirklich, drehte er sich zu Mayla und fixierte sie mit seinen grünen Augen. Sein Blick verhakte sich in ihrem und er schwieg still. Es dauerte einen Moment, bis er das Wort erhob, als würde er sie wirklich betrachten und als verschlüge es ihm die Sprache.

Mit klopfendem Herzen packte sie die Armlehnen ihres Stuhls. Sie drückte sie so fest, dass ihre Fingerknöchel weiß hervorstanden, während sie gebannt auf Toms Erscheinung starrte.

»Mayla, ich habe eine wichtige Nachricht für dich. Obwohl ich dir nicht verraten habe, wer ich in Wahrheit bin, musst du mir jetzt unbedingt vertrauen. Ich weiß, ich habe dir immer gesagt, das dürftest du nicht tun, doch nun musst du es. Mehrfach habe ich dir das Leben gerettet und ich würde es sofort wieder tun. Nur weil mein Vater der Mörder deiner Eltern ist, habe ich keine schwarze Seele.«

Sie krallte ihre Finger noch fester um den Stuhl. Ohne zu blinzeln, stierte sie Tom an.

»Ich war gestern Abend und heute Nacht in den Kreisen, die wir die Jäger nennen. Ich habe mich unter sie gemischt. Nun, da ihr wisst, wer ich bin, habe ich meine Herkunft auch ihnen offenbart, um mehr über den neuen Zirkel herauszufinden.«

»Wenn er das nicht von vornherein getan hat, daingead! Glaubt dem Lügner kein Wort«, brüllte Matthew McGregor, doch von Donnersberg hob die Hand, worauf der Schotte schwieg.

»Im Zuge dessen kam mir zu Ohren, dass deine Oma tatsächlich in der verborgenen Weltenfalte in Südengland gefangen gehalten wird. Mit einer List haben sie sie dort hingelockt. Sie haben das Buch und die Passage über die Forscherin manipuliert, um ihr eine Falle zu stellen.«

»Wen meint er mit sie?«, raunte Angelika ihrem Mann zu. »Die Jäger?«

Er beugte sich ihr entgegen. »Das wird er uns hoffentlich noch mitteilen.«

»Sie haben eine Gefängniszelle vorbereitet und ihr Inneres mit dem Exsugo-Zauber belegt.«

Die Anwesenden sogen erschrocken die Luft ein, doch Mayla blinzelte nur irritiert. »Was ist der Exsugo-Zauber?«

Georg ballte die Hände zu Fäusten. »Er saugt dir deine Hexenkräfte aus. Der Spruch ist uralt und gehört zu den vergessenen Zaubern. Er muss es sein, mit dem den entführten Hexen ihre Magie geraubt wurde.«

Tom fuhr unterdessen fort. »Ich wusste, mein Vater hat alte Schriften und vergessene Flüche studiert. Deshalb war er dazu in der Lage, lebende Hexen auf eine Weise zu töten, dass er dabei ihre Magie in sich aufnimmt. Selbst die Mitglieder der Gründerfamilien hat er auf diese Art ihrer Kräfte beraubt. Doch so mächtig wie er sind die anderen Zirkelmitglieder nicht.«

»Außer Tom selbst war es, der den Zauber ausgesprochen hat«, tönte Eduardo de Luca, dessen starker Pfefferminzatem bis zu Mayla wehte.

»Pst«, fuhr ihm von Donnersberg über den Mund und er ließ seinen Blick durch die Runde schweifen, worauf keiner der Anwesenden mehr in Toms Nachricht einfiel.

»Wer auch immer die Kraft hatte, diesen Fluch auszusprechen – deine Oma, Mayla, ist in einer Zelle eingesperrt, über der dieser Zauber liegt. Jeden Tag wird sie schwächer. Deshalb wird es nur noch wenige Stunden dauern, bis mein … bis Vincent aus der Weltenfalte entkommt. Ich bin mir sicher, sie werden den Vollmond nutzen. Die Jäger werden heute Abend zu der Falte gehen, um ihn zu befreien. Und das ist die einzige Gelegenheit, die ihr haben werdet, deine Oma zu retten. Muss sie noch länger in diesem Gefängnis verharren, wird sie schon in wenigen Tagen tot sein.«

»Das ist nicht wahr! Sie stirbt nicht!«, schrie Mayla, der die Tränen in den Augen standen.

Als hätte Tom ihre Worte gehört, sah er sie bedauernd an. »Ich hoffe, du glaubst mir, Mayla. Es hängt so viel davon ab.

Du musst dich entscheiden. Entweder du gehst heute Abend geschlossen mit allen, die sich Vincent entgegenstellen wollen, zu der Weltenfalte, um seinen Ausbruch zu verhindern, oder du befreist deine Oma. Er und seine Leute haben es nicht anders geplant – davon bin ich überzeugt.«

Ein Schauer rann ihr über den Rücken. War das nur ein Trick? Wollte er sie in die Irre führen? Sie wie ihre Oma in eine Falle locken? Nein, doch nicht Tom …

Seine Nachricht war noch nicht zu Ende. »Die Falte in Südengland ist äußerst gut bewacht und bedenke, wenn sie sogar deine Oma gefangen nehmen konnten, darfst du sie auf keinen Fall unterschätzen. Sei nicht leichtsinnig. Das würde Melinda nicht wollen.

Sobald die Sonne untergeht, werden sich die Jäger auf den Weg machen. Dann müsst ihr vor Ort sein und nach deiner Oma suchen. Ihr müsst sie finden, befreien und von dort verschwunden sein, bevor Vincent wieder auf freiem Fuß ist und nach Südengland in die verborgene Weltenfalte zurückkehrt. Denn dass er das tun wird, ist gewiss, und dann kommt ihr dort nicht mehr raus.«

Tom streckte ihr die Hände entgegen, die Handflächen nach oben. Die Geste hatte etwas Hilfloses. Dabei blickte er so ernst wie eh und je und in seinem Gesicht war nichts davon zu lesen, was in seinem Inneren vor sich ging. »Mehr kann ich nicht für dich tun. Mit meiner Rückkehr ist mein Schicksal besiegelt. Falls du nach Karli schauen möchtest, kannst du das tun. Ich werde nicht noch einmal zu der Hütte zurückkehren. Aber versuche nicht, ihn Kitty zu entreißen. Sobald er entwöhnt ist, wird er von selbst zu dir kommen.«

Eine Träne wanderte über Maylas Wange und bildete an ihrem Kinn einen Tropfen, doch sie spürte es nicht.

»Ich wünsche dir viel Glück und … Georg?« Er drehte den Kopf und blickte seinen Rivalen an. »Pass gut auf sie auf.« Mit den Worten schrumpfte Toms Scheinbild zusammen und verpuffte, als wäre er nie da gewesen.

Kapitel 23

Eine lautstarke Diskussion entbrannte, von der Mayla kein Wort wahrnahm. Sie sah auf die Mitte des Tisches, über der Tom eben noch zu sehen gewesen war. Nein, nicht Tom, nur ein Trugbild von ihm. Sein Schicksal war besiegelt. Was hatte er damit gemeint? Blieb ihm jetzt kein Ausweg mehr? Musste er sich nun … auf die Seite seines Vaters stellen?

»Mayla?« Behutsam strich Georg die Träne an ihrem Kinn beiseite. »Wir werden deine Oma befreien. Mach dir keine Sorgen.«

Mit seinen Worten prasselte die Debatte des Inneren Kreises auf sie ein und erst jetzt nahm sie wahr, wie heftig die Hexen miteinander stritten.

»Er will uns in eine Falle locken, il traditore«, rief Eduardo.

»Niemals!«, ging Anna dazwischen und warf ihm einen vorwurfsvollen Blick zu. »Tom würde das nicht tun. Wir können seinem Wort trauen.«

»So wie er uns vertraut hat?«, entgegnete der Italiener.

»Mich wundert es nicht, dass er seine Herkunft für sich behalten hat.« Von Donnersberg zupfte an seinem weißen Bart. »Kaum einer von uns hätte ihm je Glauben geschenkt.«

Eduardo gestikulierte wild mit den Händen, sodass seine Sitznachbarn Susana und Manuel zurückweichen mussten. »Und das zu Recht. Er ist ein von Eisenfels. Alles, was er hier gehört hat, all unsere Namen und unsere Fähigkeiten wird er an unseren Feind verraten – wenn er es nicht all die Jahre bereits getan hat.«

»Nein, das wird er nicht.« Anna deutete mit dem langen Fingernagel anklagend auf Mayla, als wäre sie die Schuldige. »Nur wegen ihr hat er sich genötigt gefühlt, zu den Jägern zu gehen.«

»Nun mal halblang«, ging Georg sie scharf an. »Niemand hat ihn zu diesem Schritt gezwungen. Es war nur eine Frage der Zeit, bis die Wahrheit ans Licht kam. Das muss selbst ihm klar gewesen sein.«

Annas Augen glühten vor Wut. »Er hat geglaubt, er wäre ihr etwas schuldig. Nur darum hat er sich selbst in Gefahr begeben.«

Das war genug. Wie lange sollte das noch so weitergehen? Abrupt stand Mayla auf, sodass alle Gespräche verstummten. »Für solche Streitigkeiten haben wir keine Zeit. Wir müssen meine Oma heute Nacht aus der verborgenen Falte befreien!«

»Aber was ist mit von Eisenfels?«, warf Matthew ein. »Wenn die Jäger heute Nacht versuchen, ihn zu befreien, müssen wir sie unter allen Umständen an diesem Vorhaben hindern! Er darf nicht wieder auf freiem Fuß sein.«

»Meine Oma stirbt, wenn wir sie heute Nacht nicht rausholen. Es ist die einzige Gelegenheit.«

Von Donnersberg blickte in die Runde. »Außer einem Mitglied der Gründerfamilien gelingt es niemandem, Vincent an einem Ausbruch zu hindern.«

Die Anwesenden verstummten und sahen Mayla zwiegespalten an. In manchen Gesichtern las sie Hoffnung, in anderen Enttäuschung und Misstrauen. Doch sie ließ sich davon nicht beirren. »Ich werde meine Oma befreien! Das steht außer Frage.«

»Aber wenn es eine Falle ist …«, warf nun auch Susana ein.

»Das Risiko gehe ich ein.«

Matthew ergriff erneut das Wort. »Der Grund, weshalb wir uns zusammengefunden haben, war der, von Eisenfels und seinen Machenschaften ein Ende zu bereiten. Melinda hätte nicht gewollt, dass wir ihn ihretwegen entkommen lassen.«

»Ich opfere meine Oma nicht für diesen Mörder!«

»Es gibt noch jemanden, der ihn aufhalten kann«, murmelte Georg und trommelte mit den Fingerkuppen auf die Tischplatte. »Alessia De Fonte, die Oberhexe des Wasserzirkels. Ich werde zu ihr gehen und ihr die Lage erklären.«

»Ich komme mit dir«, dröhnte John und krempelte sich sogleich die Ärmel hoch. »Früher habe ich auch zum Wasserzirkel gehört.«

Zweifelnd sah Mayla Georg an. »Ist das nicht zu gefährlich? Immerhin bist du auf der Flucht.«

»Ich bin auf der Flucht vor der Polizei und die haben mir meinen Siegelring weggenommen, aber gegen die Regeln des Zirkels habe ich nicht verstoßen.«

»So haben wir alle unseren Siegelring verloren, damn!« John schlug Georg auf die Schultern und zwinkerte Mayla zu. »Ich passe schon auf den Bullen auf.«

»Geht am besten sofort!«, riet von Donnersberg. Wir brauchen so viele Köpfe wie möglich, um den Plan für heute Abend zu entwerfen. Und einigen wird es leichter fallen, sich auf die Befreiungsaktion einzulassen, wenn sie wissen, dass Alessia sich Vincent entgegenstellt.«

Verächtlich schnaubte Angelika auf. »Darauf würde ich nicht hoffen. Alessia hat sich seit Jahrzehnten nur um sich gekümmert.«

Matthew schüttelte den Kopf. »Tom will uns womöglich hereinlegen – und wir laufen ihnen direkt in die Falle.«

»Das ist Verleumdung«, ereiferte sich Anna. Mayla musste unwillkürlich darüber lächeln, wie treu Anna ihn verteidigte. »Tom würde so etwas niemals machen. Wenn er sagt, wir müssen Melinda heute Nacht befreien, dann sollten wir das auch tun.«

»Du würdest ihm auch blind über eine Klippe hinterher springen, oder?«, entgegnete Eduardo.

Der Kommentar machte Mayla wütend und sie schlug mit der Faust auf den Tisch, worauf die Streitereien erneut verstummten. »Wer mich heute Abend nach Südengland begleiten will, der ist herzlich willkommen. Aber die Streitereien sind jetzt vorbei!«

Als erneut eine Diskussion zu entbrennen drohte, hob von Donnersberg aufgebracht die Hand. »Ich werde an Maylas Seite alles geben, um Melinda heute Nacht zu befreien. Wer uns helfen will, darf bleiben. Wer nur sinnlos hetzt und Toms Nachricht nicht sachlich analysieren will, der verlässt diesen Raum augenblicklich.«

Aufgebracht kniffen Eduardo und Anna die Augen zusammen und funkelten sich weiterhin wütend an, doch sie hielten den Mund. Die anderen tauschten vielsagende Blicke.

Der Burgherr warf einen Blick in die Runde. Niemand stand auf, keiner fuhr fort zu debattieren, ob Tom ihnen eine Falle stellte oder wer an was schuld war. Von Donnersberg faltete die Hände ineinander. »Wir stehen alle an deiner Seite, Mayla. Aber wir brauchen einen guten Plan.«

∞

Gemeinsam sprangen Georg und John nach Italien in das Hauptquartier des Wasserzirkels, wo sich Alessia De Fonte und ihre Nachkommen seit Jahrzehnten versteckt hielten. Die anderen verbrachten den Tag damit, alle möglichen Szenarien durchzuspielen und für alle Eventualitäten, die ihnen einfielen, Notfallpläne zu erarbeiten. Sie bildeten Gruppen und schmiedeten einen Plan, wie sie in die verborgene Weltenfalte eindringen konnten. Sie wussten nicht, wie es dort aussah, nur dass sie in etwa so groß war wie Frankfurt, was die Planung enorm erschwerte.

Pünktlich zum Mittagessen kehrten Georg und John zurück auf die Burg. Ihre aufgebrachten Gesichtsausdrücke sprachen Bände. Von Donnersberg trat ihnen sogleich entgegen. »Sie hilft uns nicht?«

Georg schüttelte den Kopf. »Sie hat sich nicht verändert. Seit den Vorkommnissen vor über dreißig Jahren kapselt sie sich ab und entzieht sich jeglicher Verantwortung.«

»Jetzt fragst du dich bestimmt nicht mehr, weshalb es mir nichts ausgemacht hat, als sie mir meinen Siegelring weggenommen haben, oder?« John grinste halbherzig.

»Ich habe mich auch seit Jahren über diese Tatenlosigkeit gewundert. Es erschreckt mich, dass sie nur die Macht sieht, die ihr in die Wiege gelegt wurde, aber nicht die Verantwortung.«

Mayla war neugierig hinzugetreten und blickte die Männer ernst an. »Also wird von Eisenfels heute Nacht entkommen ...«

Die drei Männer sahen sie mit eisigen Gesichtern an – und nickten. Von Donnersberg zupfte sich an seinem weißen Bart. »Es ist unglaublich, wie er es geschafft hat, all das aus der

Falte heraus zu planen. Mit wem hat er nur kommuniziert? Wer war in der Lage, die Grenzen zu überwinden?«

Mayla und Georg warfen sich einen Blick zu. »Es war sein Seelentier.«

»Sein Seelentier?« Von Donnersberg krallte die Hände um seinen Mantel. »Ist das wahr?«

Mayla nickte. »Zumindest scheint das Toms Theorie zu sein. Er war erschrocken, als ich erzählt habe, dass mich seit Wochen eine Krähe verfolgt.«

»Schön und gut, das Tier kann zu ihm hinein und wieder hinaus, und über Gefühle und Bilder können sie miteinander kommunizieren«, gab John zu bedenken. »Alles, was die Krähe beobachtet hat, hat sie ihm vermutlich mitgeteilt, aber nichts von dem, was er selbst gedacht oder geplant hat, konnte der Vogel nach außen tragen. Wie sollte sie mit jemand anderem über seine Pläne sprechen?«

»Das wüsste ich auch gerne«, überlegte von Donnersberg laut.

Sie gesellten sich wieder zu den anderen und aßen zu Mittag. Angelika und Pierre, der sich trotz der Anspannung die Begeisterung am Kochen nicht nehmen ließ, kredenzten ihnen eine Ravioli-Gemüse-Pfanne, die sie mit ein paar Schlenkern ihrer Zauberstäbe zubereitet hatten. Die Hexen vertilgten hungrig ihre Portionen und widmeten sich sogleich wieder den Vorbereitungen für die Befreiungsaktion am Abend.

Am Nachmittag nahm Angelika Mayla beiseite und sie zogen sich auf die zwei Sessel vor dem Kamin zurück. Obwohl es draußen angenehm warm war, herrschte in der Burg eine durchdringende Kälte, weshalb die offene Feuerstelle selbst im Mai noch brannte.

»Mayla, wenn Tom recht hat, wovon wir ausgehen, und deine Oma in einem magischen Gefängnis eingesperrt ist, wird es nicht leicht sein, sie daraus zu befreien. Wir zwei werden den notwendigen Zauber üben, damit du ihn beherrschst. Versuche so wenig wie möglich zu hexen und teile deine Kräfte ein, sonst reichen sie womöglich nicht aus.«

Wissbegierig schlug Mayla die Beine übereinander und lehnte sich vor. »Wie lautet der Hexspruch?«

»Er ist komplex und Teil der alten Magie, die heute eigentlich nicht mehr verwendet wird.« Sie zog ein schmales Buch aus den Falten ihres Kleides hervor. »Mechthild von Siegen: Überliefertes Wissen über die alte Magie« war trotz der weinroten Buchstaben nur noch schwer zu lesen. Der Buchrücken war mehrfach geknickt und Eselsohren zierten die Ecken. Der Buchschnitt war fleckig und das Papier an den Rändern vergilbt.

»Was bedeutet, der ›alten Magie‹?«

»Die Magie, wie sie in der alten Zeit war, bevor sie für die Zirkel aufgeteilt wurde. Die Magie in ihrer reinen und ursprünglichen Form.«

»Hast du noch mehr Bücher von damals?«

»Nein, lediglich diese Ausgabe befindet sich in meinem Besitz. Meine Urgroßmutter hat sie in einem Antiquariat entdeckt und für unsere Familienbibliothek erworben.«

»Wie alt ist das Buch?«

»Ich schätze, über vierhundert Jahre. Es ist leider kein Hexenbuch von damals, sondern eine Zusammentragung alter Sprüche aus der vergangenen Zeit. Zumindest gibt es ein Kapitel über den Exsugo-Zauber, von dem Tom erzählt hat.« Sie blätterte behutsam, bis sie bei dem gesuchten Abschnitt angelangte. »Hier, lies selbst.«

Mit der notwendigen Ehrfurcht nahm Mayla das alte Buch an sich.

Der Exsugo-Zauber:

Der Exsugo-Zauber ist ein uralter Fluch, der aus der Zeit vor der Gründung der vier Zirkel stammt, als die Hexenwelt noch nicht strukturiert war und alte Fehden die Familien gegeneinander aufbrachten. Mithilfe dieses Zaubers ist eine Hexe imstande, einer anderen ihre magischen Fähigkeiten zu entziehen. Die Folge ist der Tod.

Mayla blickte ernst auf. »Der Tod … Hier steht es auch. Tom hat die Wahrheit gesagt. Meine Oma wird sterben, wenn es uns nicht gelingt, sie heute Nacht zu befreien.«

Scheinbar gelassen strich Angelika über den seidenen Stoff ihres Kleides, doch ihre Kiefer waren angespannt. »Das würde sie, ja.«

Tief durchatmend widmete sich Mayla wieder dem Text.

Der Exsugo-Zauber konnte direkt an der Hexe angewendet werden. Dafür waren allerdings große Zauberkräfte notwendig. Gängige Praxis war es offenbar, den Fluch auf ein Gefängnis zu übertragen. Eine Hexe, die in einer solchen Zelle eingesperrt war, wurde mit jedem Tag schwächer, bis der letzte Funken Magie aus ihr herausgesaugt war und sie starb. Darüber, wie der Fluch gehext wird, sind keinerlei Aufzeichnungen erhalten.

Mayla sah Angelika an. »Von Eisenfels muss es dennoch irgendwie herausgefunden haben.«

»Ja, offenbar. Und das Wissen wird er an seine Familie und seine Zirkelmitglieder weitergegeben haben.«

Aufmerksam las Mayla weiter.

Es gibt jedoch Passagen in alten Büchern, die davon berichten, wie man ein solches Gefängnis aufbrechen kann: Die Zusammenführung der alten Magie.

Sie runzelte die Stirn. »Wieder die alte Magie. Kannst du mir noch mehr darüber erzählen?«

Angelika lehnte sich in dem Sessel zurück und faltete die Hände über dem Bauch ineinander. »Bevor es die vier Zirkel gab, waren alle Hexen und Hexer vereint. Sie alle waren Teil derselben Magie, bezogen ihre Kräfte aus derselben Quelle. Mit der Gründung der vier Zirkel wurde die Magie aufgeteilt. Näheres weiß ich nicht. Über die Zusammenführung der alten Magie gibt es ein anderes Kapitel, das wir uns gleich ansehen können. In jedem Fall müssen vier Hexen aus den vier verschiedenen Zirkeln zusammentreten. Sobald sie ihre Kräfte vereint haben, sprechen sie gemeinsam den Zauber, der das Gefängnis aufbricht.«

»Okay, verstehe. Also, ich bin eine Feuerhexe, Georg ist ein Wasserhexer.« Sie drehte sich der runden Tafel zu, an der die anderen Mitglieder des Inneren Kreises planten und diskutierten. »Wir brauchen noch eine Lufthexe und eine Erdhexe.«

Angelika zeigte auf Anna Nowak. »Sie ist die einzige Erdhexe in unserem vertrauten Kreis. Und Lufthexer sind zum Beispiel Nora Andersson, Thomas Winkler und Pierre Dubois.«

»Anna Nowak ist die einzige Erdhexe? Es wäre gut, wenn wir einen Ersatz haben, falls ihr unterwegs etwas passiert. Ist nicht jemand von denen, die bei der großen Abendrunde dabei waren, auch eine? «

»Wir wissen nicht, wer von ihnen ein Spitzel der Polizei oder sogar des verbotenen Zirkels ist.«

»Aber den Leuten hier vertraust du?«

Angelika nickte. »Marianna Lauber war der Spitzel im Inneren Kreis, nach dem wir gesucht haben. Wir müssen vorsichtig sein, aber wir dürfen uns auch nicht dazu hinreißen lassen, uns gegenseitig nur noch mit Misstrauen zu begegnen. Wir alle haben uns aus einem bestimmten Grund miteinander verbündet. Wir wollen die Grundfesten der Ordnung und damit den Frieden in unserer Welt aufrechterhalten. Ich bin davon überzeugt, dass niemand der hier Anwesenden ein Spitzel der Jäger ist.«

»Und der Polizei?«

»Das glaube ich auch nicht.«

»Okay, also Anna ist die einzige Erdhexe ...«

»Genau. Ich denke, als Wasserhexer wirst du Georg auswählen, richtig? Und Thomas, Nora oder Pierre sollten ebenfalls eingeweiht werden.«

»Ich werde mich darum kümmern. Aber erst einmal will ich wissen, wie der Zauber funktioniert.« Erneut beugte sie sich über das alte Buch und klemmte einen Finger zwischen die Seiten, auf denen sie eben gelesen hatte. Dann suchte sie im Inhaltsverzeichnis nach dem anderen Kapitel und blätterte auf die angegebene Seite.

Die Zusammenführung der alten Magie.

Für die Wiedervereinigung der alten Magie müssen vier Hexen oder Hexer, aus jedem Zirkel eine, zusammentreten und sich an den Händen fassen. Sie alle müssen den Wunsch verspüren, sich zu vereinigen, und ihren Zusammenhalt und ihre Zusammengehörigkeit in ihren Herzen spüren.

Hoffentlich konnte ihnen das gelingen – auch wenn sie einander erst so kurze Zeit kannten!

Wenn sie die Verbindung spüren, müssen sie folgende Formel sprechen:

Aer et terra,

ignis et aqua,

nostro iussu,

foedus facite!

Mayla überlegte, bis sie sich den Wortlaut in etwa übersetzt hatte mit »Luft und Erde, Feuer und Wasser, verbündet
euch, weil wir es verlangen«. Neugierig beugte sie sich wieder über die alte Schrift.

*Um so mächtiger die Teileelemente der Magie sind, desto mäch-
tiger ist sie im Ganzen.*

»Es ist gut«, erklärte Angelika, »dass du ein Mitglied einer
der Gründerfamilien bist. Hoffentlich reicht das aus.«

»Es muss! Sonst steht hier nichts mehr.« Sie schlug das
Buch zurück zu dem Kapitel über den Exsugo-Zauber und
strich mit dem Finger über die Seite, bis sie die Zeile fand, in
der sie aufgehört hatte zu lesen.

*Die vereinte Magie muss folgende Formel sprechen: ›Anathema
rumpe!‹ Diese Formel muss mehrfach wiederholt werden und mithilfe von Metall kann die Gefangene aus dem Exsugo-Käfig befreit
werden.*

Angelika zeigte auf die Zauberformel. »Anathema rumpe
heißt …«

»Breche auf, Bann, oder so ähnlich.«

Erstaunt blickte die Burgherrin sie an. »Du hast es verstanden?«

»Ja, Georg hat viel Latein mit mir gelernt, bevor er gefangen genommen wurde. Und ich habe in der letzten Zeit
oft im Hexen-Einmaleins und dem Kräuterbuch gelesen.
Durch die vielen Formeln habe ich einiges an Latein dazu-
gelernt.«

Die Burgherrin nickte anerkennend. »Das ist gut, Mayla.
Ich sehe, du gehst deinen Weg.«

Sie lächelte Angelika an. »Darf ich das Buch behalten?«

»Nur bis wir aufbrechen. Davor hätte ich es gerne zurück.«

»Danke.« Sie erhob sich und lief hinüber zur Tafel. Als erstes wollte sie Anna und Pierre einweihen, damit sie in Ruhe über das Vorgehen und das Zusammenführen der alten Magie sprechen konnten. Mayla hielt direkt auf sie zu und Anna blickte sie sogleich an, als spürte sie, dass Mayla etwas mit ihr besprechen wollte.

»Anna, darf ich dich bitte kurz sprechen?«

»Worum geht es?«

»Um meine Oma aus dem Gefängnis zu befreien, das ihr die Kräfte raubt, müssen wir die alte Magie zusammenführen. Wie ich gehört habe, bist du die einzige Erdhexe hier.«

Annas Augen weiteten sich für einen Moment. »Die alte Magie zusammenführen? Ist das dein Ernst? Das ist gefährlich und ich weiß gar nicht, ob es noch bekannte Zaubersprüche gibt, mit denen das funktionieren könnte.«

»Die gibt es«, bestätigte Susana, die um einen ihrer Finger eine lange dunkelbraune Strähne wickelte. »Nur noch wenige Werke berichten davon, aber ich hatte auch mal eines in der Hand.« Interessiert blickte sie auf das Buch, das sich Mayla an die Brust drückte. »Ist das ein altes Hexenbuch? Wo hast du es her?«

»Ich habe es von Angelika geliehen.«

Anna sah zu der Burgherrin hinüber, die noch immer gedankenverloren vor dem Kamin saß. »Wir dürfen Melinda nicht den von Eisenfels überlassen. Ich helfe dir. Aber ich will vorher genau wissen, was zu tun ist.«

»Sehr gut. Dann komm, damit ich dir und den anderen erklären kann, wie der Zauber funktioniert.«

Anna erhob sich, winkte Susana kurz zu und lief mit Mayla zu den anderen. »Du bist eine Feuerhexe, dein Polizistenfreund ist ein Wasserhexer und ich bin eine Erdhexe. Wir brauchen noch Luft.«

»Genau. Ich wollte Pierre fragen.«

»Ich schlage vor, wir fragen nicht nur ihn, sondern auch Thomas und Nora. Falls einer von ihnen unplanmäßig ausfällt, müssen wir für Ersatz sorgen.«

Sie riefen Georg, Thomas, Nora, John und Pierre zusammen und die sieben ließen sich am Ende der Tafel nieder, wo sie sich ungestört unterhalten konnten. Mayla zeigte den anderen das Buch und die Abschnitte darin, in denen es um den Exsugo-Zauber und die Vereinigung der alten Magie ging.

Thomas, Nora und Pierre verabredeten, dass Pierre den Zauber sprechen würde und die anderen zwei für den Notfall bereitstehen sollten. Den Part der Wasserhexer würde Georg übernehmen und John wollte sich als Ersatz in seiner Nähe aufhalten. Die beiden verstanden sich gut, hatten sich bereits auf ihrem Trip in das Hauptquartier des Wasserzirkels über die letzten Fußballspiele der Saison unterhalten und verhielten sich, als würden sie sich seit Jahren kennen.

Für Mayla planten sie keinen Ersatz ein. Als einzige Hexe aus einer Gründerfamilie waren ihre Kräfte unabdingbar. Auch für Anna gab es keinen Ersatz, doch sie betonte mehrfach, dass Mayla sich auf sie verlassen konnte.

Seit ihrer Unterredung hatte sich das Gefühl zwischen ihnen beiden verändert. Mayla freute sich, wie gut sie zusammen arbeiten konnten. Anna gab einige konstruktive Vorschläge, war fokussiert und offenbar ebenso motiviert wie Mayla, ihre Oma aus den Fängen des verbotenen Zirkels zu befreien. Sie warf ihr ein Lächeln zu und freute sich, als Anna es erwiderte.

Als hätte ihre Oma geahnt, welche Aufgabe auf Mayla wartete, hatte sie ihr aufgetragen, den Erben des Luftzirkels zu finden. Den hätte sie jetzt verflucht noch mal gut gebrauchen können. Aber nun war es zu spät, nach ihm zu suchen. Es musste ohne ihn gelingen. Und sobald ihre Oma wieder auf freiem Fuß war, würde sie sich sogleich auf die Suche nach ihm machen – auch wenn sie sich fragte, wo zum Teufel sie nach ihm suchen sollte.

Kapitel 24

Der Tag verflog im Nu. Die große Standuhr im Burgsaal schlug acht und die allgemeine Nervosität stieg. Alle Mitglieder des Inneren Kreises machten sich bereit, um bei der Befreiung zu helfen.

Von Donnersberg hatte einen Atlas hervorgeholt, in dem alle bekannten Weltenfalten eingezeichnet waren. Die verborgene Falte, in der Melinda von Flammenstein festgehalten wurde, befand sich in der Nähe von Exmouth an der Jurassic Coast nahe einem malerischen Strand namens Sandy Bay. In Exmouth selbst gab es mehrere Falten, wie es für jede größere Stadt üblich war. Aber der Weg von dort war zu weit und sie würden zu viel Zeit verlieren.

In Sandy Bay fand sich nur eine allgemein bekannte Falte, und zwar innerhalb einer Ferienhaussiedlung. Laut Angelika hatten sich mehrere Hexen darüber beschwert, dass die wenigen Hütten jeden Sommer so schnell ausgebucht waren, weshalb diese Hexen Melinda bedrängt hatten, dort eine Weltenfalte zu erschaffen. Vor Jahren schon hatte die Oberhexe eingewilligt und ihnen ein Stück dieses idyllischen Küstenabschnitts in Form einer Falte gesichert. Sie verbrachten dort ihre Ferien gemeinsam mit den normalen Menschen, die keine Ahnung hatten, dass die Badegäste neben ihnen magische Kräfte besaßen.

In diese Falte wollten sie springen und sich von dort aus der verborgenen Weltenfalte zu Fuß nähern. Da außer den von Donnersbergs, Mayla und Nora keiner einen Amulett-schlüssel besaß, sprangen sie gemeinsam nach Südengland.

Georg hatte sich bereits gut in die Gruppe eingefunden. Er war offen und lustig. Er suchte die Gesellschaft der anderen, hielt da ein Schwätzchen mit dem und dort eines mit jenem. Als sie nach Südengland aufbrachen, hatten ihn die meisten näher kennengelernt und ihre anfänglichen Einwände, dass ein Polizist sie begleitete, waren vergangen.

Violett warf ihm bewundernde Blicke zu, die er gar nicht zu bemerken schien, und selbst Anna brachte er einmal so laut zum Lachen, dass von Donnersberg irritiert aufsah. Nur Eduardo de Luca blieb auf Abstand, als wehre er sich dagegen, genauso seinem Charme und Witz zu erliegen wie die anderen.

Als es soweit war, kam Georg zu Mayla geschlendert. Er zwinkerte ihr zu und nahm ihre linke Hand. »Bist du bereit?«

Sie nickte. Es tat gut, dass er wieder da war. Er war ihr Freund. Ein Freund, wie sie ihn sich immer gewünscht hatte. Der Weg fühlte sich mit ihm zusammen leichter an und sie atmete etwas freier. Mit Georg schien die bevorstehende Aufgabe machbar zu sein, obwohl ihr der Schock über Toms Offenbarung noch immer auf der Seele brannte.

Unvermittelt durchströmte sie eine Wärme und sie hielt inne. Ein Gefühl von Hingabe drängte sich um ihr Herz und sie glaubte, in Gedanken ein feines Miauen zu hören. Sie schloss die Augen und lächelte. Karli. Spürte er, dass sie sich in Gefahr begab? Dass sie zu einer Mission mit ungewissem Ausgang aufbrach und er nicht bei ihr sein konnte? In Gedanken schickte sie ihm so viel Zuversicht, wie sie aufbringen konnte. Der kleine Kerl sollte sich keine Sorgen machen. Wie wunderbar würde es sein, wenn er endlich bei ihr war …

Mit einem zuversichtlichen Lächeln stellte sie sich zu den anderen. Violett, Matthew und John gesellten sich dazu und dann dachte sie: »Perduce nos ad sinum arenosum.«

Sie landeten auf der Wiese inmitten weiß gestrichener Ferienhäuser, die überall um sie herum erbaut worden waren und beinahe alle gleich aussahen: ein langgezogener Bungalow mit bodentiefen Fenstern und rundherum eine hölzerne Veranda. Darauf saßen ein paar Hexen in zurückgeklappten Liegestühlen. Sie schauten überrascht auf, als sie die fünfzehn Personen auftauchen sahen, lehnten sich wieder zurück und raunten genervt: »O nein, eine Reisegruppe. Jetzt ist es vorbei mit der Ruhe.«

Grinsend lief Mayla mit den anderen gen Küste. Wahrscheinlich wäre es klüger gewesen, sie wären zeitlich versetzt gesprungen.

Der Wind wurde heftiger, je näher sie dem Meer kamen. Er löste Strähnen aus ihrer Klammer, die wild um ihr Gesicht flatterten. Die Aufregung stieg, während sie mit den anderen die Küste entlangstapfte, das wilde Meer zu ihrer Rechten, bis von Donnersberg den Arm hob.

»Seht ihr dort drüben? Das ist die Landspitze Straight Point. Wenn wir die passiert haben, stoßen wir auf die verborgene Falte.«

Mit den Augen suchte Mayla die Landzunge und die Wiese an der Küste ab, doch sie konnte nichts Außergewöhnliches entdecken. Hoffentlich gelang es ihnen, sie zu öffnen.

»Wir warten, bis die Sonne untergegangen ist. Das ist laut Tom der Zeitpunkt, zu dem die Jäger aufbrechen, um Vincent zu befreien. Dann ist sie am wenigsten geschützt. Wenn wir Glück haben, fällt es erst auf, dass wir sie aufgebrochen haben, wenn wir schon wieder daheim sind.«

Und wenn sie auf der Burg ankamen, war Vincent von Eisenfels wieder frei …

Maylas Puls beschleunigte sich. Georg spürte es sofort.

»Alles in Ordnung?«

»Nein. Es ist nicht gerecht. Entweder ich verhindere, dass von Eisenfels aus der Falte entkommt, oder ich rette meiner Oma das Leben. Wie hat er es nur geschafft, das aus der Falte heraus so geschickt einzufädeln?«

»Er ist stärker, als wir es uns vorstellen konnten. Aber wir dürfen nicht ausschließen, dass jemand anderes diese Fäden gesponnen hat. Wir sollten ihn auf keinen Fall mächtiger machen, als er ist.«

Sie warf ihm einen nachdenklichen Blick zu. »Du hast recht. Trotzdem wäre es mir lieber, er bliebe für immer in dieser verfluchten Falte eingesperrt!«

»Ich wünschte auch, wir könnten etwas tun. Doch die einzigen, die außer dir und deiner Oma imstande wären, ihn am Ausbruch zu hindern, sind Alessia De Fonte und ihre Nachkommen, und die verstecken sich wie Feiglinge im Hauptquartier der Wasserhexen. Als ginge sie die Sache nichts an und als wäre von Eisenfels nicht über kurz oder lang dazu in der Lage, sie dort zu ergreifen.

Wie habe ich nur all die Jahre nicht begreifen können, was sie mit ihrer Untätigkeit anrichten? Ich bin ihnen hörig hinterhergelaufen, wie es mir von meinen Eltern und meinen Vorgesetzten und Ausbildern bei der Polizei beigebracht wurde. Dabei gab es mehr als einen Vorfall, als Alessia nur ihre Macht ausspielte und sich gleichzeitig vor ihrer Verantwortung als Oberhexe drückte.«

»Vorwürfe nützen jetzt auch nichts. Immerhin hast du es mittlerweile erkannt.«

»Aber sie und ihre Familie sind die einzigen, die von Eisenfels an diesem Abend aufhalten könnten.«

»Und der Luft-Erbe. Er könnte es auch.« Wütend über sich selbst schlug sie mit der Faust ins Leere. »Deshalb hat meine Oma gewollt, dass ich ihn finde. Er hätte all das verhindern können. Wäre ich mir nur nicht so sicher gewesen, dass Tom der letzte Montgomery ist. Dann hätte ich weitergesucht und ihn ausfindig gemacht.«

»Vorwürfe nützen jetzt auch nichts.« Mayla sah zu Georg, der grinste. »Was für mich gilt, gilt auch für dich. Oder glaubst du, nur weil du eine von Flammenstein bist, gelten für dich andere Regeln?«

»Nein, aber … ich trage die gleiche Verantwortung wie Alessia.«

»Mayla, sei nicht so hart mit dir. Jeder würde sich so entscheiden wie du und seine Angehörigen befreien – egal was gleichzeitig in der Welt passiert. Das Leben geht immer vor. Und deine Oma ist nicht nur deine letzte lebende Verwandte, sie ist zudem eine der mächtigsten Hexen. Im Kampf gegen die von Eisenfels brauchen wir sie. Niemand hier will sie opfern – zumal es höchst fraglich ist, ob deine Magie überhaupt ausreichen würde, um Vincent an einem Ausbruch zu hindern.«

Tief einatmend blickte sie auf den unendlich weiten Horizont. Das Wasser war ruhig, ganz im Gegensatz zu ihren Gefühlen. »Ich weiß, dass meine Entscheidung die richtige ist. Dennoch hoffe ich, dass … sie das auch so sehen wird.«

»Deine Oma wird derselben Meinung sein, vertraue mir.«

Eine heftige Böe trieb ihr den Duft nach Salzwasser in die Nase und damit den Gedanken an Tom. Sehnsüchtig sah sie hinüber zu der Landspitze, die für sie dieselbe unschuldige

Erscheinung war wie für alle anderen Menschen. Roch er deshalb nach Salzwasser? Weil er oft hier war?

Der Himmel hinter ihnen verfärbte sich bereits rosa und die Sonne berührte den Horizont. Der Mond war längst aufgegangen und leuchtete silbern vor dem dunkler werdenden Firmament. Still warteten sie, niemand gab einen Laut von sich. Alle sammelten sich für das Ungewisse, das Unplanbare, das in der verborgenen Falte auf sie wartete. War es eine Stadt? Eine Burg? Wie viele Hexen lebten dort? Nur die Jäger? Nur die Familie von Eisenfels? Wie viele Mitglieder zählte diese Familie?

Als von Donnersberg das Zeichen gab, stellten sie sich nebeneinander auf und zückten ihre Zauberstäbe. Mayla richtete ihre Hände auf die verborgene Falte und gemeinsam mit den anderen raunte sie: »Te aperi, munde contracte!«

Ein gleißender Blitz durchdrang senkrecht die Luft und wurde länger und länger. Das Licht blendete und Mayla schloss für einen Moment die Augen, um sie sogleich wieder gespannt zu öffnen. Es sah aus, als reiße die Luft entzwei, als breche sie auf. Plötzlich platzte der Blitz auf und schob die Wiese, die Klippen und das Meer zu den Seiten, um einer anderen Welt Platz zu machen.

Vor ihnen erschien ein Berg, an dessen Hängen eine Wiese wucherte und deren Halme bis über die Knie reichten. Es war kein großer Berg, eher ein sehr großer Hügel, und darauf stand ein herrschaftlicher Landsitz, wie Mayla ähnliche bislang nur auf Bildern gesehen hatte.

Es war ein mehrgeschossiges Gebäude, erbaut aus dunklem Stein und von solch enormen Grundmaßen, dass der Bau womöglich ein Fußballfeld bedeckt hätte. Breite Treppen führten von zwei Seiten auf die großzügige Terrasse, von der

aus man durch ein großes breites Eisentor den Prunkbau betreten konnte.

Es war ruhig in der Weltenfalte. Niemand lief über die
Wiese, kein Mensch befand sich auf der Terrasse oder lugte
aus einem der gelbgetönten Fenster, von denen einige gesprungen waren. Das ganze Anwesen wirkte unbewohnt, als
hätte es seine glanzvollen Zeiten längst hinter sich. Dennoch
verströmte es eine bedrohliche Atmosphäre. Eine ungreifbare
Drohung lag in der Luft, als warte hinter den verschlossenen
Türen das Grauen.

Fröstelnd zog Mayla die Schultern hoch. »Wo sind die
Jäger? Oder die Bewohner des … Hauses?«

Ohne den Blick von dem Anwesen abzuwenden, raunte
Georg: »Denen werden wir noch früh genug begegnen.«

Gemeinsam pirschten sie das Anwesen hoch, die Köpfe
eingezogen, als würden sie dadurch weniger leicht gesehen
werden.

»Es gibt doch eine Formel, mit der wir uns unsichtbar
hexen können«, überlegte Mayla laut.

»Wir müssen unsere Energie sparen. Wenn dieses Anwesen mit einem Zauber geschützt ist, schlägt der Alarm ohnehin an, egal ob wir gesehen werden oder nicht.«

Sie alle blieben eng zusammen und schlichen die Anhöhe
hinauf. Die Sonne verschwand allmählich und die Dunkelheit breitete sich auf dem Anwesen aus. Eine Eule schrie.
Mayla schaute neben den Landsitz, wo hohe Tannen wuchsen, deren Spitzen und Zweige im Küstenwind hin- und
herschwangen. Ganz oben saßen zwei Eulen. »Ist das deine?«

Georg nickte. »Die andere Eule sieht so aus wie die, die
uns bei Melindas Haus versucht hat zu warnen. Ich denke, es
ist die Eule deiner Oma.«

Ein wenig wartete Mayla nach dieser Erklärung darauf, dass Kitty um die Ecke gestreunert kam. Aber das würde sie wohl nie wieder tun. Sie musste aufpassen auf Karli und sein Schwesterchen. Und sobald die beiden entwöhnt waren, würde Kitty mit ihr nichts mehr zu tun haben. Sie war Toms Seelentier und der war nun auf der ... anderen Seite ... oder?

Stopp. Daran durfte sie weder denken noch sich davon runterziehen lassen. Sie musste ihre Oma befreien. Jetzt. Sonst starb sie.

Sie liefen nicht zum Haupteingang. Er war mit einem Eisentor gesichert, dem Element der Familie von Eisenfels – niemals würde man dort gewaltsam eindringen können. Mit wachsamen Augen umrundeten sie das herrschaftliche Gebäude, in dem sich noch immer nichts regte.

»Wir müssen eine Schwachstelle finden«, hatten Nora und Matthew bei der Besprechung am Nachmittag betont und ihren Plan zusammengefasst. Sie hatten nicht gewusst, was sich in der Falte befand, doch es war naheliegend, dass Melinda in irgendwelchen Räumlichkeiten gefangen gehalten wurde.

»Wie erkennen wir eine Schwachstelle?«, hatte Violett gefragt.

»Eine Schwachstelle ist dort«, hatte Angelika betont, »wo wir kein Eisen oder anderes Metall erkennen. Da können wir in das Gebäude gelangen, in dem Melinda gefangen gehalten wird. Sobald wir drinnen sind, müssen wir improvisieren. Was auch immer wir dort vorfinden, es gilt die Devise: So wenig aufteilen wie möglich. Zusammen sind wir am stärksten. Nora, Susana, Manuel und ich kümmern uns um den Schutzzauber, sollten wir angegriffen werden. Violett, Thomas und Matthew bilden die Nachhut, Mayla, Anna, Pierre und Georg bleiben in der Mitte, um ihre Kräfte zu schonen, und Artus, Eduardo und John laufen vorneweg.

Sobald wir das Gefängnis von Melinda gefunden haben, machen sich Mayla, Georg, Anna und Pierre daran, den Exsugo-Zauber zu brechen. Wir anderen beschützen sie solange – komme, was wolle. Hauptsache, uns entdeckt niemand, bevor wir Melinda gefunden haben.«

Soweit zu ihrem Plan.

Von Donnersberg deutete nach Norden, worauf sie geschlossen hinter ihm her eilten und das Haus umrundeten. Die Sonne ging bereits unter und die letzten Strahlen beleuchteten das Anwesen, das gut gesichert war. Das Gebäude stand auf einem steinernen Fundament, sodass man von unten nirgends eindringen konnte. Die wenigen Fenster, die es im Erdgeschoss gab, waren allesamt mit Gittern versehen. Und an der Rückseite, die nicht minder imposant aussah, entdeckten sie keine einzige Tür, die nicht mit Eisen beschlagen war.

Als Mayla den Kopf in den Nacken legte, um die oberen Stockwerke nach einer Einstiegsmöglichkeit abzusuchen, entdeckte sie unter einem Giebel einen kleinen Balkon in der dritten oder vierten Etage. Das war doch eine Möglichkeit! Aber verdammt. Wie sollten sie dort hinaufkommen?

Moment. Tom war doch mehrmals die Hauswände hochgeklettert – und als sie vor den Jägern aus ihrer Wohnung geflüchtet waren, hatte er Georg und ihr gezeigt, wie er das anstellte.

Sie zeigte auf den Balkon, den auch die anderen entdeckt hatten. »Dort oben wartet unser Eingang. Wir können mit dem Commove-Zauber einzelne Steinbrocken ein Stück weit aus dem Gemäuer lösen und an denen klettern wir hoch.«

Gründlich besah sich John die Fassade. »Einen Versuch ist es wert.« Er hob den Zauberstab und raunte: »Commove!«, worauf sich die Wand hinauf Steinstufen herausschälten. Sie waren höchstens einen halben Fuß tief, aber so nah beieinander, dass es gelingen konnte. Er kletterte als erster und als er ein gutes Stück vorangekommen war, stieg Mayla hinter ihm her. Es war verdammt hoch – noch höher als damals, als sie mit Tom und Georg aus ihrer Wohnung hinausgekraxelt war. Aber hoch ging leichter als runter.

Unter ihrem ausgestreckten Arm hindurch schielte sie hinab. Verdammt war das tief. Schnell hob sie wieder den Kopf und stieg hinter John her, der sich soeben über das steinerne Geländer des Balkons schwang. Er war Sportler, bei ihm sah es so einfach aus. Tief atmete sie durch und biss die Zähne zusammen. Das war vermutlich noch die geringste Mutprobe, die sie heute Abend durchstehen musste. Sie kletterte weiter, Stein für Stein, bis sie neben dem Balkon angelangte. Eins, zwei, drei. Mit der Linken krallte sie sich an das Geländer, doch es war so breit, dass sie keinen festen Halt bekam. Ihre Hand rutschte ab. O Gott. Ihr Blick ging nach unten. Wie tief war das? John packte ihr Handgelenk und zog sie hoch. Ihr Puls bretterte in ungesundem Galopp durch ihren Körper, während sie zitternd über das Geländer kroch. Als sie endlich festen Boden unter den Füßen hatte, atmete sie auf.

Direkt nach ihr erklomm Georg den Balkon und widmete sich mit ihr der Glastür, dem letzten Hindernis zwischen ihnen und dem Inneren des Adelssitzes.

John gab den übrigen, die hinter ihnen auf den Balkon drängten, Hilfestellung. Allmählich wurde es eng. Mayla hob die Hände, um die Tür aufzuhexen, doch Georg bremste sie. »Lass mich. Du solltest deine Kräfte schonen. Setze sie nur ein, wenn es sein muss – um so mehr Energie bleibt dir, deine Oma zu befreien.« Er zog den Zauberstab aus seiner hinteren Jeanstasche. »Aperi.« Ohne Probleme schwang die Glastür auf und er trat über die Schwelle. Mayla folgte ihm.

Es war mittlerweile so dunkel draußen, dass das wenige Licht, das über die Balkontür in den Raum schien, nichts mehr auszurichten vermochte. Mayla entdeckte eine Kerze in einem kleinen Messingständer und blies sie an. Georg hob sie an dem Messingfuß hoch.

»Du sollst doch deine Kräfte schonen.«

»Übertreib mal nicht. Als Feuerhexe ist es für mich doch kein Problem, eine kleine Flamme zu erschaffen! Im Übrigen musst auch du deine Energie schonen – wir brauchen dich für den Zauber.«

»Mich könnt ihr ersetzen, dich nicht.«

Das flackernde Licht der Flamme beschien klobige Möbel, die mit weißen Tüchern verhangen waren. Spinnweben zogen sich über die Ecken und eine dicke Staubschicht bedeckte den Boden.

»Hier ist lange niemand mehr gewesen. Ob das wirklich der Ort ist, an dem meine Oma festgehalten wird?«

»Das finden wir heraus.« Zielstrebig marschierte Georg zur Tür und Mayla lief ihm auf Zehenspitzen hinterher. Sie war nicht verschlossen, sondern sprang sogleich auf, als er die Hand auf die Klinke setzte. Im Schein der Kerze fanden sie sich wieder in einem langen Flur, der zu einem offenen Treppenhaus führte, durch das sich die breiten Stufen wie eine Spirale vom Erdgeschoss bis unters Dach wanden.

Mayla beugte sich über das Geländer und blickte hinunter in die Dunkelheit und hinauf. Doch sie sah nichts als Düsternis. Nirgends hörte sie jemanden schreien. In keinem der

Schatten glitzerte ein Funken, der verriet, dass ein mächtiger alter Zauber in diesem Anwesen gesprochen wurde. Sie sah zu Georg, dessen Gesicht von der Flamme in ein warmes Licht getaucht wurde.

»Und jetzt?«, fragte er.

Hinter ihnen kamen Angelika und Artus den Flur entlang geschlichen.

»Können wir meine Oma mithilfe des Inveni-Zaubers ausfindig machen?«

Angelika zuckte mit den schmalen Schultern. »Versuch es. Da ihr verwandt seid, könnte es funktionieren.«

Mayla stellte sich ihre Oma vor und dachte: »Inveni.« Sie wartete, doch kein Funken stahl sich aus ihren Fingerspitzen, um ihnen den Weg zu verraten. »Offenbar müssen wir sie auf altmodische Weise finden.« Sie wollte Georg die Kerze aus der Hand nehmen, als Angelika sie an der Schulter festhielt.

»Schau mal.« Die alte Hexe zeigte auf ihren Zauberstab und blies sachte auf ihn. Eine kleine Flamme bildete sich über seiner Spitze. »Das kannst du auch mit deinen Händen machen.«

»Ohne dass ich mich verbrenne?«

»Natürlich. Unzählige Male habe ich es bei deiner Großmutter und deiner Mutter gesehen. Auf, versuch es.«

Hoffentlich hatte Angelika recht. Mit einem mulmigen Gefühl stellte sie sich eine kleine Flamme auf ihrer Fingerspitze vor und blies sachte darauf. Als das kleine Feuer entfachte, durchzuckte sie kein Schmerz. Die Flamme folgte der Bewegung ihrer Hände, tanzte unablässig auf ihrer Fingerkuppe und dennoch spürte Mayla keine Hitze. Fasziniert hielt sie den Finger vor ihre Augen und beobachtete das Schauspiel. Wenn das ihre Eltern wüssten, hätten sie sie nicht so oft rügen müssen, wenn sie verbotenerweise mit den Streichhölzern gespielt hatte. Ein Stich durchfuhr ihr Inneres, aber bevor sie die Erinnerung an Peter und Anneliese Falk bekümmerte, lief sie die Treppe hinunter. Irgendwo in diesem alten Gemäuer war ihre Oma und die musste sie endlich befreien.

Die anderen folgten ihr auf den Fuß. Das darunterliegende Geschoss war ebenso dunkel wie das vorherige. Sie wanderten den Flur entlang, lauschten an den geschlossenen Türen, doch es war nichts zu hören. Am Ende des Ganges entdeckten sie eine weitere Tür, die sie beinahe übersehen hätten. Mayla drückte das Ohr an das klamme Holz und wollte sich schon wieder abwenden, als … Moment. Da redete jemand. Mit geweiteten Augen signalisierte sie den anderen, dass sich jemand hinter der Tür befand.

Georg trat neben sie und lauschte. Er nickte langsam und drehte sich zu den anderen um. Plötzlich weitete er die Augen und hob den Zauberstab. Ohne zu wissen, was los war, dachte Mayla: »Tutare!« und ein Schutzschild bildete sich um die Gruppe. Keine Sekunde später schossen grelle Lichtblitze auf sie zu und prasselten auf den Schild. Von hinten näherten sich drei Männer. Die Spitzen ihrer Zauberstäbe leuchteten jedes Mal in der Finsternis auf, wenn sie den nächsten Fluch damit wirkten.

Angelika schnellte neben Mayla und legte ihr die Hand auf den Unterarm. Gleichzeitig hob sie den Zauberstab. Mayla spürte, wie es leichter wurde, den Schild aufrechtzuerhalten. Angelika hatte an ihren Zauber angeknüpft und gemeinsam schotteten sie die Gruppe vor den Angreifern ab.

»Wenn ich Jetzt sage, hörst du mit dem Zauber auf, Mayla. Du musst deine Kräfte schonen. Hast du verstanden?«

Sie nickte.

»Jetzt.«

Sie senkte die Hände, und Nora und Manuel stellten sich neben Angelika auf, um den Schutz zu verstärken.

»Alarm!«, schrie einer der Angreifer, worauf im ganzen Haus die Kerzen an den Wänden angingen. Die Tür, an der sie gelauscht hatten, sprang auf, und sechs Jäger stürmten hinaus. Die Zauberstäbe gezückt drängten sie sie mit ihren Flüchen zurück. Eingekeilt zwischen den beiden Gruppen blieb ihnen nichts, als die Treppe hinunter zu nehmen.

Sie mussten nah beisammenbleiben und langsam laufen, damit Angelika, Nora und Manuel den Schild um sie herum aufrecht erhalten konnten. Dadurch verloren sie wertvolle Zeit.

»Verdammt, seht nur!« Violett zeigte auf die Etage, zu der sie hinunterliefen, in der ebenfalls Jäger auftauchten.

»Eindringlinge!«, kreischte eine Frau, die Mayla irgendwie bekannt vorkam. Kritisch musterte sie sie, bis es ihr dämmerte. Die Frau trug keine Brille und keine braune Strickjacke. Das schwarze Haar war nicht zu einem altmodischen Knoten hochgesteckt, in dem ein angeknabberter Bleistift steckte, sondern fiel offen über ihre Schultern. Aber der Blick aus den haselnussbraunen Augen war ebenso bohrend wie der einer alten Bekannten.

»Marianna Lauber!«

Kapitel 25

Marianna Lauber hob den Blick und ein ungewohntes Lächeln zeichnete sich auf ihrem ebenmäßigen Gesicht ab. Ihre braunen Augen blitzten und sie warf ihr langes schwarzes Haar über die Schultern. »So sehen wir uns wieder, Erbin der Feuerhexen. Am liebsten hätte ich dich schon auf Burg Donnersberg mal zur Seite genommen und dir deine süßen Gründerkräfte ausgesaugt. Doch der Plan sah leider ein anderes Schicksal für dich vor. Da du dich den Jägern in deiner Wohnung entwunden hast, habe ich nun das Vergnügen, mir deine Kräfte einzuverleiben.« Sie hob den Zauberstab und schleuderte einen Fluch auf sie, der sie trotz Schutzzauber alle die Treppe hochfallen ließ. Wieso zum Teufel war sie so stark?

Nora, Angelika und Manuel stürzten übereinander und der Schutz um sie alle zerfiel. Mayla stand als einzige und hob die Hände. »Dearmo!«, schrie sie und Mariannas Zauberstab entglitt ihren Händen. Doch noch bevor er fortfliegen konnte, fing ihn ein anderer mit einem Zauber auf und gab ihn Marianna zurück.

Gleichzeitig traf von oben ein Fluch auf Pierre, der krümmend am Boden liegen blieb und sich die Brust hielt. Er schnappte nach Luft und keuchte, als drohe er zu ersticken.

»Tutare!«, schrien Mayla und Violett wie verabredet und der Schild flammte um sie herum auf, während sich Angelika sofort über Pierre beugte.

»Es ist der Pressa-Fluch. Schon wieder. Wir müssen ihn hier wegschaffen.«

Von Donnersberg hockte sich zu seiner Frau und Pierre. Er befühlte seine Brust und seine Stirn, auf der sich eine Schweißperle neben der anderen aufreihte. »Du hast recht.« Er winkte Eduardo zu sich und legte ihm sein Schutzamulett um den Hals. »Bring ihn heim.«

Der Italiener hockte sich zu Pierre und umfasste das Amulett.

Mit dem Handrücken strich sich Angelika über die Stirn. Obwohl sie mitten im Kampf war, saßen ihre Frisur und ihr Kleid tadellos. »Ich habe noch etwas von dem notwendigen Trank. Er ist in der Burgküche! Du weißt, wie du ihn verabreichen musst?«

Eduardo nickte. Er blickte zu Violett und Mayla, die nur kurz zu ihm sahen, um ihre Konzentration nicht zu gefährden. »Ich kann nur wegspringen, wenn ihr den Schutzzauber aufbrecht, da ihr ihn komplett über uns gespannt habt.«

Mayla atmete tief durch und wechselte mit Violett einen kurzen Blick. Die Jäger schienen nur auf den Moment zu warten, in dem sie den Schild fallen ließen. Aber sie hatten keine Wahl – Pierre drohte innerlich zu ersticken. Sie mussten es riskieren.

Tief atmete sie durch, nickte Eduardo zu und sah Violett an, die mit den Augen zwinkerte. Gleichzeitig ließen sie den Schild verschwinden. Sofort schleuderten Georg, Angelika, Nora und Matthew den Entwaffnungs-Zauber auf Marianna und die anderen Jäger, die jedoch selbst einen Schutzschild vor sich gehext hatten. Eduardo schlang den Arm um Pierre und verschwand mit einem feinen Glitzern. Zurück blieb nur sein unverwechselbarer Duft nach Pfefferminz.

Sofort errichteten von Donnersberg und Georg einen neuen Schutz um sie herum. Nora und Susana stellten sich neben sie, packten sie an den freien Händen und mit erhobenen Zauberstäben unterstützten sie sie mit ihrer Magie.

»Ich habe gewusst, dass Tom euch nicht vergessen hat«, säuselte Marianna, die zwischen den Jägern thronte, als würde sie unter ihnen eine höhere Stellung einnehmen. »Als er zu uns kam, um seine wahre Herkunft zu offenbaren, habe ich ihm sofort misstraut! Deshalb bin ich mit meinen Leuten hier geblieben, um euch eine kleine Überraschung zu bereiten.«

»Wieso ist sie so stark?«, raunte Georg.

»Vielleicht hat sie andere Hexen getötet und ihrer Kräfte beraubt. Mit jedem Mord werden ihre Kräfte dunkler und unberechenbarer«, flüsterte der Burgherr.

»Wie sollen wir an ihnen vorbeikommen?«, wisperte Susana.

»Vielleicht sollten wir uns zurückziehen und …«, schlug Thomas vor.

»Auf keinen Fall!« Mayla sah sie der Reihe nach an. »Wir müssen meine Oma befreien. Ohne sie werde ich diesen Landsitz nicht wieder verlassen.« Angestrengt suchte sie nach einem Fluchtweg. Sie schielte über das Geländer und endlich kam ihr die Idee. Sie neigte sich zu Angelika und flüsterte ihr ins Ohr: »Wenn wir gemeinsam nach unten springen, könnten wir doch mit dem Vola-Zauber unseren Fall entschleunigen. Was meinst du?«

Unauffällig lugte Angelika über das Geländer nach unten und wieder zu Mayla. Sie schluckte, doch dann stimmte sie zu. »Es ist unsere einzige Chance. Wir zwei zaubern ihn gemeinsam. Dann könnte es gelingen.« Sie flüsterte den anderen den Plan zu, worauf alle etwas nervös nach unten schielten. Sie mussten schnell machen, bevor die Blicke sie verrieten.

Georg und von Donnersberg stellten sich unauffällig näher an das Treppengeländer, weiteten den Schutzzauber um sie herum aus und ohne zu zögern, sprang Mayla über das Geländer. »Vola!« Sie wurde ein wenig langsamer, doch nicht langsam genug. Mühelos kam Angelika hinter ihr her, doch auch sie konnte ihren Fall nicht abbremsen. In rasendem Tempo stürzten sie auf den Boden zu.

»Zusammen, Mayla!«, rief die alte Hexe und angestrengt dachten sie: »Vola«, worauf sich ihr Tempo ein wenig drosselte, doch lange nicht genug, dass sie unverletzt auf dem Boden landen würden. Verflucht, das durfte nicht das Ende sein!

Kurz bevor sie aufschlugen, verlangsamte sich ihr Flug und wie ein Blatt im Herbst segelten sie die letzten Meter zu Boden. Jemand stand dort, der ebenfalls den Vola-Zauber gesprochen hatte. Ein großer Schatten, der in dem Moment, in dem Angelika und Mayla auf den kalten Fliesen landeten, davonhuschte.

Wer war das? Tom? Doch sie konnten nicht hinter ihm herrennen, da Anna, Manuel und Susana bereits auf den Boden zugerast kamen. »Vola!«, riefen Mayla und Angelika und die drei schwebten sachte auf die Füße. Kaum hatten sie sicheren Stand, hexten sie einen Schutzzauber, sodass sie nicht angegriffen werden konnten, und die nächsten wagten den Sprung. Als letztes standen John und Georg oben, die den Schutzzauber um sich aufbrachen und zeitgleich über das Geländer sprangen, als hätten sie es monatelang einstudiert.

»Hinterher!«, schrie Marianna über das Treppengeländer gebeugt, während die Jäger Flüche nach unten schossen.

Mayla, Angelika und Violett suchten bereits die Diele ab, in der sie gelandet waren.

»Da war ein Schatten!« Mayla zeigte auf den Korridor, in dem der Unbekannte verschwunden war. »Ich glaube, es war Tom.«

Von Donnersberg blies auf seinen Zauberstab, an dem eine Flamme erschien. Er beleuchtete den langen Gang, an dessen Wänden Ölgemälde hingen, offenbar Porträts der Familie von Eisenfels. Die Rahmen waren von einer dicken Staubschicht bedeckt. Der Flur lag ruhig vor ihnen. Keine einzige Bewegung war auszumachen.

Endlich landeten auch John und Georg auf den Füßen. Ratlos blickten sie sich zu den Seiten um. Von der Diele gingen drei Korridore ab. Mehrere Flüche schossen von oben auf den Schutzschild und drängten sie zur Eile. Von Donnersberg deutete in den Gang, in dem der Schatten verschwunden war. »Wenn unser unbekannter Helfer dort entlang gelaufen ist, sollten wir ihm folgen. Vielleicht will er uns den Weg zeigen.«

Sie stürmten den langen Korridor entlang. Ihre Schritte wurden gedämpft von einem alten Teppich, aus dem Staub emporwirbelte. Weiter hinten leuchtete für einen Moment ein Licht auf, das sogleich wieder verschwand. Und war dort nicht wieder ein großer Schatten? Tom? War er hier, um ihnen zu helfen? Aber durften sie ihm vertrauen?

Matthew hob den Zauberstab. »Tutare!« Sogleich formte sich der bläuliche Schimmer um sie herum, während sie weiter vorwärts drangen. Sie erreichten eine Abzweigung, die über eine schmale Treppe in den Keller führte.

Eine Gewissheit, wie sie es sich nicht erklären konnte, machte sich in Mayla breit. Dort unten wurde Melinda gefangen gehalten. »Wir müssen dort entlang. Meine Oma ist da. Ich weiß es. Kommt schnell!« Sie rannte los und ihre Absätze klackerten auf den steinernen Stufen. Ohne auf die hallenden Geräusche ihrer Stiefeletten zu achten, sprang sie zwei Stufen auf einmal nehmend hinunter. Georg und die anderen rasten hinter ihr her.

Ihre Oma war dort. Sie wusste es. Und sie kämpfte mit dem Leben. Plötzlich schwebte Mayla ein Bild in ihr Bewusstsein. Sie sah ihre Oma in einem engen Käfig auf dem Boden liegen, die Hände schlaff, die Augen geschlossen. Ihr Atem ging schwer und ein Strahlen wanderte von ihr ab. Die Jäger stahlen ihre Magie.

Angetrieben von der furchtbaren Vision jagte Mayla weiter, dicht gefolgt von den anderen. Es wurde stetig dunkler. Rasch blies sie eine Flamme auf ihre Fingerspitze, um die Stufen zu erhellen, als sie endlich auf der letzten angelangte und sich in einem niedrigen Gewölbe wiederfand. Die Wände bestanden aus dem bloßen Mauerwerk und in der Mitte, in einem Käfig wie in ihrer Vision, lag Melinda von Flammenstein.

»Oma!« Noch bevor Mayla einen Schutz vor sich hexen konnte, wurde sie unvermittelt von den Füßen gerissen und flog zurück auf Georg, der soeben das Gewölbe erreicht hatte. Sie fielen zurück auf die Treppe. Die Stufen drückten ihnen in den Rücken und ächzend rappelten sie sich wieder auf.

»Tutare!«, brüllte Georg, während Mayla mit der Flamme auf ihrem Zeigefinger den engen Raum beleuchtete. Zwei Jäger stürmten auf sie zu. Die würden sie nicht daran hindern, ihre Oma zu befreien. Sie nickte Georg zu, der den Schutz fallen ließ, und Mayla brüllte: »Animo linquatur!«, worauf die beiden wie leblose Puppen zu Boden fielen und sich nicht mehr rührten. Nichts bewegte sich, niemand war zu sehen, keiner kam den beiden Jägern zu Hilfe.

»Das scheinen die einzigen gewesen zu sein.«

Wie aufs Stichwort schälten sich drei weitere Schatten aus den unbeleuchteten Ecken und ein greller Lichtblitz schoss auf sie zu.

»Aaaahhh!« Zusammengekrümmt hielt sich Mayla den Magen.

Georg stellte sich vor sie und hob den Zauberstab, doch bevor er den Schutz errichten konnte, traf ihn ein Fluch, der ihn in die Knie zwang.

Thomas und Nora stürzten in den Raum und hexten einen Schild, doch sie konnten ihn nicht so weit ausdehnen, dass er auch Mayla und Georg umfasste. Der Zauber verpuffte, ein roter Strahl traf die beiden in die Brust und stöhnend gingen sie zu Boden.

Zeitgleich stürzte Angelika in den Raum. Der Rock ihres Kleides blähte sich auf. Eine tiefe Zornesfalte zwischen den Brauen atmete sie tief ein und blies auf die Jäger. Einer von ihnen ließ seinen Zauberstab schreiend fallen und hielt sich die Hand, doch vor den anderen bildete sich sogleich ein bläulicher Schutz.

»Tutare!«, rief Angelika und ein großer magischer Schild erschien vor ihnen. In dem Moment hörten endlich die quälenden Schmerzen auf, die Mayla in ihrem Inneren verbrannt hatten. Lag es daran, dass sie hinter dem Schutzschild war?

Die anderen drängten in das Gewölbe und sammelten sich hinter dem Schild. Auch Georg kam wieder auf die

Beine und packte Mayla sogleich um die Schultern. »Alles in Ordnung bei dir?«

»Ja, aber …« Sie zeigte auf Thomas und Nora, die röchelnd auf dem Boden lagen. Violett hockte bereits neben ihnen und befühlte ihre Brust. Auch die beiden hatte der Pressa-Zauber getroffen, der sie qualvoll ersticken ließ, wenn sie nicht schleunigst den Kräutertrank einnahmen.

»Wie sollen wir jetzt die alte Magie vereinen? Wie sollen wir meine Oma befreien? Alle drei Lufthexer sind ausgeschaltet, als hätten sie geahnt, was wir vorhaben.«

Panisch sahen sie hinüber zu dem Käfig, in dem Melinda wie leblos lag. Die weißen Locken waren wie ein Fächer um ihren Kopf herum ausgebreitet, die Beine angewinkelt und die Hände hatte sie schlaff von sich gestreckt. Nur der stete Lichtschimmer, der von ihrem kleinen Körper zu den Stäben wanderte, zeugte davon, dass noch ein wenig Kraft in ihr steckte. Mayla wollte schreien, so verzweifelt war sie. Doch Georg war nicht bereit aufzugeben.

»Haben wir keine andere Lufthexe bei uns?«

Angelika schüttelte den Kopf. »Alle anderen sind Wasser- und Feuerhexen.« Sie machte zwei Schritte auf den Käfig zu, doch von Donnersberg hielt sie zurück. Die drei Jäger vor ihnen schossen unablässig auf den bläulich schimmernden Schild. Wenn sie ihn verließ, war sie womöglich sofort tot.

Im selben Moment stürzten Marianna und ihre Jäger die Treppe zu ihnen herunter und bedrängten sie von hinten. Manuel, Susana, Matthew und John stellten sich zu Angelika und halfen ihr, den Schutz komplett um sie herum auszudehnen. Dennoch wurde der geschützte Raum kleiner und kleiner. Ihre Kräfte reichten nicht aus. Von Donnersberg und Thomas drängten dazu und unterstützten sie, sodass sie dem

Druck der Jäger standhalten konnten. »Wir müssen angreifen!«, raunte Mayla Georg zu, doch der schüttelte den Kopf.

»Sobald wir den Schutz abbrechen, werden wir von hinten und von vorne gleichzeitig mit Flüchen beschossen. Es darf nicht noch einer von uns getroffen werden.«

Ein großer Schatten trat aus der Ecke hinter dem Käfig hervor. Tom? War er es? Würde er sich auf ihre Seite stellen? Oder hatte er sie in diese Falle gelockt?

Doch es war nicht Tom, der aus dem Schatten trat, sondern jemand anderes. Und obwohl Mayla den großen Mann erst wenige Male gesehen hatte, erinnerte sie sich sofort an ihn. Es war der Anführer der Jäger, der ebenso charmant wie gefährlich aussah. Er verengte die dunklen Augen zu Schlitzen und beobachtete Mayla lauernd. Verdammt. Das war das Ende.

Der Anführer der Jäger hob seine Hände, in denen kein Zauberstab lag. Ein Fluch schoss auf sie zu, der heller aufflammte als alle zuvor. Er konnte ohne Zauberstab hexen …

»Er muss ein von Eisenfels sein«, rief John und hob den Zauberstab, um den Schutz um sie herum zu verstärken. Doch der Fluch fegte über sie hinweg und traf Marianna hinter ihnen, die schreiend zu Boden ging. Dann drehte sich der Fremde zu den Jägern neben sich und streckte sie mit einem einzigen Fluch nieder.

Die anderen ließen den Schutz fallen und verteidigten sich gegen Mariannas Begleiter, während Mayla den Fremden fragend ansah. Sie hob die Hände abwehrbereit vor sich, nur zur Sicherheit, und lief einen Schritt auf ihn zu. »Wer bist d...?«

»Du bist gekommen, um Melinda von Flammenstein zu retten.« Es war keine Frage, sondern eine Feststellung.

Mayla nickte. Im Augenwinkel sah sie, wie Georg den Zauberstab gegen den Fremden erhob, doch sie drückte ihn nieder. »Warte.« Sie verengte die Augen zu Schlitzen. »Bist du …?«

»Das klären wir später. Der Mond ist jeden Moment voll und dann wird Vincent von Eisenfels frei sein und herkommen. Schnell, wir haben kaum noch Zeit.«

»Aber uns fehlt ein Lufthexer, um sie zu befreien.«

Der Fremde blickte sie direkt an und in seinen beinahe schwarzen Augen entdeckte sie einen grünen Schimmer. »Wie gut, dass ich der letzte lebende Nachfahre der Gründerfamilie des Luftzirkels bin.«

Entgeistert sah Mayla ihn an. »Du bist Andrew Steven Montgomery?«

»Ja, und jetzt schnell. Wie können wir die Oberhexe befreien?«

Mayla blinzelte ungläubig, doch dann war es, als lege sie einen Schalter um. Sie durften keine Zeit verlieren. »Wir müssen die alte Magie zusammenführen.« Während sie rasch zusammenfasste, welche Formeln sie sprechen mussten, stellten sich Georg und Anna bereits neben ihnen auf. Sie hielten sich an den Händen und schlossen die Augen, während weitere Flüche am Aufgang der Treppe ausgesprochen wurden und ihre Verbündeten ihnen den Rücken freihielten.

»Aer et terra,
ignis et aqua,
nostro iussu,
foedus facite.«

Ein Kribbeln wanderte durch ihre Hände, ein Energiefluss strömte durch Mayla hindurch hin zu dem Fremden und zu

Georg, die sie beide an den Händen hielt. Ein lila Schein formte sich um sie herum und flammte auf wie ein loderndes Feuer.

»Beeilt euch, es kommen immer mehr!«, rief Susana.

Vorsichtig lösten sie ihre Hände voneinander, ohne ihre Verbindung zu durchbrechen, und stellten sich an den vier Seiten des Käfigs auf. Mayla öffnete für einen Moment die Augen, sah ihre Oma beinahe tot vor sich liegen und schloss schnell wieder die Lider, bevor der Anblick ihre Konzentration durchbrach.

In einem melodischen Singsang, den sie zuvor nicht besprochen hatten, raunten Mayla, Georg, Anna und Andrew: »Anathema rumpe, anathema rumpe!« Der Magiestrahl, der anzeigte, wie die Zauberkräfte aus Melindas Körper entschwanden, verblasste, doch sogleich setzte er sich wieder fort.

»Wir müssen es noch mal versuchen«, rief Anna.

Auch Mayla gab so schnell nicht auf. Hatte Angelika nicht auch etwas von Metall gesagt? Vielleicht reichte es, wenn sie ihre Kette umfasste. Sofort legte sie eine Hand um das goldene Herz. »Konzentriert euch. Wir schaffen es nur gemeinsam.«

Mayla und Andrew spreizten die Finger, Georg und Anna umfassten ihre Zauberstäbe noch fester und der lila Schein flammte erneut auf. Er waberte um sie herum, drang in den Käfig und legte sich wie ein Umhang über Melinda.

»Anathema rumpe!«

Ein lauter Knall ertönte, der Sog hörte auf und der Exsugo-Zauber war gebrochen. Doch noch immer bewegte sich die Gefangene nicht. Mayla stürzte zu den Gitterstäben und deutete auf die kleine Tür. »Aperi!« Das Gefängnis sprang auf und sie krabbelte zu ihrer Oma hinein. »Oma, Oma, ich bin da. Wir haben dich befreit. Jetzt wird alles gut.« Sie strich ihr über die faltige Stirn, doch die alte Hexe regte sich nicht. »Helft mir.«

Georg streckte längst seine Hände in den Käfig, um die Oberhexe des Feuerzirkels sachte an den Armen zu sich zu ziehen. Mayla schob von innen, bis ihre Oma am Ausgang des Käfigs ankam. Georg hob sie hoch und Mayla kletterte blitzschnell aus dem winzigen Gefängnis raus.

»Wir haben sie!«, rief Georg. Mayla nahm ihn an der Hand und die Gruppe drängte sich näher zusammen. »Jetzt!« Angelika und Artus ließen den Schutz um sie herum fallen und einer Eingebung folgend, schlang Mayla den Arm unter Andrews, bevor sie ihr Schutzamulett ergriff und dachte: »Perduce nos in arcem.«

Kapitel 26

Ohne von einem Fluch getroffen zu werden, trafen sie erschöpft auf Burg Donnersberg ein. John und Matthew trugen Thomas zwischen sich in den Saal, Manuel hatte Nora auf den Armen und sie legten sie zu Pierre, der bereits ruhig auf einem hergehexten Bett in der Ecke schlief. Violett flößte Nora und Thomas sogleich den Heiltrunk ein, der ihre furchtbaren Schmerzen zu lindern vermochte.

Georg trug Melinda zu einem Sessel, den Angelika in eine Liege verwandelte, und bettete sie darauf. Leise stöhnte die Oberhexe, das erste Lebenszeichen, das sie von sich gab. Mayla schossen Tränen in die Augen, die sie fortblinzelte. Sie stellte sich neben ihre Oma, umfasste ihre kalte Hand und küsste sie. »Oma, ich bin da. Jetzt bist du in Sicherheit.«

Angelika trat neben sie und strich ihr über den Arm. »Ich kümmere mich um sie. Ruh dich aus. Ich rufe dich, sobald sie wach wird.«

Mayla nickte, bemüht, nicht in Tränen auszubrechen. Sie drehte sich um und sah Andrew, der bereits von John, Manuel und von Donnersberg befragt wurde.

»Du bist der letzte lebende Montgomery?« Von Donnersberg verschränkte die Arme vor der Brust. »Beweis es!«

Mayla und Georg traten dazu. »Er hat uns geholfen, die alte Magie zu vereinen, und er hat ohne Zauberstab gehext. Welcher Beweis fehlt euch noch?«

»Er könnte auch ein von Eisenfels sein.«

»Aber dann hätte der Zauber nicht funktioniert, mit dem wir meine Oma freigezaubert haben.«

»Da wäre ich mir nicht so sicher.« Von Donnersberg zeigte auf die schweren Ritterrüstungen und Schwerter, die an den Wänden aufgestellt waren. »Blase sie um.«

Andrew holte kaum Luft, bevor er sachte in die angegebene Richtung pustete und die Rüstungen und Waffen wie Papierstreifen durch den Raum flogen. Laut klirrend und scheppernd fielen sie auf den Boden. »Ich zeige es euch nur dieses eine Mal. Das muss als Beweis genügen. Ich bin nicht hier, um mich rechtfertigen und stundenlang erklären zu müssen. Vincent von Eisenfels ist wieder auf freiem Fuß. Ich habe geholfen, die Oberhexe des Feuerzirkels zu befreien, denn ohne sie können wir ihn nicht aufhalten.«

Mayla schoss ein Schauer über den Rücken. »Bist du dir sicher, dass er wieder frei ist?«

Andrew deutete aus dem Fenster auf den vollen Mond, der über den Bergen am dunklen Firmament leuchtete. »Der Mond hat seine volle Größe erreicht.«

»Aber es könnte ihm doch auch missglückt sein, weil wir meine Oma befreit haben und ihre Kräfte nicht länger ausgesaugt werden.«

Andrew deutete auf Melinda, die ihr Bewusstsein noch nicht wiedererlangt hatte. »Ihre Magie ist an einem Tiefpunkt. Lange hat sie durchgehalten. Viel länger, als sie alle es geplant haben. Aber in diesem Zustand kann sie ihn unmöglich zurückhalten.«

»Es war klug von dir, dich unter sie zu mischen. Du warst der Anführer der Jäger.« Mayla sah Andrew skeptisch an. »Aber wieso hast du mich mehrmals angegriffen?«

»Anfangs wusste ich nicht, wer du warst. Und später musste ich den Schein waren.«

Das sollte als Erklärung dafür ausreichen, dass er sie brutal angegriffen hatte?

»Du warst bei ihnen?« Von Donnersberg lud ihn an seine Tafel. »Erzähl uns alles, was wir wissen müssen. Heute Nacht können wir ohnehin nichts mehr ausrichten.«

Angelika kümmerte sich um Melinda, Pierre, Nora und Thomas, während sich alle anderen zu Tisch begaben, um Andrews Erzählungen zuzuhören. Von Donnersberg ließ aus der Burgküche mehrere Laibe Brot, Butter, Schinken und Käse zu ihnen auf den Tisch fliegen und alle langten ausgehungert zu.

Andrew hielt sich sehr bedeckt. Es gab vieles aus seinem Leben, das er nicht preisgeben wollte. Aber er erklärte ihnen, weshalb er sich den Jägern vor vier Jahren angeschlossen hatte. »Sie haben meine Eltern getötet. Sie und Vincent von Eisenfels. Ich wusste, der Tag würde kommen, da er sich befreien und seinen Feldzug gegen uns und die Gesetze unserer Welt fortführen würde. Deshalb habe ich mich unter sie gemischt. Keiner kannte mich. Niemand rechnete mit mir. Ich war in der Lage, sie auszuspionieren, ohne dass mich einer verraten konnte. Meine grünen Augen habe ich verdunkelt, damit sie mich nicht verraten konnten, und meine starken Zauberkräfte ließen mich in der Rangordnung schnell hochsteigen.«

»War niemand von ihnen skeptisch wegen deiner außerordentlichen Kräfte?«

»Die Jäger haben sich gefreut. Wenn jemand Mächtiges an ihre Seite tritt, fragen sie nicht nach seiner Herkunft. Außerdem habe ich mich den Anführern lange Zeit untergeordnet, um keine Aufmerksamkeit auf mich zu lenken. Mit von Eisenfels wäre das anders gewesen – das war mir klar.«

John zog einen Stapel Spielkarten aus der Hose und zur Beruhigung mischte er sie durch. »Wer hat Melinda die Falle gestellt?«

»Wer den Befehl gegeben hat, weiß ich nicht. Die Person wird niemals beim Namen genannt. Unzählige Aufträge habe ich erhalten, doch niemanden zu Gesicht bekommen.«

Von Donnersberg zupfte an seinem Bart. »Wer könnte es sein?«

»Ich weiß es nicht. Aber diese Person hielt die Fäden in der Hand, solange von Eisenfels eingesperrt war. Wie es nun weitergeht, weiß ich nicht.«

»Vielleicht Marianna Lauber?«, überlegte Mayla.

Andrew schüttelte den Kopf.

Von Donnersberg nickte nachdenklich. »Da er einen Sohn hat, muss es auch eine Frau an seiner Seite gegeben haben, bevor er eingesperrt wurde. Vielleicht ist sie es.«

»Oder jemand, der seine rechte Hand ist …«, überlegte Matthew.

»Hast du darüber etwas erfahren, Andrew?«, fragte John.

»Nichts. Über die privaten Verhältnisse der Familie wird nicht gesprochen. Ich hatte gehofft, mehr zu erfahren, bevor ich den Jägern den Rücken zukehre. Doch da es euch ohne mich nicht gelungen wäre, Melinda zu befreien, musste ich meine Deckung früher als geplant aufgeben.«

Sie unterhielten sich noch eine Weile, bis sich nacheinander alle in der Burg zu Bett begaben. Pierre, Nora und Thomas waren noch immer fiebrig, sodass Violett und Angelika sich die Nachtschicht teilten, um ihnen stündlich den Heiltrank einzuflößen.

Melinda war noch immer nicht wieder bei Bewusstsein, doch Angelika beruhigte Mayla. »Es wird dauern, bis sie sich erholt hat, doch schon bald wird sie erwachen.«

Mayla bestand darauf, in einem Raum gemeinsam mit ihrer Oma untergebracht zu werden. Sie wollte an ihrer Seite wachen und vor Ort sein, wenn sie die Augen öffnete. Georg ließ sie in der Zwischenzeit ungern alleine. Von Donnersberg bot ihnen zwei angrenzende Zimmer an und dankend nahmen sie an. Angelika ließ Melinda auf eines der Betten schweben und verließ entgegen ihrer forschen Art kommentarlos den Raum.

Erschöpft ließ sich Mayla auf das freie Bett gleiten und lehnte sich an das Kopfende. Vorausschauend holte Georg die Pralinen aus ihrer Handtasche und hielt ihr die offene Packung hin.

»Danke.« Sie nahm sich einen Vanilletrüffel und roch lange daran, bevor sie ihn in den Mund steckte. Die weiße Schokolade schmolz auf ihrer Zunge und beruhigte ihre Sinne. Sie kuschelte sich auf das Bett, die Augen unablässig auf ihre Oma gerichtet. Es dauerte nicht lange und sie schlief ein.

In den frühen Morgenstunden regte sich Melinda. Georg, der die ganze Nacht an Maylas Seite gewacht hatte, stupste sie an. Sogleich schoss sie hoch und sah sich um.

»Ist sie wach?« Als sie ihre Oma blinzeln sah, stürzte sie an ihr Bett und umfasste ihre Hand. Sie war nicht mehr kalt, sondern warm, und ihr Gesicht nicht mehr so blass. »Oma?«

In unendlicher Langsamkeit öffnete Melinda ihre Augen und Mayla hatte das Gefühl, in ihre eigenen zu blicken. Melinda runzelte die Stirn, bis eine Weichheit auf ihr Antlitz trat und sie sich versuchte aufzusetzen.

Georg war sofort zur Stelle und half ihr hoch, doch in unerwarteter Heftigkeit schlug Melinda ihm auf die Finger. »Nehmen Sie sofort die Hände von mir, Sie Rüpel!«

Mayla lachte. »Das ist nur Georg. Er will dir helfen.«

»Der Tag, an dem ich Hilfe dabei brauche aufzustehen, ist noch lange nicht gekommen.«

Georg schmunzelte. »Das freut mich zu hören. Ich ziehe mich nun zurück und lasse die Damen allein.« Wie ein längst vergessener Ritter verbeugte er sich und verschwand aus dem Zimmer.

Lächelnd wandte sich Mayla ihrer Oma zu, die aufrecht auf ihrem Bett saß. Ihre Wangen hatten eine gesunde Röte angenommen und ihre Augen leuchteten voller Vitalität. »Wie fühlst du dich?«

Melinda nickte nur und betrachtete sie zärtlich. »Mayla, mein Schatz.« Sie breitete ihre Arme aus und die beiden drückten einander, als könnten sie damit die vielen Jahre der Trennung aufholen. Sie wiegten sich gegenseitig hin und her, trösteten einander und sprachen kein Wort. Erst nach einer Weile lösten sie sich wieder und Melinda umfasste sie an den Schultern. »Sieh dich nur an. Donnerlüttchen, was bist du bereits stark geworden. Und noch schöner, seit die Magie durch deine Adern fließt.«

Mayla lächelte.

»Was ist geschehen?«

Sie erzählte ihrer Oma, was sich in den letzten Wochen zugetragen hatte. Währenddessen futterten sie gemeinsam die Reste der Pralinenschachtel auf. Als sie bei dem gestrigen Abend angelangte und sie ihrer Oma erklärte, dass sie die Wahl gehabt hatte, Vincent von seinem Ausbruch abzuhalten oder ihr das Leben zu retten, hielt sie gespannt die Luft an.

»Mein Schätzchen, ich sehe, du machst dir Vorwürfe.«

»Nein, meine Entscheidung war die richtige. Aber dennoch ... ist es meine Schuld, dass er wieder auf freiem Fuß ist.«

Melinda schüttelte den Kopf und ihre weißen Locken strichen um ihre zierlichen Schultern. »Deine Schuld ist es gewiss nicht. Ich hätte mich genauso entschieden, Mayla. Rational gesehen wäre es klüger gewesen, den Mistkerl in seiner Falte festzuhalten. Aber das Band der Familie ist stärker als der Verstand.«

Eine Weile betrachteten sie einander zärtlich, bis Melinda nach draußen blickte. »Haben wir schon Sommer? Wie lange war ich gefangen?«

»Ein paar Wochen müssen es gewesen sein.«

»Welches Datum haben wir?«

Mayla überlegte. »Heute ist der dritte Mai.«

»Der dritte Mai?« Melindas Blick wurde weich. »Mein Schatz, alles Liebe zum Geburtstag.«

»Aber ich habe doch ...« Ungläubig schüttelte sie den Kopf. »Ich hatte es völlig vergessen.«

Ihre Oma umarmte sie und küsste sie auf die Stirn.

»Geburtstag hin oder her ... Wie geht es nun weiter?«

Melinda seufzte. Für einen Moment wirkte sie müde. Doch dann straffte sie ihre Schultern und ballte die Linke zu einer Faust. »Wir werden schon bald von Vincent hören. Und dann wissen wir, was zu tun ist. Es kommen spannende Zeiten auf uns zu. Ich hoffe, du hast genügend Pralinen parat.« Sie zwinkerte ihr zu und sie lachten. »Aber verrate mir noch eins, mein Schatz. Wer ist dieser Georg?«

»Er ist mein Freund.«

Melinda zog die weißen Brauen hoch. »Dein Freund?«

»Nicht so ein Freund. Wir sind wirklich nur befreundet.«

Ungläubig schüttelte die alte Hexe ihre weißen Locken. »Und ich hätte gedacht, dass ein ganz anderer Mann an deiner Seite sein würde, wenn wir uns wiedersehen.«

Traurig blickte sie ihre Oma an. »Du meinst Tom?«

»Ich würde mich niemals in die Wahl deiner Männer einmischen, aber ja, davon bin ich ausgegangen.«

»Ich … Er und …« Mayla hielt inne und sammelte sich. »Er war offenbar nicht ganz ehrlich zu uns.«

»Was meinst du damit?«

»Er ist der Sohn von … von Vincent von Eisenfels.«

Ihre Oma zog die Stirn kraus. »Und wie kommst du auf diese Ungeheuerlichkeit?«

»Er selbst hat es mir gesagt …«

Ohne ein Wort darauf zu erwidern, wandte Melinda den Kopf ab und blickte aus dem Fenster. Die Sonne wanderte bereits über den Horizont und ihr rötliches Licht streifte über die Berge rund um die Burg. Still sah sie nach draußen, bis sie tief aufseufzte. »Es wird offenbar noch spannender, als ich es vermutet habe. Aber das macht nichts, mein Schätzchen. Wir werden den Besen schon schaukeln.«

»Bist du nicht besorgt, weil er dich ausspioniert hat und alles seinem Vater weitererzählen könnte?«

Doch Melinda wischte das Thema ungeduldig beiseite. »Das werden wir noch sehen. Gib mir einen Tag, um mich zu erholen. In der Zeit zeigst du mir schon mal, was du bereits gelernt hast. Deine weitere Ausbildung werde ich übernehmen. Wir müssen uns wappnen für das, was nun kommt. Und sobald ich wieder bei Kräften bin, werden wir dem Rat einen Besuch abstatten und so manch anderem ebenfalls. Auch wenn Vincent nun wieder auf freiem Fuß ist, werde ich bis zu meinem letzten Atemzug dafür kämpfen, dass er und seine Verbündeten für das büßen, was sie uns und anderen Hexenfamilien angetan haben!«

Epilog

E r stand auf der Wiese vor dem Haus und visierte die unsichtbare Barriere an, die ihn seit über dreißig Jahren daran hinderte, zu entkommen. Nur selten versuchte er, die magische Schranke zu durchbrechen. Er schonte seine Magie, sammelte seine Kräfte, damit seine Flüche stärker wurden.

Er wusste, seine Leute hatten die alte Feuerhexe erwischt. Und sie wurde schwächer. Mit jedem Tag. Dass ihre Enkelin nun wieder aufgetaucht war, damit hatte er gerechnet. Es war klar gewesen, dass mit dem Schwinden der Kräfte der Alten auch der Bann brechen würde, der ihre Magie blockiert hatte. Und es gehörte zu seinem Plan. Sobald er hier herauskam, würde er sie beide vernichten – sofern die Alte in ihrem Gefängnis nicht längst gestorben war.

Täglich beobachtete er ihre Enkelin. Folgte ihr beinahe auf Schritt und Tritt – ohne dass sie davon den blassesten Schimmer hatte. Hässlich lachte er auf. Melinda hatte sie schützen wollen, indem sie sie versteckt und von der Hexenwelt ferngehalten hatte. Doch das hatte ihre Enkelin nur schwächer gemacht. Sie hatte keine Ahnung, zu was sie imstande war. Hatte keinerlei Übung und kaum Wissen. Sie zu ermorden, würde für ihn ein leichtes sein. Regelrecht langweilig.

Er hob die Hände und schoss einen Strahl roten Lichts, um die Falte aufzubrechen. Und dann geschah etwas, was sein hämische Grinsen noch breiter werden ließ. Der Schutz

um die Falte wackelte. Sein Fluch war nicht einfach abge-
prallt wie all die Jahre zuvor. Nein, er hatte eine Spur hinterlassen.

Erneut hob er die Hände, hexte wieder und wieder einen
zerstörerischen Spruch nach dem anderen, um die unsichtbare Mauer aufzubrechen, die ihn von der Außenwelt ab-
schirmte. Sie vibrierte, sie flammte auf.

Mit großen Schritten stapfte er auf das Hindernis zu. Er
streckte die Hand aus bis zu dem Punkt, an dem er auf etwas
Hartes, Undurchdringbares stieß. Er drückte dagegen, wie-
der und wieder, wie er es unzählige Male in den vergangen
Jahren getan hatte. Hatte es sich eben bewegt? Gab der
Schutz um die Weltenfalte nach?

Erneut hob er die Hände, um den nächsten Fluch auf dieselbe Stelle zu hexen, und wieder prallte er nicht ab, sondern
drang in die unsichtbare Mauer ein.

Siegesgewiss hob er den Kopf und blickte hinauf. Der
Vollmond war nur noch wenige Augenblicke entfernt. Gleich
war sein Moment gekommen. Ja, schon bald war er wieder
auf freiem Fuß und dann würde er sie jagen. Alle Mitglieder,
die noch von den alten Gründerfamilien am Leben waren.
Und alle, die versucht hatten, ihn aufzuhalten. Alle, die sich
ihm in den Weg gestellt hatten. Er würde sie ausradieren, bis
niemand mehr von ihnen übrig war. Und dann stand seinen
Plänen nichts mehr im Wege.

Lachend drehte er sich um zu dem Haus, das sein Ver-
derben hatte sein sollen. Doch das war es nicht gewesen. Wie
viel Zeit hatte er hier drinnen gehabt, um zu beobachten und
zu lernen, um nachzudenken und abzuwarten. Er wartete so
geduldig, wie es nur einer tun konnte, der sich seines Sieges
gewiss war.

Als der silbern schimmernde Mond seine volle Größe erreichte, war der Zeitpunkt gekommen. Die Magie pulsierte in ihm, sie brannte sich durch seine Adern und sie wartete nur darauf, endlich uneingeschränkt wirken zu können.

Sein Puls blieb ruhig, während die seit langem erwartete Minute begann. Er hob seine Hände, richtete sich zu seiner vollen Größe auf und hob den Kopf. Die Finger auf die magische Barriere gerichtet, hexte er den zerstörerischen Fluch, der all die Jahre nicht funktioniert hatte, der dieses Mal jedoch sein Weg in die Freiheit sein würde.

Das rot glänzende Licht prallte auf die unsichtbare Mauer, die diese Weltenfalte von der restlichen Welt trennte. Es verblieb an einer Stelle, bohrte sich regelrecht in die Wand hinein, bis sich ein Loch bildete. Es franste zu den Seiten aus, wurde größer und die Schranke rundherum durchlässiger.

Von außen schossen weitere Blitze auf die unsichtbare Mauer zu. Es wurden mehr und mehr. Der Schutz um die Falte bröckelte und fiel ab wie der Blütenstaub auf einer Parkbank unter einem prasselnden Frühlingsregen.

Darauf hatte er gewartet. Endlich war der Moment gekommen. Er trat auf die Grenze zu, hob das Kinn und ohne daran gehindert zu werden, überschritt er sie und setzte seinen Fuß auf der anderen Seite auf.

Lautes Grölen empfing ihn. Unzählige Anhänger und Jäger umringten die Falte und unterstützten mit ihren Zauberstäben seinen Ausbruch aus diesem Gefängnis. Als sie ihn entdeckten, strahlten ihre Gesichter in euphorischer Ekstase.

»Vincent von Eisenfels! Er ist frei! Nun ist unsere Zeit gekommen!«

Er trat auf sie zu und sie neigten die Köpfe. Keiner von ihnen verweigerte ihm diese Geste der Unterwerfung. Nur eine Person kam aus der Menge auf ihn zugeschritten, den Kopf unerschrocken erhoben wie er. Ohne ein Wort trat die Person auf ihn zu, und er auf sie. Die Zeit war gekommen. Ihre Zeit war gekommen. Der Tag der Herrschaft der Familie von Eisenfels stand unmittelbar bevor.

Dies war Band 2 der Weltenfalten-Trilogie. Band 3 »In Eisen verewigt« erscheint voraussichtlich am 5. Dezember.

Liebe Leser,

das war Band 2 meiner Weltenfalten-Trilogie. Meine Güte, wie die Zeit vergeht. Mir kommt es vor, als wäre es gestern gewesen, als Mayla ihre Fühler nach mir ausgestreckt hat, um mir ihre Geschichte zu erzählen.

Habt ihr geahnt, dass Tom Vincents Sohn ist? Ich hoffe, ich habe euch damit nicht zu sehr schockiert, aber es war klar, dass er einen triftigen Grund hat, weshalb er Mayla so lange zurückgewiesen hat.

Was glaubt ihr? Hat er sie ausspioniert? Sich dabei in sie verliebt? Oder wollte er von Anfang an gegen seinen Vater arbeiten? Nicht mehr lange und ihr erfahrt alles in Band 3 »In Eisen verewigt«, der am 5. Dezember erscheint.

Gerne möchte ich diese Zeilen nutzen, um Danke zu sagen.

Danke, liebe Leser, dass ihr zu meinem Buch gegriffen und es gelesen habt. Ich hoffe, ihr hattet damit magische, aufregende und herzergreifende Stunden.

Danke, liebe Juliane Buser, für dieses wundervolle Cover. Meine Coverfee, was bin ich froh, dass wir uns kennengelernt haben und immer so wunderbar zusammen arbeiten!

Danke, liebe Jessy, Antje, Bianka und Tina fürs Testlesen. Ihr habt mir wunderbare Anmerkungen geliefert, die mir enorm weitergeholfen haben.

Danke, liebe Chrissi, dass du wieder als Latein-Profi einem Nicht-Latein-Profi wie Mayla und mir aushilfst, damit die Zaubersprüche allesamt korrekt sind.

Und ein großer Dank geht natürlich an meinen Mann, der unheimlich tolle Vorschläge macht und mit mir gemeinsam durch seine unermüdliche Mithilfe das Manuskript überarbeitet, bis es rund ist.

Während ich diese Zeilen schreibe, habe ich Band 3 längst angefangen, und ich verspreche euch, es wird nicht langweilig werden. Es wird spannend, magisch und natürlich braucht ihr für Band 3 Pralinen in eurer Reichweite.

Wenn euch das Buch gefallen hat, würde ich mich wahnsinnig über eine Rezension freuen. Als Autorin bin ich darauf angewiesen, das andere meine Bücher bewerten, und ihr würdet mir damit einen großen Gefallen tun.

Wenn ihr mir schreiben möchtet, könnt ihr das gerne jederzeit an info@jennyvoelker.com – ich freue mich immer über Rückmeldungen, Anregungen oder andere schöne Nachrichten. Falls ihr noch nicht dabei seid, könnt ihr euch sehr gerne auf www.jennyvoelker.com in meine Lesergruppe eintragen. Dort gibt es exklusive Kurzgeschichten, Vorableseproben und tolle Infos zu meinen Büchern.

Ich wünsche euch eine fantastische Zeit und verbleibe mit zauberhaften Grüßen!

Eure Jenny

Der letzte Band der Weltenfalten – Trilogie

»In Eisen verewigt«

Gemeinsam mit ihren Verbündeten ist es Mayla gelungen, ihre Oma aus den Fängen der Jäger zu befreien. Aber damit ist es noch nicht vorbei. Vincent von Eisenfels hat sich aus der Weltenfalte befreit und Mayla muss sich ihm über kurz oder lang entgegenstellen. Wird Tom wieder an ihrer Seite sein? Oder hat er von Anfang an für seinen Vater gearbeitet?

Finde es heraus und begleite Mayla auf ihrem letzten Abenteuer als Feuerhexe.

Die Weltenfalten-Trilogie
Band 1: »Wenn Feuer erwacht«
Band 2: »Von Wind getragen«
Band 3: »In Eisen verewigt«

Im Bann der verwunschenen Zeit
Ein spannender Märchenroman

Wie würdest du reagieren, wenn du zu einem Ball eingeladen wirst von einem König, von dem du noch nie etwas gehört hast?

Hannah hat als Alleinerziehende kaum Zeit für sich. Sie muss ohne Hilfe sämtliche Arbeiten stemmen, um sich und ihre Kinder finanziell über Wasser zu halten. Eines Morgens flattert eine Einladung zu einem königlichen Ball in ihre Wohnung. Die Königsfamilie ist ihr völlig unbekannt. Und der Ort, an dem der Ball stattfinden soll, ist nicht mehr als eine verfallene Ruine.

Als am Abend eine Kutsche mit sechs weißen Pferden vor ihrem Haus erscheint, muss sie sich entscheiden. Soll sie ihren Alltag durchbrechen und dieser mysteriösen Einladung auf den Grund gehen? Wird sie mit dem Prinzen tanzen? Aber was, wenn er ein unglaubliches Geheimnis hütet?

Begleite Hannah auf ihrer magischen Reise und erlebe ein spannendes Abenteuer!

ISBN: 978-3750-441217 – überall im Buchhandel erhältlich!